I0690559

DIE WIKINGER-SIEDLER

HEISSE WIKINGER-ROMANTIK

WILDE WIKINGER-HERZEN
BUCH 3

PEYTON LAWSON

GUNNAR: GERETTET VON EINER DÄNISCHEN MAGD

HEISSER HISTORISCHER WIKINGERROMAN

GUNNAR

GERETTET VON EINEM DÄNISCHEN MÄDCHEN

PROLOG

SVEN HATTE seine Zeit als Liefs Stellvertreter gedient und seine Belohnung für seinen Dienst erhalten. Er und seine Schwester träumten davon, mit ihren Familien die Meere zu besegeln. Die Erfüllung ihres Traumes ließ Lief ohne einen Stellvertreter zurück. Der König wollte das nicht hinnehmen und wählte persönlich die perfekte Person für den Job aus. Bei Tagesanbruch waren Lars und seine Schwester Laga an die englischen Küsten gesegelt, um bei der Verwaltung der Siedlung am Point zu helfen.

Lars hatte sich in seine neue Rolle als Stellvertreter gefügt wie ein Fisch im Wasser. Lief wusste, dass der König eine gute Wahl getroffen hatte. Lars war jung, zäh und hatte reichlich Erfahrung im Kampf und bei gefährlichen Expeditionen. Für jemanden seines Alters waren seine Fähigkeiten beeindruckend.

Lars wollte den König stolz machen. Und nachdem er gesehen hatte, wie gut Lief ihn und seine Schwester aufgenommen hatte, wollte er auch Lief stolz machen. Während Lars Liefs ständiges Lob und seine Ermutigung schätzte, hütete er ein Geheimnis. Den Großteil seines vermeintlichen Wissens täuschte er nur vor. Lars verstand die technische Seite der Siedlungsverwaltung nicht, und er war auch nicht besonders gut mit Zahlen. Aber sein Geheimnis war bisher verborgen geblieben, hauptsächlich dank seiner frechen Einstellung und seinem übermäßigen Selbstvertrauen.

Lars' Fähigkeiten wurden an dem Tag auf die Probe gestellt, als der König selbst zum Point kam, um zu sehen, wie gut die Dinge liefen. Mit der Hilfe seiner Waffenbrüder - Birgen und Olga -, die mit Lars zur Siedlung gereist waren, verlief die Besichtigungstour des Königs reibungslos.

»Ich muss sagen, junger Lars, ich bin beeindruckt. Ich wusste, dass mein Urteilsvermögen nicht fehl am Platz war«, strahlte der König.

»Danke, Häuptling. Eure Worte bedeuten mir viel. Euer Vertrauen in mich weiß ich auch zu schätzen«, verbeugte sich Lars.

»Er hat sich als eine Bereicherung erwiesen«, grinste Lief, ein Anblick, der selten vorkam.

»Freut mich zu hören, Lief. Wir haben einiges zu besprechen.« Der König führte Lief von der Gruppe weg und ließ Birgen, Olga und Lars mit ihren Gedanken allein.

Es gab kein Entrinnen. Die Gerüchte in der Siedlung besagten, dass Lief glaubte, ein Krieg stünde bevor. Mit den Geschichten kamen Bedenken auf, wer der wahre Feind sei. Birgen und Olga brannten seit Tagen darauf, das zu diskutieren, seit ihrer Ankunft, aber Lars war es gelungen, ihren Fragen auszuweichen. Jetzt, mit dem Besuch des Königs, konnte er nicht länger ausweichen.

»Du weißt, dass der Häuptling nicht ohne triftigen Grund aus Dänemark anreisen würde. Wir wissen alle, dass er die Jürgensens nicht überprüft hat, als sie die andere Siedlung gegründet haben. Irgendetwas ist im Gange«, flüsterte Birgen und achtete darauf, nicht belauscht zu werden.

»Lief glaubt, dass ein Krieg bevorsteht; mit diesem unangekündigten Besuch denke ich, dass er Recht haben könnte«, sagte Olga.

»Wir hatten immer Probleme mit den Engländern. Sie haben einmal angegriffen. Wer sagt also, dass sie es nicht wieder versuchen werden?«, fragte Birgen.

»Hast du Angst, Freund?«, grinste Lars.

Birgen richtete sich auf, zog sein Schwert und schwang es einige Male in komplizierten Formationen.

»Sehe ich aus, als hätte ich Angst, Bruder?«, lachte Birgen.

»Solange wir die Worte nicht aus Liefs Mund gehört haben, ist alles nur Spekulation. Kümmert euch nicht um Dinge, die über eure Position hinausgehen«, schnaubte Lars.

Er hatte nicht so herablassend klingen wollen, aber die Wahrheit war, dass sich sein Magen beim Gedanken an Krieg verkrampfte.

»Die Macht steigt dir zu Kopf, Lars«, entgegnete Olga. Ihre Stimme war eine Warnung, nicht noch einmal zu weit zu gehen.

»Ich meine es nicht so. Ihr wisst, dass ihr beide wie Familie seid. Apropos Familie, ich muss nach Laga sehen, wie sie sich einlebt«, antwortete Lars und schlüpfte schnell davon, in der Hoffnung, weiteren Fragen zu entgehen.

»Laga wird schon zurechtkommen. Sie lebt mit dem Kopf in den Wolken. Ich wette, all dieses Gerede vom Krieg hat ihre Ohren noch gar nicht erreicht«, bemerkte Olga.

Lars konnte nie verstehen, warum Olga seine Schwester so sehr ablehnte. Bei jeder Gelegenheit machte sie Bemerkungen darüber, wie wenig sie von ihr hielt oder wertete die Arbeit ab, die sie leistete. Selbst wenn es eine Fehde gab, von der er nichts wusste, Laga war seine Schwester, und er würde nicht zulassen, dass jemand so über sie sprach.

»Laga ist eine fähige Kriegerin. Unterschätze sie nicht nur, weil sie als Schäferin arbeitet. Ich habe gesehen, wie sie Wölfe mit bloßen Händen erledigt hat. Korrigiere mich, wenn ich falsch liege, Olga, aber hast du nicht Angst vor Hunden?«

Olga versteifte sich und sagte nichts. Ihr Gesicht war hart wie Stein und genauso unlesbar.

»Dachte ich mir. Überlege dir das nächste Mal genau, bevor du über meine Schwester sprichst.«

Lars hasste es, mit seinen Freunden zu streiten. Sie hatten ihr eigenes Leben in Dänemark aufgegeben, um ihm zu folgen und in England ein neues Leben zu beginnen. Lars glaubte, dass Olga ein Problem damit hatte, dass Laga kein Wikinger war, obwohl sie in Dänemark geboren wurde. Lars konnte es sich nicht leisten, dem Streit mehr Gedanken zu widmen, also stürmte er durch die Burg, auf der Suche nach seiner Schwester.

Als er in blinder Wut das Haupttor der Burg verließ, rannte er direkt in einen großen Fremden, der in Schwarz gehüllt war.

»Pass auf, wo du hingehst, Mann!«, bellte Lars.

»Entschuldigung«, antwortete der Fremde und hielt sein Gesicht verborgen.

»Warum suchst du die Burg auf?«, fragte Lars besorgt.

»Ich suche den Schmied.«

Lars sah keinen Grund, weiter nachzufragen, und setzte seine Suche nach Laga fort.

KAPITEL 1

LAGA HATTE ZUGESEHEN, wie ihr Bruder so lange sie denken konnte ein Abenteuer nach dem anderen erlebte. Sie saß zu Hause und wartete auf seine Rückkehr, damit er ihr alles über weit entfernte Orte, fremdartige Bräuche, Moden und Essgewohnheiten anderer Völker erzählen konnte. Die Welt war so riesig, und Laga wollte alles davon sehen.

Als Lars sie dem König empfohlen hatte, war sie überglücklich gewesen. Zu diesen fremden und mystischen Küsten zu reisen, war ein wahr gewordener Traum. Sie hatte sich selbst nie für etwas Besonderes gehalten. Ihr Leben lang hatte sie sich um den Hof daheim gekümmert. Diese Fähigkeiten, die sie ständig herunterspielte, waren ihre Eintrittskarte zu ihrem Traum gewesen, und sie schwor, sie nie wieder geringzuschätzen.

Einige missbilligten sie, denn obwohl sie in Dänemark geboren wurde, war Laga, anders als ihr Bruder Lars, keine Wikingerin. Wenn andere jedoch aufsprangen, um sie zu kritisieren, verteidigte Lars sie schnell.

»Ich bitte einen von euch, zu tun, was sie tut. Ohne sie würde keiner von euch essen. Nennt mir jemanden, der besser mit dem Vieh umgehen kann als Laga. Wagt es einer von euch, einen Wolf oder Bären abzuwehren, wenn sie hinter unserem Vieh her sind? Kommt mir nicht wieder mit meiner Schwester. Sie ist genauso fähig wie jeder von euch. Außerdem ist ihre Anwesenheit auf Befehl des Königs.«

Laga erinnerte sich immer noch an das Grinsen auf dem Gesicht ihres Bruders und den Funken Stolz in seinen Augen. Sie würde nie wissen, wie sie ihm für diese Chance danken könnte. Stattdessen schwor sie, sein Vertrauen nicht zu enttäuschen. Die Siedlung war schnell dazu übergegangen, sich auf sie zu verlassen, um die Herden zu betreuen. Niemand sonst konnte die Tiere so kontrollieren wie sie. Es war fast, als könnte sie mit ihnen sprechen; sie hörten zu und gehorchten ihr.

Jeden Tag wagte sich Laga ein wenig weiter vor, behielt dabei aber immer die Siedlung im Blick. Sie sehnte sich danach, dieses Land zu erkunden. Wo das Wetter im Handumdrehen umschlagen konnte, die Hügel und Bäume in zahlreichen Grüntönen erstrahlten. So viele sehnten sich danach, diesen Ort ihre Heimat zu nennen. Es lag etwas Magisches in diesem Land; Laga konnte es spüren.

Auf dem Hügel nördlich der Spitze hatte Laga einen perfekten Blick auf das Land und das Meer. Sie konnte meilenweit sehen und erstellte eine mentale Karte von den Orten, die sie als nächstes erkunden wollte. Die Ziegen und Schafe der Siedlung grasten in der Nähe unter der wachsamen Aufsicht von Donald, einem jungen Jungen aus dem Dorf, den Laga unter ihre Fittiche genommen hatte.

»Laga!«, dröhnte Lars' Stimme und riss Laga aus ihrem Tagtraum.

»Bruder, womit verdiene ich diese Freude?«

»Warum bist du hier draußen?«, verlangte Lars zu wissen.

»Ich führe die Herde zum Grasen aus. Das gehört zu meiner Arbeit. Ich dachte, du wüsstest das, da du mir den Job besorgt hast«, antwortete Laga.

»Du weißt verdammt gut, was ich meine. Du hast dich zu weit von der Siedlung entfernt.«

»Bitte, Lars. Ich bin kein Kind. Ich bin durchaus in der Lage, sowohl auf die Herde als auch auf mich selbst aufzupassen. Ich habe Donald dabei; es ist nicht so, als wäre ich allein.«

Lars suchte den Hang nach dem Jungen ab. Der Junge war kaum von der Mutterbrust entwöhnt, nicht älter als zwölf oder dreizehn Winter. Er war schmächtig und sah aus, als würde er sich vor seinem eigenen Schatten fürchten. Sein Haar war ein roter, lockiger Wischmopp, und seine Haut war so hell wie der Schnee in der Heimat.

Der Junge kümmerte sich um eine verletzte Ziege und verband ihr Bein.

»Er? Laga, die Ziegen könnten dich besser schützen. Schau, eine der Ziegen ist verletzt. Das war eine schlechte Idee. Ich befehle dir, sofort zur Siedlung zurückzukehren«, donnerte Lars.

»Du befiehlst mir?«, grinste Laga und hob eine ihrer perfekt geformten Augenbrauen.

»Nur weil du keine Anzeichen siehst, heißt das nicht, dass die britischen Truppen nicht in der Nähe sind. Lief warnt vor Krieg. Der König hat einen Besuch abgestattet. Warum sonst, wenn nicht die Bedrohung eines Angriffs unmittelbar bevorsteht? Du wirst dich von nun an nicht mehr so weit von der Siedlung entfernen«, argumentierte Lars.

»Lars, ich bin kein Kind!«, fauchte Laga.

»Solange du unter meiner Obhut stehst, wirst du tun, was ich sage«, dröhnte Lars, bevor er sich umdrehte und zur Burg zurückkehrte.

Laga sah ihm nach, ihr Blut kochte. Sie sehnte den Tag herbei, an dem ihr Bruder sie als die fähige Kriegerin sehen würde, die sie war. Sie sehnte sich danach, dass er sie so ansehen würde, wie er die Schildmaiden ansah. Doch sie befürchtete, dass er in ihr immer nur seine kleine Schwester und eine Landarbeiterin sehen würde.

»Laga, komm«, rief Donald und riss Laga aus ihren Gedanken.

»Was ist los?«, fragte sie.

Donald war ein dünner, großer Junge, nur Glieder ohne Muskeln. Die anderen Dorfkinder hatten ihn gehänselt, weil er nicht besonders robust war. Aber er war intelligent und gut mit den Tieren, also bot Laga an, ihm beizubringen, wie man den Hof versorgt. Die Schikanen hörten auf, sobald die Wikinger Interesse an ihm zeigten.

»Diese Ziege, ich bin sicher, sie ist einer der Zwillinge. Ich kann ihre Schwester immer noch nicht finden. Ich werde weitersuchen, aber dachte, es wäre am besten, dich zu informieren«, sagte er.

»Du hast gut gemacht, Donald, danke. Ich übernehme ab hier«, lächelte Laga, kniete sich hin und streichelte den Kopf der Ziege.

Die Ziege konnte stehen; ihr verletztes Bein störte sie nicht besonders. Das war ein gutes Zeichen. Sie würde bei der Rückkehr nach Hause keine Probleme bereiten. Da die Ziege keine Schwierigkeiten machte, begannen Lagas Gedanken zu wandern. Dies war ihre Chance, auf Entdeckungstour zu gehen. Lars konnte nicht wütend auf sie sein, wenn Tiere verschwanden. Es würde Sinn machen, wenn sie einem Ausreißer folgen würde.

Das Land war zu bezaubernd und geheimnisvoll, um es nicht zu erkunden. Welche Kreaturen beherbergte der Wald? Welche anderen Menschen nannten das Land ihr Zuhause? Laga hatte so viele Fragen.

»Donald, du wirst nicht allein suchen. Ich werde dich begleiten«, lächelte Laga, hob die Ziege in ihre Arme und folgte dem jungen Jungen.

»Aber Laga, was ist mit Lars?«, sorgte sich Donald.

»Die Warnungen meines Bruders sind dumm. Wir gehen nicht weit, und wir können die Siedlung von hier aus immer noch sehen. Das Zicklein muss in der Nähe sein. Sie kann nicht weit gekommen sein.«

Zögernd nickte Donald und führte sie den Hügel hinauf. Das Abenteuer zog Laga an wie der Ruf einer Sirene. Ihr Blut tanzte vor Aufregung darüber, was sie hinter jeder Biegung entdecken könnte. Sie wusste, dass sie beunruhigt sein sollte, als die Wolken dunkel wurden und der Wind zunahm. Aber ein Sturm fügte ihrer Neugier nur noch etwas hinzu. Unsicherheit war schließlich Teil des Abenteuers.

KAPITEL 2

DER STURM KAM von Süden über das Meer. Der Wind blies schnell und heftig, aber selbst als der Wind auffrischte und der Donner über den Himmel grollte, galt Lagas Sorge der vermissten Ziege. Bei ihrer Suche bemerkte Laga Spuren im Schmutz. Sie führten zu den Klippen, wo eine Reihe von Höhlen im Wald versteckt lag.

»Laga, der Sturm naht schnell; wir sollten gehen«, geriet Donald in Panik.

»Geh du mit dem Rest der Herde zurück. Ich komme allein klar.«

»Aber Laga.«

»Aber nichts, Donald. Deine Sorge ehrt dich, aber ich versichere dir, ich werde dir bald nach Hause folgen«, lächelte Laga.

Sie hatte den Jungen schnell ins Herz geschlossen. Irgendetwas an ihm klang echt, als wäre er eine verwandte Seele. Sie beobachtete, wie er die Herde zusammentrieb und den Hügel hinunterführte. Sobald sie sicher war, dass er nah genug an zu Hause war, folgte sie weiter den Spuren, bevor der aufkommende Regen sie wegwaschen konnte.

Die Spuren führten sie tief in den Wald, unter dicke, tief hängende Äste und nahe an den Überhang der Klippen. Sie hörte Rascheln und Zweige, die unter Füßen knackten, und wusste, dass sie auf dem richtigen Weg war. Es dauerte nicht lange, bis sie die Ziegenlamm in einer Felsspalte fand. Sie hatte sich ziemlich weit von der Herde entfernt, und Laga war sicher, wenn sie nicht nach ihr gesucht hätte, hätte die arme Ziege nie den Weg nach Hause gefunden. Sie wäre wahrscheinlich den Hunden zum Opfer gefallen, die in die Nacht heulten.

»Komm her, du kleiner Unruhestifter«, kicherte Laga, nahm die Ziege in ihre Arme und untersuchte sie.

Trotz des rauen und überwucherten Geländes war die Ziege unverletzt. Just in diesem Moment erschreckten ein lauter Donnerschlag und ein greller Blitz sowohl Laga als auch ihre kleine Ziege.

»Ich schätze, wir sollten Schutz suchen, bis der Regen nachlässt«, sagte Laga und streichelte den Kopf der Ziege, um ihr rasendes Herz zu beruhigen.

Der Regen fiel in schweren Tropfen, durchnässte schnell Lagas Kleidung und ließ sie zittern. Sie folgte dem Pfad und duckte sich in eine niedrige Höhle, hockte sich hin und zwängte sich wie ein Kind hinein. Sie saß da, lauschte dem Sturm und beobachtete, wie das Land danach griff, wie sich die Bäume im Wind bogen und die trockene Erde ihren Durst stillte, indem sie jeden harten Regentropfen aufsaugte.

Da ihre Beine verkrampften und der Wind Regen in die Höhle trieb, beschloss Laga, tiefer vorzudringen. Sie kroch über den Höhlenboden, bis sie zu einer Öffnung kam, wo sie bequem stehen konnte, und bemerkte die seltsamen Markierungen an der Wand.

»Ich habe noch nie solche Runen gesehen. Ich frage mich, was sie bedeuten«, sagte Laga. Sie hatte die Angewohnheit, mit ihrem Vieh zu sprechen.

Laga fuhr mit den Fingern über die Runen und versuchte, sie sich für später einzuprägen. Sie krümmten sich auf eine Weise, die sie nicht verstand. Sie hatten harte Linien und sahen fast wütend aus. Ein Gefühl in ihrem Bauch sagte ihr, dass diese Runen wichtig waren und von jemandem untersucht werden mussten, der Runen besser lesen konnte als sie.

Als sie die Luft einatmete, nahm sie den schwachen Geruch von Feuer wahr. Neugierde und die Sehnsucht nach Abenteuern trübten ihr sonst solides Urteilsvermögen, als sie tiefer vordrang und dem Geruch folgte.

Enttäuschung überkam sie, als sie nur die Überreste eines kürzlich erloschenen Lagerfeuers fand.

»Nichts Interessantes oder Aufregendes daran«, brummte Laga.

Auf dem Rückweg betrachtete sie die Schnitzereien an der Wand etwas genauer. Sie waren nicht sehr tief und schienen wie erst kürzlich geschnitzt. Staub sammelte sich noch auf dem Vorsprung darunter, von wo aus die Steine geritzt worden waren. Sie wusste nicht warum, aber sie wusste, dass sie Lars davon erzählen musste, auch wenn er ihre Missachtung seiner Anweisungen missbilligen würde.

»Lars muss warten, bis nach dem Sturm.«

Laga setzte sich am Höhleneingang hin und kuschelte mit der kleinen Ziege, bis sie spürte, wie diese in ihren Armen einschlief. Sie saugte alles in sich auf, was die neu entdeckte Gegend zu bieten hatte. Die Anblicke, Gerüche und Texturen, während sie wartete, bis der Sturm vorüber war.

Sobald sie es für sicher hielt, machte sich Laga auf den Weg zurück zur Stadt. Die Dunkelheit nahm zu, und sie beschleunigte ihre Schritte, da sie das Gefühl hatte, dringend über ihre Entdeckungen berichten zu müssen. Natürlich wollte sie es Lars erzählen. Aber um ehrlich zu sein, wollte sie mit jedem, sogar mit Olga, über das sprechen, was sie gefunden hatte. Ein Teil von ihr hoffte, dass dies der Anfang wäre, dass alle sie ernst nehmen würden.

Laga ließ die kleine Ziege auf dem Heimweg ihre Beine strecken. Als sie durch die Stadt ging, war ihr Blick auf ihre kleine Ausreißerin gerichtet, und sie sah den verhüllten Fremden nicht, der auf sie zukam. Stattdessen stieß sie mit seiner Schulter zusammen und spürte eine Wand aus Muskeln unter dem Stoff.

»Entschuldigung«, nickte Laga und eilte schnell der Ziege hinterher.

»Akzeptiert«, knurrte eine Antwort zurück.

Laga blickte über ihre Schulter zu dem verhüllten Fremden, der stehen geblieben war, um sie zu beobachten. Er hob seinen Kopf und zeigte kurz einen kleinen Teil seines Gesichts. Ein kurzer, scharfer blonder Bart umrahmte ein starkes Kinn. In die längsten Teile seines Bartes waren Perlen eingeflochten. Eine Narbe zog sich über eine Seite seiner Wange zu durchdringenden blauen Augen. Sein Haar war kurz an der Kopfhaut geschnitten, während ein langer blonder Zopf über seine Schulter fiel.

Der Anblick reichte aus, dass Laga stehen blieb und es sich merkte.

Sie wusste, dass ihr Kiefer heruntergefallen war, denn ein leichtes Grinsen lag auf seinem Gesicht, dennoch konnte sie sich nicht bewegen. Sie war wie erstarrt durch den gutaussehenden Fremden mit einer Stimme wie Kies. Sie bemerkte auch nicht, wie er sie zweimal von Kopf bis Fuß musterte, bevor er sich rasch umdrehte und das Dorf verließ.

Wer war er? Sie war noch nicht lange in der Siedlung, aber ein solches Gesicht hätte sie sich sicherlich gemerkt. Laga beschloss, es besser abzuschütteln. Wenn er aus dem Dorf wäre, würde sie ihn wiedersehen. Laga setzte ihre Suche nach jemandem fort, dem sie von den Runen berichten konnte.

KAPITEL 3

»Habe ich dir nicht befohlen, nach Hause zu kommen?«, brüllte Lars.

»Lars, ich bin kein Kind. Ich mag zwar weder Wikinger noch Schildmaid sein, aber ich werde dich auf deinen Hintern schlagen, wenn du noch einmal so mit mir redest«, fauchte Laga zurück.

Wenn Laga es nicht besser wüsste, könnte sie schwören, ein amüsiertes Grinsen auf dem Gesicht ihres Bruders und, wage sie zu behaupten, einen Funken Respekt zu sehen.

»Was ist es an diesen Runen, das dich so begeistert? Du kannst nicht einmal Runen lesen«, beharrte Lars.

»Ich mag sie vielleicht nicht lesen können, aber ich habe genug gesehen, um zu wissen, dass diese anders sind.«

Laga zog eine Klinge aus ihrem Stiefel und ritzte die Runen, an die sie sich erinnern konnte, in den Boden zu ihren Füßen.

»Sie sahen so aus, und sie waren frisch; Staub lag noch auf dem Boden«, beharrte Laga.

Lars untersuchte die Runen, bevor er sich mit der Hand übers frustrierte Gesicht fuhr. Er verschränkte die Arme, richtete sich auf und seufzte tief.

»Laga, diese sind nichts Besonderes. Sie stammen höchstwahrscheinlich vom Jarl Halfden. Wir alle wissen von dem Chaos, das er angerichtet hat, bevor der König ihn beseitigte. Er hat sie vermutlich durch Lief und seine Wegmannschaft geritzt, als er das Danegeld versteckte. Überlass diese Dinge den Leuten, die sie verstehen. Kümmere du dich nur um deine Herde.«

Lars zog seine Schwester an sich und gab ihr einen sanften Kuss auf die Stirn, bevor er sie mit ihren Gedanken allein ließ. Während seine Geste beruhigend wirken sollte, machte sie Laga wütend. Sie mochte in diesen Angelegenheiten nicht so bewandert sein wie Lars und seine Freunde, aber sie wusste, dass sie mit den Runen recht hatte.

»Was ist mit dem Lagerfeuer? Wie erklärst du das? Es war viel zu frisch, um von Halfden zu sein«, stürmte Laga ihm nach.

»Du hast Schutz vor einem Sturm gesucht; du kannst nicht so beschränkt sein zu glauben, dass andere nicht dasselbe getan hätten. Es wird jetzt spät. Ruh dich aus. Du brauchst es.«

Laga sah ihrem Bruder nach, während ihr Blut kochte. Warum nahm niemand sie jemals ernst? Warum würde niemand zuhören? Nur weil sie Schäferin war, bedeutete das nicht, dass sie ein Einfaltspinsel war. Sie war intelligent, stark und zäh. Sie lernte schnell und hatte mehr von Lars' Geschichten über Expeditionen und Raubzüge aufgeschnappt, als er wusste. Sie hatte die Schildmaide beim Training genug beobachtet, um zu verstehen, wie man mit einem Schwert umgeht. Ihre Taktik mochte nicht so erfolgreich sein wie ihre, aber sie konnte sich behaupten. Wenn sie nicht wäre, hätte die Siedlung kein Essen oder Wolle, um sie im Winter warm zu halten. Es ärgerte sie, dass so viele Menschen ihre harte Arbeit abschätzten.

»Ich brauche Ruhe? Ich zeig dir schon, wer Ruhe braucht«, murmelte Laga ihrem Bruder nach.

Unzufrieden mit seiner Antwort beschloss Laga, dass wenn er nicht nach den Runen suchen würde, würde sie es tun. Selbst mitten in der Nacht erinnerte sie sich an den Weg. Also bezog sie von der Spitze eines Baumes aus Wache am Eingang der Höhle, ihre Bewegungen verborgen vom Rascheln der Blätter durch die noch wehenden Winde.

Wer war dort? Was versteckten sie? War es ein Feind? Oder einfach Liebende, die sich vor neugierigen Augen verbargen? Sie musste es wissen. Sie hatte bemerkt, dass Tiere aus der Siedlung und den benachbarten Dörfern verschwanden. Zunächst fragte sie sich, ob es Wölfe waren. Doch jetzt, wo die Puzzleteile zusammenfielen, öffnete sich ihr Geist für die Möglichkeit, dass der fragliche Raubtier vielleicht menschlicher Natur war.

Sie beobachtete die Höhle bis tief in die Nacht und untersuchte jede Veränderung in den Schatten so genau wie möglich. Allerdings wusste Laga nicht, dass sie diejenige war, die beobachtet wurde.

KAPITEL 4

GUNNAR WAR EIN NORDMANN, geboren und aufgewachsen in Norwegen und ein geschworener Feind der Dänen. Er und seine Nordmänner hatten in den letzten Monaten oft an der Landzunge gelagert. Er hatte gehört, dass Einheimische, die seine Art nicht mochten, versucht hatten, die Wikingersiedler vor ihrer Anwesenheit zu warnen. Gunnar fand es amüsant, als sie solche Behauptungen abgetan und angenommen hatten, die Lager stammten von einem Mann, den sie Halfden nannten, der angeblich auf der Seite der Briten stand.

Dumme Wikinger, denken immer, sie sind so schlau, hatte Gunnar gedacht.

Sie wussten nicht einmal, dass er ihre Mauern durchbrochen hatte, um nachzuforschen. Er war so leicht für einen der ihren gehalten worden, und niemand hatte mit der Wimper gezuckt. Sie machten ihm seine Arbeit zu leicht.

Der Anführer von Gunnars Siedlung hatte ihm aufgetragen, so viel wie möglich über die Dänen herauszufinden. War ihre Siedlung von Dauer? Warum waren sie hier? Welche Probleme hatten sie mit den Briten? Und am wichtigsten, waren sie eine Bedrohung für die norwegische Siedlung?

Gunnars neue Heimat an der englischen Küste lag viel weiter unten an der felsigen Küste, weit genug entfernt, wo es keine Sorge hätte sein sollen. Aber die Wikinger und die Nordmänner hatten eine wechselvolle Vergangenheit. Jede Bedrohung blieb eine Bedrohung, egal wie klein.

Gunnar hatte seine Tage damit verbracht, sich in die dänische Siedlung zu schleichen und Informationen zu sammeln. Nachts würde er in den flachen Höhlen tief im Wald kampieren, versteckt durch den dichtesten Teil der Bäume und überwucherten Büsche.

Das Mädchen, das jetzt hoch oben in den Bäumen saß und sein Versteck ausspionierte, erwies sich als Problem. Dies war nicht das erste Mal, dass er sie dort gesehen hatte. Und er war sicher, dass sie gemeldet hätte, was sie gefunden hatte.

Gunnar blieb im Schatten verborgen und beobachtete sie. Sie war schön für eine Dänin. Scharfe Gesichtszüge, die man nur als streng aussehend beschreiben konnte. Ein starker Kiefer mit hohen Wangenknochen.

Dunkle mandelförmige Augen und rabenschwarzes Haar fielen ihren Rücken hinunter und berührten ihre Oberschenkel. Sie war eine starke Frau, das konnte Gunnar erkennen; selbst unter ihrer schweren Kleidung verborgen, wusste er, dass sie einen schönen Körper hatte.

Sie hatte seine Gedanken vernebelt, seit sie in ihn hineingerannt war. Ihre Augen weiteten sich und ihr Kiefer klappte herunter, als sich ihre Blicke trafen. Das würde er nicht vergessen. Dennoch war ihre Schönheit nicht wichtig. Sie war ein Problem, das gelöst werden musste. Wenn sie Bericht erstattete und andere kämen, würde Gunnar entdeckt werden, und Bedrohungen wären unmittelbar.

Gunnar mochte diese Höhle. Sie war versteckt, unsichtbar, es sei denn, man suchte danach. Sie war tief in der Klippe vergraben, vor dem rauen Wetter durch die Bäume geschützt, und sie war für eine Höhle ziemlich gemütlich. Jetzt müsste er einen anderen Platz zum Übernachten finden.

Gunnar schlich davon, ließ das Mädchen eine leere Höhle ausspionieren und erkundete den Klippenrand weiter oben am Hügel. Die Höhlen dort wären den Elementen stärker ausgesetzt, aber zumindest hätte er einen besseren Aussichtspunkt, falls jemand nach ihm suchen würde. Und es wäre weit genug von den neugierigen Augen des schönen Mädchens entfernt.

Vielleicht wäre eine Klippe näher an der Siedlung besser. So ist die Flucht schneller, wenn ich entdeckt werde, dachte Gunnar.

Der Sturm vom Vormittag war schnell und heftig gekommen und genauso schnell wieder verschwunden. Aber nur weil er kurz war, hieß das nicht, dass der Sturm keine Spuren hinterlassen hatte. Gunnars Stiefel quietschten in der durchnässten Erde, was den Klippenrand rutschig und gefährlich machte. Er musste vorsichtig sein. Er konnte nicht sehen, was zu dieser Nachtzeit unter den Klippen lag; es war viel zu dunkel. Und er hatte keine Lust, auf einen möglicherweise fiesen Pfad aus zackigen Felsen zu fallen, der höchstwahrscheinlich zu seinem Tod führen würde.

Aber Vorsicht allein kann manchmal gefährlich sein. Beim Versuch, die Kante zu meiden, übersah Gunnar den Riss im Felsvorsprung. Stattdessen brachte sein Gewicht die Felsen unter seinen Füßen zum Einsturz und riss ihn mit. Gunnar krallte und grub seine Hände in die Erde, versuchte, sich wieder hochzuziehen, aber es war zu nass vom Regen, und der Boden glitt durch seine Finger.

Sein Schicksal akzeptierend fiel er. Der letzte Gedanke in seinem Kopf war an das Mädchen.

Das ist alles ihre Schuld: Neugierige, aufdringliche, wunderschöne dänische Frau. Hätte die Sache auf sich beruhen lassen sollen, dachte Gunnar.

Ihre Augen blitzten in seinem Gedächtnis auf. Die Kurve ihrer Lippen. Diese vollen, wunderschönen Lippen.

KAPITEL 5

DAS LICHT eines neuen Tages brachte Gunnar wieder zu Sinnen. Er muss gestürzt und hart mit dem Kopf aufgeschlagen sein, wenn er die ganze Nacht bewusstlos war. Das Licht stach in seine Augen, als er sie blinzelnd öffnete. Er war sicher, dass er etwas sah, aber es dauerte eine Weile, bis sich seine Augen angepasst hatten. Dann erkannte er endlich, dass jemand über ihn gebeugt kniete. Nicht irgendjemand, sondern die schwarzhaarige Schönheit von der vergangenen Nacht.

»Bist du verletzt?«, keuchte sie.

Gunnar schmerzte von Kopf bis Fuß. Seine Kleider waren durchnässt und voller Schlamm; er wünschte sich nichts mehr als ein Bad. Er drückte sich in eine sitzende Position und rieb sich den Nacken. Er dankte den Göttern, dass er nur Prellungen und Schnittwunden hatte.

»Mir geht's gut«, log Gunnar. Er versuchte aufzustehen, aber sein Knöchel sandte einen blendenden Schmerz durch seinen Körper.

»Du kannst nicht stehen. Du bist verletzt.«

Gunnar sagte nichts und beobachtete das Mädchen genau. Er konnte an ihrem prüfenden Blick und daran, wie ihre Augen über seinen Körper wanderten, seine Gesichtszüge und Kleidung untersuchten, erkennen, dass sie versuchte herauszufinden, was sie mit ihm anfangen sollte. Gunnar musste schnell denken. Er konnte nicht zulassen, dass sie sein Geheimnis aufdeckte.

»Wir Dänen kennen die Bedeutung des Wortes Schmerz nicht«, zuckte Gunnar, als er sich zwang aufzustehen.

Die Frau musterte ihn von Kopf bis Fuß. Gunnar hielt seinen Blick auf ihr Gesicht gerichtet, aber es entging ihm nicht, wie ihre Hand zu ihrer Hüfte wanderte. Er wusste, dass sie nach einer Waffe griff.

»Nur ein Fehltritt«, sagte Gunnar.

Er versuchte zu gehen, konnte aber nicht stehen und fiel zurück auf den Boden.

»Sieht aus, als würde ich für eine Weile nirgendwo hingehen«, scherzte Gunnar, in der Hoffnung, ihren steinernen Blick zu durchbrechen.

»Gut, dann kannst du meine Fragen beantworten«, grinste sie.

Sie setzte sich ihm gegenüber, kreuzte ihre Beine und starrte ihn weiter an. Er musste ihre Entschlossenheit bewundern.

»Wie heißt du?«, fragte sie.

»Gunnar.«

»Woher kommst du?«

»Von der Siedlung am Point«, log Gunnar.

»Lügner! Ich lebe dort und habe dich nie gesehen«, schnappte sie.

»Du kannst nicht behaupten, jeden zu kennen. Neue Leute kommen ständig an.«

Seine Antwort schien ihr zu genügen. Ihre Lippen fielen in eine harte, gerade Linie. Sie wusste nicht, was sie sonst sagen sollte. Sie glaubte ihm vielleicht nicht, aber es fiel ihr schwer, seine Lügen zu durchschauen. Es war eine einfache Lüge. Die besten Lügen sind immer einfach.

»Ich habe dich vielleicht nicht getroffen, aber meine kleinen Spione kennen jeden. Also werden wir sehen, ob deine Geschichte wahr ist«, grinste Laga, ein böses, wissendes Grinsen.

»Du hast keine Spione«, spottete Gunnar, um sie in einen Streit zu verwickeln, damit sie nicht ging. Er brauchte mehr Zeit, um sie zu überzeugen.

»Natürlich habe ich welche. Mein kleiner Donald wird im Leben oft übersehen. Die Leute unterschätzen ihn häufig, weil er schwach aussieht, aber ich habe mich nicht täuschen lassen. Er hat sich als unschätzbar wertvoll erwiesen«, sagte sie, stand auf und machte sich bereit zu gehen.

Donald? Dieser Name klang vertraut. Schnell durchsuchte Gunnar sein Gedächtnis. Er hatte einen jungen Jungen mit flammendem rotem Haar gesehen, der sich meist um die Tiere kümmerte. Aber er hatte auch eine Art, sich an Orte zu schleichen, an denen Kinder besser nicht gesehen werden sollten. Wenn jemand wusste, dass seine Geschichte eine Lüge war, dann er. Gunnar konnte sie nicht gehen lassen.

»Warte!«, stöhnte Gunnar und zwang sich aufzustehen, wobei er die Zähne vor Schmerz zusammenbiss.

Gunnar trat einen Schritt vor und packte ihr Handgelenk. Sie drehte ihren Kopf ruckartig zu ihm um, und wieder sah sie ihn an, als wäre er der einzige Mann auf der Welt. Gunnar spürte, wie sein Puls schneller wurde und sein Körper auf ihren Blick reagierte. Ein Feuer begann in seinem Blut, ein Feuer, das er noch nie zuvor gespürt hatte. Es war berauschend und faszinierend.

»Du hast mir nie deinen Namen gesagt«, atmete Gunnar, seine Augen konnten sich von ihren vollen, rosigen Lippen nicht lösen.

»Laga«, antwortete sie.

Sein Atem beschleunigte sich beim Aufblitzen ihrer Zunge, als sie ihren Namen aussprach. Etwas stimmte nicht, aber auf die bestmögliche Weise. Er hatte alles vergessen, was er eigentlich tun oder sagen sollte. Laga hatte ihn verzaubert. Gunnar konnte nicht umhin zu bemerken, dass sie sich nicht zurückgezogen hatte und ihre Augen nun einen Funken Lust enthielten.

»Laga«, flüsterte er und spürte, wie das Wort auf seinen Lippen kribbelte.

Ein plötzlicher Drang überkam ihn. Ein Verlangen, das er nicht ignorieren konnte und wollte. Ohne zu wissen warum, verstärkte sich sein Griff um ihr Handgelenk, und er zog sie zu sich. Laga stieß ein kleines, fast unhörbares Keuchen aus, versuchte aber nicht, sich loszureißen oder ihn aufzuhalten. Gunnar wusste nicht, ob das, was er im Begriff war zu tun, eine gute Idee war oder warum er es tat. Laga hatte ihn verhext, und er wollte mehr.

Er verflocht seine Finger mit ihrem dicken Haar, zog sie zu sich und brachte seine Lippen auf ihre. Ihre Lippen waren weicher als alles, was er je gespürt hatte; sie schmeckte nach Sommerbeeren. Je länger er sie küsste, desto mehr wurde sein Körper in Brand gesetzt. Er hatte das Gefühl, dass er gleich seine Pflicht vergessen und ihr die Kleider vom Leib reißen würde, als sie antwortete, indem sie ihren Mund öffnete und ihm erlaubte, ihren Mund mit seiner Zunge zu erkunden. Lagas Hände streckten sich aus, wanderten über Gunnars große Bizeps, seinen Torso hinunter, und brachten ihn zum Zucken, als ihre Fingerspitzen seine Hüften streiften und ein Kitzeln durch ihn hindurchsandten.

Schließlich trennten sie sich, nach Atem ringend, aber unfähig, ihre Augen voneinander zu lösen. Gunnar hielt sie nah bei sich und streichelte mit seinen Fingern ihren Nacken.

»Bitte, Laga. Erzähl niemandem, dass ich hier bin«, flehte Gunnar.

»Warum nicht? Was verbirgst du?«

»Ich verstecke nichts. Ich hatte lediglich eine Meinungsverschiedenheit mit einem Kerl wegen eines Schwertes. Anscheinend hatte ich sein Schwert beim Schmied ausgewählt.«

»Soll ich das glauben?«, fragte Laga mit atemloser Stimme.

»Es war ein einfaches Missverständnis. Ich kann auf mich selbst aufpassen, aber dieser Typ war viel größer als ich und hatte noch dazu ein hitziges Temperament. Der Schmied warnte mich, mich nicht mit ihm anzulegen, aber der Stolz hat mich übermannt. Ich habe hier draußen kampiert, um ihm Zeit zu geben, sich zu beruhigen, bevor ich wieder mit ihm rede.«

Lagas Gesicht wurde wieder ernst. Sie glaubte ihm nicht; er musste seine Geschichte überzeugender verkaufen. Laga hatte auch eigene Fragen.

»Also bist du ein Feigling?«, neckte sie ihn.

»Ich bin kein Feigling!«, schnappte Gunnar.

»Der Mann, mit dem ich das Missverständnis hatte, spielt nicht gerne fair. Ich will nur, dass er sich beruhigt, damit wir von Mann zu Mann reden können, alleine, weg von seinen Freunden, vor denen er so gerne angibt.«

Laga beäugte ihn misstrauisch, aber Gunnar konnte spüren, dass sie anfing, ihm zu glauben.

»Ich kann mich ja wohl kaum einem möglichen Kampf stellen, wenn mein Knöchel in diesem Zustand ist, oder?«, fragte Gunnar und ließ sich absichtlich in ihre Arme stolpern.

KAPITEL 6

LAGA HEGTE IMMER NOCH VERDACHT. Seine Geschichte enthielt etwas Wahrheit, aber sie konnte die Runen nicht aus ihrem Kopf bekommen. Aufgewachsen mit Lars hatte Laga ein Verständnis für Wikinger und ihren närrischen Stolz entwickelt, weshalb sie mit Gunnars misslicher Lage mitfühlen konnte.

Sie wusste, dass sie ihm nicht vertrauen sollte, aber sie konnte nicht anders; ihr gefiel dieser Kuss. Er hatte sie überrascht, verzaubert, während sonst niemand ihr je viel Beachtung geschenkt hatte. Die Stimme in ihrem Kopf sagte ihr, vorsichtig zu sein; der Kuss könnte ein Trick sein, um sie abzulenken. Aber ihr Körper schrie danach, gehört zu werden. Ihr Körper hatte so natürlich auf ihn reagiert. Sie konnte auch nicht ignorieren, wie sie seine Reaktion auf sie gespürt hatte. Jemand hatte ihr einmal gesagt, sie konnte sich nicht erinnern wer, dass die wachsende Männlichkeit eines Mannes die Wahrheit spricht. Laga hatte seine Männlichkeit gegen sich gedrückt gefühlt, was ihre Gedanken vor Lust vernebelte.

»Ich werde deine Anwesenheit vorerst geheim halten.«

»Danke, Laga,« sagte Gunnar, umfasste ihre Wange und lächelte sie an. »Deine Freundlichkeit wird nicht unbemerkt bleiben.«

Seine Hand war rau auf ihrer Haut, aber seine Berührung gefiel ihr. Seine Hände waren hart, aber sein Griff war sanft. Sie fragte sich, ob er vielleicht einen weiteren Kuss wagen würde, als sie sich langsam näherte und beobachtete, wie er reagieren würde.

»Laga, ich habe dich überall gesucht,« rief Donald und gesellte sich zu ihnen auf der Lichtung.

Erschrocken bewegten sich Gunnar und Laga schnell auseinander, verblüfft über Donalds plötzliches Eindringen. Donald stand da und starrte, als ob er auf eine Erklärung wartete.

»Wer ist dein Freund?« fragte Donald.

Laga ließ einen Atem aus, von dem sie nicht bemerkt hatte, dass sie ihn anhielt, und lächelte Donald sanft an. Sie war dankbar, dass Donald Gunnar anscheinend nicht kannte. Es war ein Glück, dass die Schotten sich nicht viel mit den Wikingern der Siedlung mischten.

»Es tut mir leid, habe ich euch noch nicht vorgestellt?« log Laga. »Das ist Gunnar, mein Cousin aus Dänemark. Er ist mit dem König angekommen.«

»Hast du endlich einen Weg gefunden, dass Lars dir erlaubt, sie zu erkunden?« lachte Donald.

Laga lachte zur Antwort und nickte, während sie Gunnar auf die Füße half.

Gunnar sah sie verwirrt an. Sie wusste, dass sie später erklären könnte. Sie hasste es, Donald anzulügen, aber lose Lippen hatten schon Schiffe versenkt, und sie wollte nicht, dass Donald zu Hause von einem mysteriösen Fremden erzählte, den er bei Laga gefunden hatte.

»Ich habe die Herde bei mir...«

»Dann werden wir dir folgen. Wir wollen doch nicht, dass die Zwillinge wieder davonschleichen, oder?« grinste Laga.

Donald nickte und drehte sich zurück in Richtung der Herde. Mit dem abgewandten Blick des Jungen lehnte sich Gunnar näher. Laga konnte seinen Atem an ihrem Nacken und Ohr kitzeln spüren. Sie schloss die Augen bei der Empfindung, die einen Schauer über ihren Rücken jagte.

»Cousins?« flüsterte Gunnar an Lagas Ohr.

Sie musste zugeben, dass es eine dumme Lüge war. Die Art, wie er sie ansah, war alles andere als vetterlich. Er nahm ihre Hand und strich sanft mit seinem Daumen über ihre Knöchel. Die Empfindung war verführerisch und ließ ihre Haut in Flammen stehen. Sie fragte sich, wie es sich anfühlen würde, wenn er sie so an einer anderen Stelle ihres Körpers berühren würde.

KAPITEL 7

»WÜRDE ein Cousin dich so berühren?« hauchte Gunnar und streifte mit seinen Lippen ihren Hals entlang, während er seine Arme um ihre Taille schlang.

Laga ließ ihren Kopf zurückfallen und auf seiner Schulter ruhen. Sie war dankbar, dass die Herde Donald beschäftigte und sie allein ließ.

»Würde ein Cousin dich so berühren?« fragte Gunnar erneut, als seine Hände über ihren Körper wanderten und ihre Brüste umfassten.

Laga stöhnte leise; sie sehnte sich aus ihr unbekannten Gründen nach seiner Berührung. Allerdings beschloss sie, es nicht zu hinterfragen. Die besten Dinge im Leben hatten keine Erklärung; das hatte sie schon immer geglaubt.

Gunnar konnte nicht anders, als mit Laga zu flirten. Sie war klug, sexy und es machte Spaß, mit ihr zusammen zu sein. Er mochte, wie sie zwar auf seine Lügen hereinfiel, es aber viel brauchte, um sie zu überzeugen, und dass sie sich von seinem guten Aussehen nicht so leicht beeindrucken ließ, auch wenn sie ihm jetzt verfiel.

»Gunnar, hör auf. Donald könnte jeden Moment zurückkommen«, beharrte Laga.

»Er ist mit deiner Herde beschäftigt. Du hast es ihn selbst sagen hören. Lass uns unsere Zeit allein genießen«, stöhnte Gunnar und nahm ihr Ohrläppchen zwischen seine Zähne.

»Was, wenn jemand aus dem Dorf kommt?« fragte Laga.

Ihre Frage weckte den Spion in ihm. Dies könnte die Gelegenheit sein, nach der er gesucht hatte, um die Informationen zu erhalten, die er noch nicht gefunden hatte. Doch ohne dass Laga es wusste, hatte sie ihre Verteidigung aufgegeben, und sobald eine Frau ihre Verteidigung bei Gunnar aufgab, waren sie Wachs in seinen Händen.

»Scheiß auf das Dorf; lass die Schotten kommen. Wir können ihnen zeigen, wie die Dänen lieben.«

»Was, wenn uns jemand aus der Siedlung findet? Sie könnten dich finden«, atmete Laga.

Sie versuchte, gegen ihre Impulse anzukämpfen. Doch während ihr Mund ihre Bedenken äußerte, verriet ihr Körper sie, schmiegte sich in Gunnars Berührung und stöhnte vor Vergnügen, als seine Finger über ihre Haut streiften.

»Niemand von Bedeutung außer dir würde ohne Absicht diesen Weg gehen«, flüsterte Gunnar.

»Mein Bruder vielleicht.«

»Wer ist dein Bruder?« fragte Gunnar, drehte sie zu sich um und vergrub sein Gesicht in ihrem Hals.

»Der Zweite.«

»Der Zweite ist ein Mann namens Sven«, stöhnte Gunnar.

»Nein, Sven ist gegangen, als sie das von Jarl Halfden gestohlene Danegeld gefunden haben. Mein Bruder Lars wurde vom König geschickt, um Liefs Stellvertreter zu sein. So bin ich hierher gekommen.«

Gunnar begriff bald, dass je entspannter Laga wurde, desto lockerer wurde auch ihre Zunge. Sie gab ihm alles, was er brauchte. Sie informierte ihn über die Pläne, die Siedlung zu vergrößern. Vereinbarungen zum Frieden mit den örtlichen Schotten und wie der König selbst noch hier war und in zwei Tagen nach Dänemark abreisen wollte. So sei es, dass er sich ein wenig Romantik gönnen sollte. Er war schließlich ein heißblütiger Mann. Wer könnte ihm das vorwerfen? Und Laga beschwerte sich nicht. Sie genoss jede seiner Berührungen.

Je mehr er ihre Haut kostete, ihren Körper liebkoste und ihre Kurven erkundete, desto schneller vergaß er seine Mission. Er hatte eine neue; sie dazu zu bringen, seinen Namen zu schreien. Gunnar drängte Laga gegen die Wand des Felsüberhangs. Er riss an ihrer Kleidung, holte eine ihrer üppigen Brüste heraus und nahm sie in seinen Mund, während seine andere Hand ihre Röcke hochzog.

Laga biss sich auf die Lippe, um nicht vor Lust aufzuschreien. Keiner wollte Aufmerksamkeit auf sich ziehen, damit ihr Stelldichein nicht vorzeitig beendet würde. Gunnar spürte, wie er in seiner Hose wuchs und sich anspannte, als seine Finger ihren Eingang fanden. Sie war feucht, bereit und willig, ihn zu empfangen.

Gunnar schob einen seiner dicken Finger in sie hinein und genoss den Klang ihrer Stöhner. Er spürte, wie sie sich um ihn zusammenzog; sie war eng, vielleicht eine Jungfrau. Er sehnte sich danach, den Rest von ihr zu fühlen und wie eng sie ihn umschließen könnte.

Verloren in seiner Suche nach Vergnügen, stach plötzlich ein Drehen in seinem Magen. Galle stieg in seinem Hals auf. Schuldgefühle plagten seinen Verstand. Laga hatte es nicht verdient, auf diese Weise benutzt zu werden. Sie hätte ihn leicht verraten, bloßstellen und wahrscheinlich töten lassen können. Doch sie hatte sich nicht nur entschieden, seine Anwesenheit geheim zu halten, sondern auch einen vertrauten Freund anzulügen, um ihn zu schützen. Sie auszuspionieren war eine Sache; sie um der Informationen willen zu benutzen, eine andere.

Warum kümmert es mich? fragte sich Gunnar.

Wagte er zu sagen, dass er anfing, etwas für die Frau zu empfinden? Vielleicht sogar Liebe? Nein, sicher nicht. Es war zu früh. Doch jeder wusste, wie schnell die Wikinger sich verliebten. Das war nichts im Vergleich dazu, wie schnell und heftig die Nordmänner fielen.

KAPITEL 8

»ICH HABE ETWAS GEAHNT, als dein Bett unberührt war, aber als Donald sagte, du wärst bei einem Cousin, der mit dem König angekommen ist, *wusste* ich, dass etwas nicht stimmt!«, brüllte Lars, als er durch die Baumreihe stürmte.

Ihre Begegnung kam zu einem abrupten Ende. Laga stieß Gunnar kraftvoll von sich weg, sodass er stolperte und vor Schmerz an seinem Knöchel zusammenzuckte. Dann richtete sie schnell ihre Kleidung und warf ihrem Bruder einen wütenden Blick zu.

»Was machst du hier, Lars?«

»Ich suche dich! Was habe ich dir über das Herumstreifen abseits der Siedlung gesagt?«

»Und ich habe dir gesagt, dass ich kein Kind bin!«, brüllte Laga zurück.

Lars öffnete den Mund, um zu widersprechen, als sein Blick zu Gunnar wanderte. Nur eine Sekunde zuvor hatte dieser Mann seine Schwester in Unordnung gebracht. Für Lars war dieser Mann eine Bedrohung für seine Familie.

»Also, wer ist dieser Mann, den du als unseren Cousin ausgibst?«, knurrte Lars und musterte Gunnar von oben bis unten.

»Ich bin Gunnar aus der Siedlung. Ich bin vor Monaten angekommen«, log Gunnar.

»Welchen Rang hast du?«, verlangte Lars zu wissen.

»Ich bin ein Krieger«, antwortete Gunnar und stand stolz da.

Lars kam näher, sein Blick bohrte sich in Gunnar. Laga mochte von diesem Mann getäuscht worden sein, aber Lars würde schwerer, wenn nicht unmöglich, zu überzeugen sein.

»Bei meiner Ankunft wurde ich jedem Krieger vorgestellt, der dieses Land sein Zuhause nennt, und ich habe jeden getroffen, der seitdem hier gelandet ist«, knurrte Lars.

»Lars, was willst du damit sagen?«, fragte Laga.

»Ich sage, dass dieser Mann ein Fremder ist, ein Lügner, und nicht der, für den er sich ausgibt«, fauchte Lars zurück.

Laga stand verwirrt da und beobachtete den Austausch zwischen den beiden Männern. Gunnars Augen glühten vor Wut, seine Knöchel weiß von geballten Fäusten, aber er hatte noch keinen Schritt unternommen. Lars sah aus, als würde er eine Welt des Terrors über Gunnar hereinbrechen lassen, wenn er nicht bald sprechen würde. Lagas Herz raste; sie wusste, dass etwas nicht stimmte, aber sie hatte ihre Lust und Sehnsucht ihr Urteilsvermögen trüben lassen. Sie fühlte sich wie eine Närrin.

»Ich bin Gunnar. Ich lebe in der Siedlung. Ich habe mich nach einem Streit mit einem Bruder versteckt«, log Gunnar erneut.

Da rötete sich Lars' Gesicht, als ob er sich an etwas erinnerte.

»Ich kenne dich; du bist der Fremde, der um das Lager herumschleicht. Ich habe dich bei der Burg gesehen. Du sagtest, du würdest den Schmied treffen, doch der Schmied hat seine eigene Wohnung außerhalb des Burggeländes. Jeder in der Siedlung weiß das, besonders die Krieger, die ihn für ihre Klingen aufsuchen!« Lars' Stimme wurde mit jedem Wort lauter, seine Wut brannte wie die Sonne.

Lars stieß Gunnar heftig zurück. Gunnar humpelte einen Schritt zurück und kämpfte darum, auf seinem immer noch schmerzenden Knöchel zu stehen.

»Sag mir, wer du bist!«, brüllte Lars.

»Lars, hör auf!«, flehte Laga.

»Laga, es ist in Ordnung«, unterbrach Gunnar.

Da passierte es. Gunnars Geheimnis wurde entblößt. Als Gunnar seinen Kopf drehte, um Laga zu beruhigen, rutschte sein Kragen und entblößte die harten, geschwungenen Linien einer Rune. Eine Rune, die Lars schon einmal gesehen hatte, eine Rune, die der ähnelte, die Laga in der Höhle gesehen hatte. Lars stürmte vor und packte Gunnar an der Kehle.

»Normannen-Abschaum!«, brüllte Lars.

Der Instinkt setzte ein, und Gunnar schlug Lars hart ins Gesicht. Lars ließ los, als seine Nase zu bluten begann.

»Dein Blut ist es nicht wert, meine Klinge zu kosten. Ich werde dich mit bloßen Händen schlagen!«, bellte Lars.

Lars stürmte auf Gunnar zu und entfesselte mehrere schnelle Angriffe, schlug Gunnar quer über den Kiefer und spaltete die Haut an mehreren Stellen. Gunnars Bart färbte sich rot, als sein Blut in sein Haar sickerte.

»Lars, hör auf! Was sagst du da?«, rief Laga, schob ihren Bruder von Gunnar weg und sprang zwischen die beiden Männer.

»Bist du blind, Schwester? Die Rune an seinem Hals, sie ist dieselbe wie in der Höhle. Sie bedeutet, dass er ein Normanne ist«, brüllte Lars zurück.

Laga drehte sich scharf zu Gunnar um. Alle Lust, alles Vertrauen und Mitgefühl verschwanden aus ihrem Gesicht, ersetzt durch Verrat und blinde Wut. Es war eine Wut, die der ihres Bruders ebenbürtig war. Gunnar schaute sie erschrocken an, als ihre durchdringenden Augen auf ihn niederfuhren und tief in ihn eindrangen. Schuld stieg erneut in seinem Bauch auf.

»Ist es wahr?«, forderte Laga.

»Laga, lass mich erk...«

»Ist es *wahr*!«, schrie Laga.

Gunnar ließ seinen Kopf niedergeschlagen sinken. Er konnte den Schmerz und die Wut in ihren Augen nicht ertragen. Seine Schultern sackten herab, und er nickte als Antwort.

Der Hang war steil und den starken Winden von der Küste unterhalb der Klippen ausgesetzt. Selbst durch das dichte Gehölz war der Boden den Elementen ausgesetzt gewesen. Der Boden war durchnässt, was es leicht machte, unter ihrem Gewicht in den Schlamm einzusinken. Lars hatte Recht gehabt. Nur weil man eine Bedrohung nicht sehen konnte, hieß das nicht, dass keine da war.

»Du hast mich belogen! Ich habe dich berühren lassen!«, brüllte Laga.

»Laga, es tut mir...«

»Ich will kein weiteres giftiges Wort von deinen Lippen hören!«, donnerte Laga und stieß Gunnar mit all ihrer Kraft.

Der Hang war schon schwer genug zu begehen, wenn er vom Sturm durchnässt war. Gunnar konnte sich auf seinem verletzten Knöchel nicht halten. Die Wucht von Lagas Stoß, gepaart mit seiner Unvorbereitetheit, ließ ihn zurückfallen und schnell den Hang hinunterrollen. Sich überschlagend rollte Gunnar auf die Klippen zu.

Laga sah entsetzt zu, erfüllt von Schmerz und Verwunderung, wie Gunnar unkontrolliert der Gefahr näher kam. Gunnar versuchte verzweifelt, sich zu stabilisieren, griff nach allem, was er konnte, um seinen Fall zu stoppen, aber nichts half. Der Boden bröckelte in seinen Händen, Baumwurzeln gaben unter ihm nach, und bevor er es wusste, stürzte er über den Rand der Klippe.

Laga keuchte auf, als Gunnar aus ihrem Blickfeld verschwand. Mit seinem Verschwinden traf sie die Realität mit voller Wucht. Tränen brachen aus ihren Augen wie eine Flutwelle auf dem Meer. Ihr Herz zog sich zusammen. Sie hatte noch nie zuvor solchen Schmerz gefühlt. War es Herzschmerz? Verrat? Oder etwas Tieferes?

KAPITEL 9

GUNNAR PLATSCHTE in das eiskalte Wasser unter ihm. Selbst im Sommer waren die Gewässer Englands so kalt wie im Winter. Während er zurück zum Ufer schwamm, ließ Gunnar die Ereignisse in seinem Kopf Revue passieren. Er hatte Lagos Ausbruch wohl verdient. Er hatte sie belogen, benutzt, und ja, es stimmte – er hatte sie verraten. Aber er konnte ihr keinen Vorwurf machen. Er kannte Frauen, die für weniger getötet hätten.

Als er sich wieder ans Ufer zog, blickte er hinauf zur Klippe, von der er gefallen war. Er hatte halb erwartet, Lars und Laga dort oben zu sehen, wie sie nachschauten, ob er bei dem Sturz gestorben war. Aber niemand stand auf der Klippe.

Da er nichts mehr tun konnte, machte er sich auf den Weg am Ufer entlang in Richtung Heimat. Was sollte er auch tun? Sie hatte ihre Gefühle deutlich gemacht. Sie war eine Dänin und er ein Normanne. Geschworene Feinde. Es war nicht so, als könnten sie zusammen ein Leben aufbauen. Keines ihrer Völker würde das zulassen. Außerdem hatte er bekommen, wofür er gekommen war, auch wenn er die Informationen auf hinterhältige Weise erhalten hatte. Seine Mission war erfüllt. Jetzt musste er seinem Häuptling Bericht erstatten.

Die Entfernung zwischen der normannischen Siedlung und den Wikingern betrug mindestens zwei Tagesritte. Zu Fuß würde es noch länger dauern. Zum Glück kannte Gunnar mehrere Höhlen entlang des Weges, in denen er rasten konnte. Aber leider schmerzte sein Knöchel bei jedem Schritt, was ihn verlangsamte. Das unebene Ufer half auch nicht gerade. Doch Gunnar hatte keine Zeit, sich zu beklagen oder auszuruhen. Er war enttarnt worden; es war nur eine Frage der Zeit, bis die Wikinger Krieg führen würden.

Krieg mit den Wikingern war Gunnars geringstes Problem. Als sein Knöchel zu schmerzhaft wurde, um ihn zu belasten, machte er sich auf den Weg zu den Hügeln, auf der Suche nach einem Rastplatz, und lief geradewegs in ein Bataillon britischer Truppen hinein. Sie waren kampfbereit und auf Blutvergießen aus.

Gunnar war unbewaffnet und hoffnungslos in der Unterzahl. Er wäre ein Narr gewesen, wenn er versucht hätte, sich freizukämpfen. Er stand einem Soldaten auf einem großen weißen Pferd gegenüber. Gunnar stand still, schweigsam, wartend.

»Packt ihn. Er ist ein Wikinger!«, befahl der Soldat.

Gunnar wurde schnell umzingelt und auf die Knie gezwungen, seine Hände wurden gefesselt und ein widerlich schmeckender Lappen wurde um seinen Mund gebunden. Ein Soldat zog seinen Kragen herunter und entblößte die Rune an seinem Hals.

»Dieser hier ist ein Normanne!«, rief ein anderer Soldat.

»Das spielt keine Rolle. Sie sind alle gleich. Nehmt ihn mit!«, befahl der Befehlshaber.

Als die Soldaten Gunnar gewaltsam zum britischen Lager schleppten, rasten seine Gedanken. Das war Lagos Schuld. Er wäre nicht direkt in den Weg der britischen Truppe gelaufen, wenn sie ihn nicht von der Klippe gestoßen hätte. Doch dann wandelte sich der Zorn in Sorge. Sie bewegten sich in Richtung der Landzunge, direkt zur Siedlung. War dies das einzige Bataillon? Was war ihr Plan? Als Gunnar in ein Zelt gestoßen wurde, wandten sich seine Gedanken Laga zu. Er musste fliehen. Er musste sie warnen. Sie beschützen.

KAPITEL 10

DUMME BRITEN, amüsierte sich Gunnar.

Die Truppen hatten ihn in Ruhe gelassen und ihn unterschätzt, nur weil er allein war. Außerdem hatte der Soldat, der ihn gefesselt hatte, keine besonders gute Arbeit geleistet, was Gunnar die perfekte Gelegenheit gab, sich freizuwinden und zu fliehen.

Er schlüpfte hinaus und bahnte sich seinen Weg durch das Labyrinth aus Zelten zurück nach Hause. Als er ein prächtig verziertes Zelt erreichte, hielt er an. Er konnte den Sinn solcher Verzierungen nie verstehen. Es war wie ein Leuchtfeuer, das Feinde direkt anvisieren konnten. Wachen standen draußen und schützten vor feindlichen Angriffen. Gunnar machte sich keine Sorgen, er musste nur ein Schwert oder eine Axt bekommen, dann könnte er beide Wachen leicht erledigen und verschwinden, bevor jemand etwas bemerkte.

Gunnar kauerte hinter einem Versorgungsfass und wartete darauf, dass die Luft rein war, um loszurennen, als ein Gespräch an sein Ohr drang.

»Wenn wir fertig sind, wird der Point ein Warnzeichen für all den anderen Abschaum sein, der versucht, unser Land als sein eigenes zu beanspruchen. Sie werden die Flammen von der Nordmännersiedlung aus sehen können. Bis einer von ihnen begriffen hat, was vor sich geht, werden nicht mehr genug von ihnen übrig sein, um sich gegen uns zu stellen.«

Mehrere Stimmen kicherten zustimmend.

»Was sind unsere Ziele?«, fragte eine Stimme.

»Es gibt zwei Wikingersiedlungen in der Gegend, eine am Point und eine gleich dahinter an der Ostküste. Wenn man die Küste nach Süden entlangfährt, gibt es eine nordische Siedlung...«

Gunnar hörte auf zuzuhören. Sie sprachen über sein Zuhause und das von Laga. Er musste mehr wissen, aber er konnte nicht riskieren, draußen zu warten und gesehen zu werden, während bewaffnete Männer umhergingen. Ein Husten und Füße, die durch den Schmutz schlurften, erregten Gunnars Aufmerksamkeit. Eine der Wachen vom Eingang des Generalszelts hatte sich abgesondert. Von der Art, wie der Mann sein Bein ruckte und an seinem Schritt zog, war es für Gunnar klar, dass er sich erleichtern wollte. Gunnar hielt sich im Schatten und folgte dem Mann in den Schutz der Bäume am Rand des Lagers. Gunnar wartete, bis der Mann seine Hose um die Knöchel hatte, in einer verletzlichen Position mit seinem Schwanz in der Hand, bevor er zuschlug.

Von hinten anschleichend, packte Gunnar das Schwert des Mannes und legte seinen Arm um dessen Hals. Gunnar legte das Gemächt des Soldaten auf die Oberseite der Klinge.

»Ein Wort, und ich mache dich zur Frau«, knurrte Gunnar. Dann, nach unten blickend, lachte Gunnar tief in seiner Kehle. »Bei deiner Größe, kein Wunder, dass ihr Briten so wütend seid.«

»Ausländischer Abschaum, ich werde deinen Kopf haben«, knurrte die Wache.

»Kastriert mit deinem eigenen Schwert, ich hoffe, du hast bereits Kinder«, erwiderte Gunnar und drückte die Klinge tiefer in den Schritt des Mannes.

»Sag mir, was du weißt. Was sind die Pläne des Generals für die Siedlungen?«, forderte Gunnar und behielt mit einem Ohr das Lager im Hintergrund im Auge.

»Ich sage dir gar nichts!«, spuckte die Wache aus.

Gunnar drehte ihn herum und warf den Soldaten gegen einen Baum. Der Mann stöhnte und keuchte, als der Aufprall ihm die Luft aus den Lungen presste. Gunnar stürzte sich auf ihn und drückte den Mann gegen den Baum. Gunnar drückte seinen Arm tiefer in den Hals des Mannes, das Schwert immer noch auf sein Ziel gerichtet.

»Ich wiederhole mich nicht gern. Beantworte meine Fragen, oder ich habe keine Verwendung mehr für dich, und dich zu töten wird meine Unterhaltung sein«, knurrte Gunnar.

Der Soldat schluckte laut und nickte sein Verständnis. Gunnar lockerte den Griff um den Hals des Mannes ein wenig, um ihm Raum zum Sprechen zu geben.

»Der General handelt auf Befehle, die über meinem Rang liegen. Ich kann dir nur sagen, was ich weiß. Wir planen, unser Land von allen fremden Eindringlingen zu befreien. Die Wikinger, die Nordmänner, alle von ihnen.«

»Du hältst etwas zurück, und ich verliere meine Geduld«, knurrte Gunnar und führte die Klinge näher heran, wobei er eine kleine Blutspur zog.

Der Soldat zuckte zusammen, bevor er kicherte und Gunnar direkt in die Augen starrte.

»Töte mich, wenn du musst. Ich habe mein Leben der Sache geschworen. Wenn ich sterbe, als Ergebnis davon, wird es ein ehrenhafter Tod sein, sei es bei der Verteidigung unserer Pläne oder durch das Schwert in der Schlacht.«

»Auszubluten, wo einmal dein winziger Schwanz stand, durch dein eigenes Schwert ist ehrenhaft für dich? Ihr Briten seid ein seltsames Volk«, provozierte Gunnar.

»Es macht keinen Unterschied; im Krieg ist alles erlaubt«, spuckte der Soldat.

»Krieg?«, fragte Gunnar.

»Krieg steht unmittelbar bevor. Du kannst ihn nicht aufhalten. Die Siedlung am Point wird zuerst getroffen. Danach werden die Feuer wüten und eine Warnung an andere wie dich sein, was noch kommen wird! Nordischer Abschaum«, höhnte die Wache.

»Wann?«, schnappte Gunnar.

»Früher als du denkst«, lachte die Wache.

Gunnar drehte die Klinge und schlug dem Soldaten mit dem Griff über den Kopf. Nachdem er sichergestellt hatte, dass der Mann bewusstlos war, machte sich Gunnar so schnell wie möglich auf den direkten Weg nach Hause. Er war fast völlig außer Sichtweite des britischen Lagers, als er von einem Anfall des Gewissens geplagt wurde.

Ich kann Laga und die Wikinger nicht zurücklassen, wenn ich weiß, was ich weiß. Das ist nicht das Ehrenhafte, was ich tun kann. Aber sie sind Wikinger, unsere Erzfeinde. Ich kann mein Volk nicht für ein hübsches Gesicht verraten. Gunnar stritt mit sich selbst.

Gunnar ging hin und her, stapfte durch die Bäume und kämpfte mit sich selbst, bevor er eine Entscheidung traf. Kein ehrenhafter Mann würde einen Feind verraten, wenn ein größerer Feind am Horizont erscheint. Selbst wenn die Nordmänner die Wikinger hassten und umgekehrt, brauchten sie alle verfügbaren Kräfte, um sich auf den Krieg vorzubereiten.

Gunnar humpelte so schnell er konnte zum Lager zurück und ignorierte den Schmerz bei jedem Schritt. Die Pferde waren am Rand des Lagers angebunden, grasten und waren unbewacht. Gunnar schnappte sich das erste Pferd, das er finden konnte, und machte sich auf den Weg zu Laga.

KAPITEL 11

LAGA UND DONALD saßen still da, beobachteten die Herde am Rande der Siedlung. Das Gras war außerhalb der Siedlungsmauern grüner. Es war eine friedliche Nacht. Der Sturm vom Vortag hatte die Luft geklärt. Keine Wolke war am Himmel zu sehen. Die Sterne funkelten am samtschwarzen Himmel, während der Mond die Hügelkuppe erleuchtete. Da sah Laga es. Ein Mann auf einem Pferd galoppierte eilig den Hügel hinunter. Als die Gestalt näher kam, begann ihr Herz in ihrer Brust zu hämmern. Es war Gunnar.

»Bei allen Göttern, den alten wie den neuen, was machst du hier?«, verlangte Laga zu wissen, obwohl ihre Stimme weniger bedrohlich klang, als sie geplant hatte.

»Lass die Herde und geh sofort zurück zur Siedlung. Wo ist dein Bruder? Die anderen Befehlshaber? Ich muss unverzüglich mit ihnen sprechen!«, sprudelte Gunnar hervor, während er abstieg.

»Du bist jetzt als Normanne bekannt. Sie werden dich auf der Stelle töten, bevor du auch nur ein Wort sagen kannst. Außerdem, warum sollte ich dir helfen, nach der Art, wie du mich behandelt hast?«, fauchte Laga, während alle Erinnerungen an seinen Verrat zurückkamen.

»Laga, wir haben keine Zeit. Auf meinem Weg zurück zu meiner Siedlung....«

»Deine Siedlung? Es gibt eine Normannensiedlung? Wo? Ist sie nahe?«, fragte Laga hektisch.

»Laga! Es gibt keine Zeit. Ich wurde von den Briten gefangen genommen. Eine Armee ist im Anmarsch. Sie planen, die Siedlung anzugreifen und bis auf die Grundmauern niederzubrennen. Sie greifen zuerst hier an, dann die andere Wikingersiedlung, bevor sie zu meinem Volk kommen. Wir müssen alle warnen.«

Gunnar geriet in Panik.

»Eine Armee? Das kann nur bedeuten....«

»Ja, Krieg. Unsere Völker mögen Feinde sein, aber jetzt haben wir einen gemeinsamen Feind. Wir müssen uns zusammenschließen und kämpfen. Getrennt haben unsere Völker keine Chance. Zusammen könnten wir immer noch den Sieg erringen.«

Ein Stiefel zerbrach einen Zweig auf dem Boden, erschrocken drehten sich Gunnar und Laga um und sahen Lars aus der Dunkelheit auftauchen. Sein Gesicht war nicht mehr wütend oder angewidert, sondern voller Sorge.

»Warum? Warum kommst du zurück und bietest uns deine Hilfe an?«, fragte Lars, während er fest an Lagas Seite stand.

Gunnar blickte zu Laga und wusste, dass nur die Wahrheit ihn befreien würde.

»Glaubt mir, wenn ich sage, dass ich diese Entscheidung nicht leichtfertig getroffen habe. Ich war auf dem Weg nach Hause, um mein Volk zu warnen, als... meine Gedanken zu Laga rasten. Ich liebe sie. Der Gedanke, dass diese britischen Ratten ihr oder jemandem, den sie liebt, Schaden zufügen könnten, machte mich krank. Aber ich bin ein Mann der Ehre. Also kann ich meine Streitigkeiten mit den Wikingern für eine größere Sache beiseitelegen... und für die Liebe zu einer guten Frau«, antwortete Gunnar und neigte seinen Kopf vor Lars.

Lars stand schweigend da und musterte Gunnar misstrauisch.

»Hältst du mich für einen Narren? Du hast meine Schwester einmal benutzt. Wagst du es, sie wieder zu benutzen?«, knurrte Lars, während Wut in seinen Augen zu brennen begann.

Laga trat vor ihren Bruder und legte ihm sanft eine Hand auf die Brust, um ihn zu beruhigen.

»Ich glaube ihm, Lars. Er hätte zuerst zu seinem eigenen Volk laufen können. Stattdessen kommt er in ein feindliches Lager, zahlenmäßig unterlegen, wo viele ihn einfach dafür töten könnten, dass er hier ist. Stattdessen bietet er einen Waffenstillstand an aus Liebe zu mir. Vater hätte dasselbe für Mutter getan.«

Lars' Augen schnellten zu seiner Schwester. Er war wie erstarrt und wusste nicht, was er sagen sollte.

»Geh zurück zur Siedlung, warne die anderen. Bereitet euch auf den Krieg vor. Donald und ich bringen die Herde mit den Hunden herein.«

»Ich werde mit euch gehen. Um zu beweisen, dass ich kein Lügner bin«, sagte Gunnar.

Widerstrebend nickte Lars.

KAPITEL 12

LIEF, Lars und die anderen standen in der großen Halle und warteten auf Neuigkeiten. Gunnar lief unruhig hin und her, während Laga ihn aufmerksam beobachtete, ihr Herz schmerzte beim Anblick seiner besorgten Miene. Im Raum herrschte solche Stille, dass niemand zu sprechen wagte. Vieles war bereits besprochen worden, und wenn die Späher Gunnars Geschichte nicht bestätigten, würde er hingerichtet werden. Schließlich lugte die Morgendämmerung über den Horizont und tauchte die große Halle in Orange- und Gelbtöne. Die Gespräche hatten den ganzen Abend gedauert, bis alle ihrer eigenen Stimmen überdrüssig waren. Jetzt hieß es nur noch warten.

Sekunden fühlten sich wie Minuten an; Minuten wie Stunden, bevor plötzlich die Türen aufflogen. Vier Reiter stürmten keuchend herein, Panik zeichnete sich auf ihren Gesichtern ab.

»Heraus damit!« brüllte Lief.

»Der Nordmann spricht die Wahrheit. Es gibt ein britisches Lager nicht weit von hier. Höchstens eine Tagesreise entfernt«, antwortete einer der Reiter.

»Wie viele?« fragte Lars.

»Tausende, und wir befürchten, dass noch mehr kommen könnten.«

Der Raum explodierte in einem Getöse aus Stimmen, stampfenden Füßen und gezogenen Waffen.

»Ruhe!« brüllte Lief. »Der Krieg naht. Bereitet die Verteidigung der Siedlung vor. Bringt die Frauen und Kinder in Sicherheit. Warnt das Nachbardorf, sofort!«

»Ich muss nach Hause und meine Brüder warnen. Ich werde mein Bestes tun, um mein Volk zu überzeugen, sich dem Kampf anzuschließen. Die Briten sind auch unsere Feinde.«

»Ich werde dich begleiten. Es braucht einen unserer Anführer, um zu zeigen, dass es uns ernst ist«, nickte Lars und reichte Gunnar seine Hand.

»Bruder«, nickte Gunnar.

Laga fühlte, als würde ihr Herz aus der Brust gerissen. Sie war keine Kämpferin, nicht im herkömmlichen Sinne. Sie würde mit den anderen Frauen evakuiert werden, und Gunnar ging fort. Unfähig, mit anzusehen, wie er in weniger als zwei Tagen erneut aus ihrem Blickfeld verschwand, drehte sie sich zum Gehen. Auf Wiedersehen war schon immer ein Wort gewesen, das sie nicht aussprechen konnte.

»Wohin gehst du?« fragte Gunnar und ergriff Lagas Arm.

»Du hast Lief gehört. Ich habe meine Befehle.«

»Komm mit mir«, bat Gunnar.

Laga drehte sich zu ihm um. Ihre Augen waren voller Hoffnungstränen, als sie in Gunnars eisblaue Augen blickte.

»Ich kann nicht in diesen Krieg ziehen, ohne zu wissen, wo du bist. Ohne zu wissen, dass du in Sicherheit bist. Ich möchte, dass du mit mir nach Hause kommst... als meine Frau.«

EPILOG

DIE GANZE WELT VERÄNDERTE SICH. Wikinger und Nordmänner würden sich vielleicht bald zusammenschließen, geschworene Feinde nun Verbündete. Ein Krieg, den sie zu verhindern versucht hatten, hatte seinen Weg zu ihrer Tür gefunden. Die Briten mochten die Überzahl haben, aber Lars war sich sicher, dass sie nicht die Kämpfer hatten, nicht wie die Dänen und die Norweger.

Es war ein anderthalbtägiger Ritt vom Point bis zu Gunnars Siedlung. Ein weiterer Sturm braute sich über der Küste zusammen. Die Gruppe hatte gehofft, vor dem Sturm Unterschlupf zu finden, aber der Pfad der Liebe und des Krieges war nie ein leichter.

Der Regen prasselte so stark herunter, dass er auf der Haut schmerzte. Der Wind heulte und traf wie ein Schlag zum Kiefer. Die Pferde kämpften sich durch die weiche Erde, bevor eine Höhle in Sicht kam. Sie konnten nicht weitergehen, bis der Sturm vorübergezogen war. Alle beteten, dass er so schnell vorüberziehen würde wie der letzte. Mit angebundenen Pferden, gefüllten Bäuchen und einem kleinen Feuer, das die Gruppe wärmte, zog Lars seine Pelze eng an sich und machte es sich für eine dringend benötigte Ruhepause bequem. Gunnar hielt Wache, auf der Hut vor britischen Truppen, die vorbeikommen könnten.

»Hättest du gerne etwas Gesellschaft?«, fragte Laga kokett.

»Von meiner wunderschönen zukünftigen Frau? Immer.« Gunnar grinste und öffnete seine Arme weit, zog Laga an sich.

Junge Liebe war so süß und neu. Wie Jugendliche, die zum ersten Mal den süßen Nektar der Liebe kosten, wandelte sich das Gespräch schnell vom Krieg zur Bewunderung. Flirtende Worte, herzliches Lachen und schmachtende Blicke wurden zwischen den beiden ausgetauscht, während die Hitze in der Höhle zunahm.

Lars sprang auf die Füße und erschreckte die beiden Turteltäubchen.

»Ihr zwei seid widerlich.«

»Wir sind verliebt«, trällerte Laga.

»Ich würde lieber draußen im Regen auf und ab gehen, als gezwungen zu sein, euch beiden noch länger zuzuhören. Süßes Geschwätz, Gerede von Liebeswerbung. Ich habe genug gehört. Ich werde von draußen Wache halten. Wir sehen uns beide im Morgengrauen.«

Lars brummte vor sich hin, als er die Höhle verließ. Sein Schatten wanderte hin und her, während er draußen patrouillierte. Endlich allein, erkannte Laga, dass die Hitze nicht nur vom Feuer kam, das in ihrem Rücken knisterte; es war die Hitze zwischen ihr und Gunnar.

Jede Gelegenheit, allein zu sein, war unterbrochen worden, abgebrochen, bevor sie ihn so fühlen konnte, wie sie es sich ersehnte. Jetzt war Lagas Chance.

»Wir sind ganz allein, für einmal ungestört, wie es scheint«, neckte Laga.

»Was soll ich nur mit dir anstellen?«, knurrte Gunnar, vergrub sein Gesicht in Lagas Hals, knabberte an ihrer weichen Haut, während seine Hände über ihren Körper wanderten.

Laga stand auf, nahm Gunnars Hand und führte ihn tiefer in die Höhle, weg von Lars.

»Weißt du, ich vermute, das ist unsere Hochzeitsnacht«, flüsterte Laga, während sie verspielt an Gunnars Ohr knabberte.

»Dann lass mich dir zeigen, wie Nordmänner unsere Ehen vollziehen«, knurrte Gunnar. Seine Stimme war dunkel und verführerisch.

Gunnar verflocht seine Finger in Lagas Haar, streichelte ihren Nacken, beanspruchte sie, als er sie zu sich zog. Seine Lippen verschmolzen mit ihren. Laga antwortete, öffnete ihren Mund, um ihn zu empfangen, ihre Zungen verflochten in einer leidenschaftlichen Umarmung.

Gunnars Hände wanderten von ihrem Haar, erkundeten jede Kurve ihres Körpers. Gunnar umfasste Lagas runden Hintern und drückte fest zu, bis sie in seinem Mund stöhnte. Gunnar hob sie hoch und stöhnte vor Vergnügen. Laga schlang ihre Beine um seine Taille und ihre Arme um seinen Nacken. Gunnar trug sie zu einem Felsen und setzte sie oben darauf. Langsam hob er ihre Röcke, strich mit seinen rauen Händen über ihre weiche Haut und genoss jeden Zentimeter von ihr.

»Hast du andere Kleidung in deiner Reisetasche?«, flüsterte Gunnar in ihr Ohr.

Laga nickte. Bevor sie blinzeln konnte, grinste Gunnar gegen ihre Lippen, packte ihr Baumwollhemd und riss es in der Mitte auseinander, entblößte ihre üppigen Brüste für ihn. Sein Schwanz schwoll zwischen seinen Schenkeln beim Anblick von ihr an. Dann befreite er sich und Gunnar verlor keine Zeit, in sie zu stoßen.

Laga stöhnte bei dem Gefühl, wie er sie dehnte, sie vollständig ausfüllte. Gunnar war nicht zu groß, aber er war breit. Mit jedem langsamen Stoß hob und senkte sich Lagas Brust. Er passte perfekt zu ihr, als wäre er für niemanden sonst gemacht als für sie. Seine Stöße waren zunächst langsam; er war vorsichtig, um ihr nicht wehzutun. Aber als ihr Stöhnen lauter wurde, fiel es Gunnar zunehmend schwer, sich zu beherrschen. Er musste spüren, wie sie um ihn herum zerfiel, in ihren Säften baden und fühlen, wie sie ihn als ihren eigenen beanspruchte.

Er nahm ihre Brustwarzen in seinen Mund und stieß schneller und schneller zu. Laga biss sich auf die Lippe, um nicht zu schreien. Der Klang ihrer Lust hallte von den Höhlenwänden wider. Laga zerrte an Gunnars Hemd, begierig darauf, ihn zu befreien, sein Fleisch auf dem ihren zu spüren. Sie keuchte, als sie ihre Hände über seine Brust gleiten ließ. Verglichen mit den Wikingern wusste sie, dass er nicht der größte war, aber seine Definition war unübertroffen. Sie hatte noch nie solche Muskeln gesehen.

Ihre Nägel kratzten über seine Schultern, als ihr Höhepunkt sie erfasste. Ihr Kopf fiel zurück, als sie seinen Namen stöhnte, ihn zusammendrückte und seinen Samen melkte, als seine eigene Lust durch ihn hindurchriss.

Gunnar sackte an ihrer Schulter zusammen, küsste sanft ihren Hals, während er wieder zu Atem kam.

»Jetzt bin ich an der Reihe, dir zu zeigen, wie wir dänischen Frauen es machen«, hauchte Laga in sein Ohr.

Sie schob ihn sanft und stieg vom Felsen herunter, ihre Beine zitterten noch immer. Sie nickte auf seine Kleidung, forderte ihn wortlos auf, sich auszuziehen. Sie wollte ihn ganz genießen. Mit ineinander verhakten Blicken befreiten sie sich von ihrer restlichen Kleidung.

Laga lag auf dem Höhlenboden, spreizte ihre Beine weit und bot Gunnar einen vollständigen, hypnotisierenden Anblick. Spuren ihres Vergnügens waren noch auf ihren Innenschenkeln zu sehen. Mit einer einladenden Geste bedeutete sie Gunnar, sich zu ihr zu gesellen, während sie eine ihrer Brüste nachzeichnete und sich für ihn reizte. Gunnar sank auf die Knie und kroch über sie.

Sie packte seine Schultern, drehte ihn herum und kletterte auf ihn, seine Hüften umschlingend. Als sie sich auf ihn sinken ließ, schrie Laga vor Ekstase auf. Gunnar streckte seine Hände aus und umfasste ihre Brüste. Er reizte ihre Brustwarzen zwischen seinen Fingern, während Laga langsam begann, ihre Hüften zu bewegen. Sie bog ihren Rücken durch und stützte sich mit den Händen auf Gunnars muskulösen Schenkeln ab. Ihr Rhythmus änderte sich, und mit jeder Bewegung zog sie ihn tiefer in sich hinein. Gunnar fühlte, als könnte er vor Lust wahnsinnig werden. Diese Frau war wie niemand, den er je zuvor getroffen hatte. Er griff zwischen ihre Beine, sein Daumen suchte nach dem süßen Punkt. Er wollte Laga in den Wahnsinn treiben. Er neckte ihre schmerzende Knospe; mit jeder Bewegung steigerte Laga ihr Tempo, bis sie beide kurz davor waren zu zerbrechen. Ihre Muskeln kribbelten, als ihre Lust wuchs, bis ihr Körper von Vergnügen überwältigt wurde und ihre Sicht weiß wurde, während Gunnar ihren Namen stöhnte.

Keuchend, schwitzend und unfähig, die Augen voneinander abzuwenden, lagen sie Seite an Seite. Aber Gunnar war noch nicht fertig.

»Noch einmal«, flüsterte er, während seine Hand über ihre Brust zu ihren Hüften glitt.

»Mehr?«, keuchte Laga, sowohl schockiert als auch aufgeregt.

»Ich will meinen Namen von diesen Wänden widerhallen hören.«

Gunnar begann, Küsse über ihren Bauch zu verteilen, ihren Innenschenkel hinunter und ihr anderes Bein wieder hinauf. Dann drückte er ihre Beine auseinander und seine Finger neckten ihren Eingang. Er grinste, als er beobachtete, wie sie sich bei seiner Berührung wand und krümmte, während ihre Hände ihre Brüste massierten. Er liebte es, sie zu beobachten.

Laga spürte seinen warmen Atem, der den ordentlichen Hügel aus Haaren, der sie schmückte, neckte. Sie sehnte sich nach seiner Berührung. Seine Neckereien trieben sie in den Wahnsinn. Sie stöhnte, als seine Zunge über ihre schmerzende Knospe leckte; dies war besser als alles, was sie je erlebt hatte. Seine Zunge tanzte über sie und seine Finger stießen vor und dehnten sie. Laga griff fest in sein blondes Haar und kämpfte darum, ihre Lust zu kontrollieren, während sich die Hitze in ihrem Unterleib aufbaute. Ihr Atem beschleunigte sich, als er sie näher und näher an die ersehnte Erlösung brachte.

»Gunnar«, stöhnte sie.

»Lauter«, hauchte er in sie hinein, seine tiefe Stimme sandte Vibrationen über sie und steigerte ihre Lust.

»Gunnar....Gunnar.....Gunnar!« Laga schrie auf, als ihre Ekstase sie ergriff.

Sein Name hallte durch die ganze Höhle, während ihr Glanz auf seinen Lippen glitzerte.

ENDE

LARS: HERAUSGEFORDERT VON DER KRIEGERIN

HEISSER HISTORISCHER WIKINGERROMAN

PROLOG

DER REGEN HATTE Lars nie gestört. Wenn überhaupt, empfand er das Gefühl der Regentropfen, die sein Gesicht hinabliefen, als beruhigend und reinigend. Mit zum Himmel erhobenem Gesicht stand Lars da und dachte nach, ließ den kalten Wind und den Regen seine Sorgen wegspülen. Doch je länger er stand, desto rastloser wurden seine Gedanken und hinterließen ein beklemmendes Gefühl. Kein Regen der Welt könnte in dieser Nacht seine Ängste fortspülen.

Der Umzug von Dänemark nach England war eine leichte Entscheidung gewesen. Die Siedlung sollte ein einfacher Posten sein – Leif beim Aufbau und der Vergrößerung der neuen Siedlung am Point helfen. Lars hatte gehofft, dass dies ein Schritt in die richtige Richtung wäre, um einer der Vertrauten des Königs zu werden. Wie war er also hier gelandet?

Vom König vorgeladen, um ihn über die neuesten Entwicklungen auf den Britischen Inseln zu informieren, wurde Lars damit beauftragt, an einem Plan für den bevorstehenden Krieg mit den Briten zu arbeiten. Die Aufgabe erschien einfach genug. Und doch stand er hier auf der Reise zu einer ganzen Siedlung von Nordmännern ohne Verstärkung. Lars war stolz darauf, immer »im Bilde« zu sein. Die Tatsache, dass er fast ein Jahr in der Siedlung gewesen war und nicht gewusst hatte, dass die Nordmänner nur einen Steinwurf entfernt waren, war ein Schlag für sein Ego. Was wusste er noch alles nicht? Als Zweifel aufkamen, wurde Lars immer unruhiger.

Während er vor der Höhle auf und ab ging, verkrampfte sich sein Magen vor Sorge. Die Nordmänner waren lebenslange Feinde, und er fühlte sich erschreckend unvorbereitet. Er würde ohne Krieger an seiner Seite direkt in den Rachen des Ungeheuers reiten. Rückblickend wusste Lars, dass seine Worte auf taube Ohren gestoßen wären, wenn er mit einer Streitmacht angekommen wäre. Es wäre als Akt der Aggression angesehen worden, der zu unnötigem Blutvergießen geführt hätte.

Er blickte zurück zur Höhle, wo Laga und ihr neuer Ehemann Dinge taten, über die Lars lieber nicht nachdenken wollte. Lars hoffte und betete zu den Göttern, dass sein neuer Schwager die Macht besaß, ihm eine Audienz bei der richtigen Person zu verschaffen.

Lagas Lachen hallte durch die Höhle und überspülte Lars mit einem kurzen Gefühl des Glücks. Laga war seine Welt. Ihr Schutz und ihr Glück hatten für ihn immer Priorität gehabt. Lars mochte der Verbindung zunächst nicht zugestimmt haben, aber Gunnars Liebe zu Laga war unbestreitbar. Er hätte sie alle in den Händen der Briten sterben lassen können. Stattdessen kam er zurück, um aus Liebe zu Laga zu helfen. Lars sehnte sich danach, jemanden zu haben, der ihn so liebte.

Die Reue erhob ihr hässliches Haupt. Lars war der Liebe einmal nahe gewesen, zurück in der Heimat in Dänemark, mit einer schönen Maid mit goldenem Haar. Sie sollten heiraten. Doch als sie von den Befehlen des Königs hörte, dass er zu den Britischen Inseln aufbrechen solle, lief sie in die Arme eines anderen.

Hätte ich stärker um sie kämpfen sollen, bevor sie heiratete? Habe ich einen Fehler gemacht, als ich sie gehen ließ? dachte Lars, während er weiter auf und ab ging.

Den Gedanken abschüttelnd, sagte er sich, dass es kein Fehler gewesen war. Dies war sein Schicksal, seine Chance auf Ruhm und sein Lebenstraum, für den König zu arbeiten. Außerdem, was wusste Lars schon von der Liebe?

KAPITEL 1

TRISKA SAß finster starrend Gunnar und seinen Gästen gegenüber. Sie war absolut nicht in der Stimmung für freundliche Vorstellungen mit dem wikingischen Feind. Wie konnte ihr vertrauenswürdigster Spion von seiner Mission nicht nur mit einer neuen Ehefrau, sondern auch mit einem *Dänen* zurückkehren? Triska hatte ihr ganzes Leben lang gekämpft, um zu beweisen, dass sie der Aufgabe gewachsen war, als Frau eine nordische Siedlung zu führen. Dass einer ihrer Leute einen geschworenen Feind ins Lager brachte und um eine Audienz bat, würde wahrscheinlich ihre Herrschaft in Frage stellen. Dieses Treffen war das Letzte, was sie brauchte.

Gunnar erklärte sich selbstbewusst und verteidigte seine Entscheidung, sich mit den Dänen gegen die Briten zu verbünden. Aber alles, was Triska tun konnte, war, den großen, massigen Dänen anzustarren. Lars hatte tatsächlich breite Schultern, die zu einer schlanken Taille hinabführten. Seine Arme waren so kräftig, dass seine Kleidung bei der richtigen Bewegung zu zerreißen drohte. Er hatte einen langen schwarzen Bart, der bis über seine Brust reichte, ordentlich in Zöpfen und Flechten gebunden. Er war viel zu ablenkend für Triskas Geschmack.

»Ich brauche keine Hilfe, um die Briten abzuwehren. Sie schenken uns keine Beachtung; lasst sie die Dänen belästigen. Eine Sorge weniger für uns. Lasst unsere Feinde sich gegenseitig umbringen. Die Briten sind nicht mein Problem«, erklärte Triska.

Ihr Kriegerrat brach in Jubel aus bei ihrer Ankündigung. Ihre Männer waren loyal und vertrauten ihrer Führung; immerhin hatte sie sie bisher beschützt.

»Sie mögen jetzt nicht Ihr Problem sein, aber sie werden es werden«, widersprach der Berg von einem Mann.

»Wirklich? Und was macht Sie so sicher?«

»Die Briten sehen uns nicht als Nordmänner oder Wikinger. Sie sehen uns als Eindringlinge in ihrem Land. Unsere Geschichte interessiert sie nicht. Für sie sind wir alle gleich.«

»Ha! Wir sind überhaupt nicht gleich. Ihr Wikinger seid Tiere, nur Muskeln und kein Hirn. Wir Nordmänner sind in jeder Hinsicht überlegen. Frag deine Schwester, sie hat ihr Leben mit Wikingern verbracht, schläft aber jetzt mit einem Nordmann«, neckte Triska und genoss den inneren Kampf im Gesicht des Wikingers.

Triska wusste, dass sie einen wunden Punkt getroffen hatte; sie musste ihn nur noch ein wenig härter anstacheln. Sobald Lars die Beherrschung verlor und angriff, müsste sie sich keine Sorgen mehr machen, dass ihre Männer sich auf seine Seite stellen würden.

»Sie beweisen genau meinen Punkt. Warum sollten die Briten uns anders sehen, wenn eine Wikingerfrau sich mit einem Nordmann verbinden kann? Sie können uns allein gegen die Briten kämpfen lassen, aber wie lange, glauben Sie, wird es dauern, bis sie auch an Ihre Tür klopfen?«, warnte Lars.

Triskas Männer murmelten untereinander. Der Däne hatte einen Punkt. Triska saß schweigend da und beobachtete, wie er vor ihren Männern seine Sache vertrat. Er gab nicht nach. Triska zwang sich, ein kleines Lächeln zu unterdrücken. Däne hin oder her, sie bewunderte seine Entschlossenheit und seinen Antrieb. Er war bereit, sich der Gnade seiner Feinde auszuliefern, um seinem Volk zu helfen. Er war ein starker Wikinger, sowohl geistig als auch körperlich. Aber sie war stärker und sehnte den Tag herbei, an dem sie ihm diesen Punkt beweisen würde.

»Nehmen wir an, was Sie sagen, ist wahr, und die Briten kommen für unser Zuhause«, begann Triska. »Warum sollten wir Ihnen helfen?

Wir haben hier viel länger als ihr Wikinger unbehelligt von den Briten gelebt. Die Briten waren kein Problem, bis ihr eingefallen seid. Wenn überhaupt, ist das Problem eure Schuld. Ihr habt euch die Suppe eingebrockt, jetzt müsst ihr sie auslöffeln!«, schnappte Triska über das wachsende Grollen ihrer Männer hinweg.

KAPITEL 2

»Wir haben verhindert, dass der Krieg eskaliert. Wir haben den Verräter getötet, der sich auf die Seite der Briten gestellt hat...«, argumentierte Lars.

»Genau! Einer der Euren hat Euch verraten. Es war *Eure* Art, die diesen Krieg überhaupt erst heraufbeschworen hat. Warum sollte ich das Leben meines Volkes in Eure Hände legen!? Ihr würdet eher Eure Axt in meinen Rücken versenken, als sterben, um die Menschen zu schützen, die an Eurer Seite kämpfen!«, entgegnete Triska. Sie sprang auf und stürmte durch das Zelt, um sich Nase an Nase vor Lars aufzubauen.

»Behauptet nicht, mich zu kennen! Anschuldigungen solchen Verrats nehme ich nicht auf die leichte Schulter!«, brüllte Lars.

»Was gedenkt Ihr zu tun, um mich aufzuhalten, *Däne*?«, schrie Triska zurück.

Das Zelt verstummte. Alle standen da und beobachteten den Austausch. Lars presste seinen Kiefer zusammen und blickte in Triskas tiefbraune Augen. Er konnte sehen, wie sie es genoss, ihn zu quälen. Sie wollte, dass er um ihre Hilfe bettelte; Lars würde lieber sterben.

Die nordische Frau war genauso groß wie Lars. Ihr tiefbraunes Haar war in mehreren Zöpfen zurückgesteckt, um es aus ihrem Gesicht zu halten. Ihre Arme waren fast so muskulös wie seine eigenen. Lars stellte fest, dass er ihre Definition bewunderte und die Tatsache, dass sie für den Kampf gekleidet war, bewaffnet mit zwei Breitschwertern an ihren Hüften.

»Oh, schaut, der Däne hat seine Zunge verloren. Nichts mehr zu sagen? Weil Ihr wisst, dass ich die Wahrheit spreche!«, stichelte Triska.

»Wie könnt Ihr behaupten, wir hätten diese Länder überfallen, wenn Ihr zuerst hier wart?«, knurrte Lars zurück und hielt mit ihrem Verstand mit.

»Die Briten haben uns keine Beachtung geschenkt, bis Eure Art auftauchte«, antwortete sie.

»Mein König will keine umfassende Invasion – nicht, bis unsere Siedlungen einen sicheren Halt im Norden haben. Es ist die gerechte Bezahlung für den Verrat an uns. Ihr behauptet, kein böses Blut mit den Briten zu haben, aber sie erzählten Eurem Spion, dass sie als Nächstes für Euch kommen werden. Warum ist das so?«, fragte Lars, ein selbstzufriedenes Grinsen umspielte seine Lippen.

»Ihr Dänen seid Narren. Ihr behauptet, Ihr braucht unsere Hilfe, und erzählt uns dann von den Plänen Eures Königs für diese Länder.«

»Ihr weicht aus. Ich sage Euch dies als Angebot des Vertrauens. Der Feind meines Feindes ist mein Freund. Wollt Ihr unser Freund in diesem Krieg sein oder unser Feind?«, fragte Lars.

»Angenommen, wir helfen Euch. Wenn Ihr Eure Invasion startet, wo lässt uns das dann?«, erkundigte sich Triska.

»Ich kann nicht für meinen König sprechen. Ich verspreche, dass ich, wenn Ihr Euch uns anschließt, alles Mögliche tun werde, um sicherzustellen, dass wir in Frieden leben können.«

»Und ich soll Euer Wort akzeptieren?«

Lars spürte, wie sein Temperament aufflammte. All dieses Streiten war Zeitverschwendung. Während sie dastanden und debattierten, kamen die Briten einen Schritt näher daran, sein Zuhause niederzubrennen. Lars konnte nicht verstehen, warum diese schöne und starke Frau so nachlässig mit dem Leben ihres Volkes umgehen konnte. Die Dänen hatten zwei Siedlungen; die Nordmänner eine. Allein die Zahlen sollten sie dazu bringen wollen, sich ihm anzuschließen.

Dumme, sture Nordmänner, die ständig ein Durcheinander anrichten, dachte Lars.

»Ihr solltet Euer Volk schützen wollen. Der Krieg kommt, und doch seid Ihr bereit, einfach zuzuschauen?«, schrie Lars.

»Wie wagt Ihr es, zu mir zu kommen, um Hilfe zu erbitten, und dann in meiner Heimat zu stehen und mich zu beleidigen. Alles, was ich tue, ist an mein Volk zu denken, weshalb ich nichts mit Eurem Krieg zu tun haben will!«, schnappte sie zurück.

Die Gemüter erhitzten sich, und Worte flogen wie Dolche, als ihr Streit weiterging. War es Hass füreinander oder etwas anderes, das sie mit solch ungezügelter Leidenschaft für ihre Sache kämpfen ließ?

»Genug!«, brüllte die Frau, »Ich habe gesagt, was ich zu sagen hatte; jetzt geht.«

»Ihr seid ein Narr«, schoss Lars zurück.

»Dann nennt mich einen Narren...«

»Britischer Angriff!«, rief eine Stimme von draußen, als das Kriegshorn geblasen wurde. Das Letzte, was Lars sah, bevor Triska das Zelt verließ, war ein Blick lodernder Wut, der auf ihn gerichtet war, als sie beide Schwerter zog und sich dem Kampf anschloss.

KAPITEL 3

TRISKA RANNTE aus ihrem Zelt und sah britische Truppen, die wie eine Armee lästiger Ameisen durch ihre Siedlung liefen. Der Angriff hätte nicht besser getimed sein können. Es war, als ob die Briten wussten, dass die Wikinger und Nordmänner untereinander stritten. Sie hatte zugelassen, dass Lars sie ablenkte, und plante, ihn später dafür bezahlen zu lassen.

Triska rannte durch die Siedlung und bellte Befehle an ihre Soldaten. »Formation, Schilde, Waffen!« Sie waren vielleicht nicht auf diesen Angriff vorbereitet gewesen, aber das würde sie nicht davon abhalten, ihr Zuhause zu verteidigen.

Triskas Angriffe waren unerbittlich; sobald ein Soldat ihr Breitschwert blockte und sich dabei eine Blöße gab, stieß sie ihr Kurzschwert in seinen Bauch, schlitzte ihn auf und ließ ihn tot zurück. Mit zwei Schwertern bewaffnet zu sein, machte es leichter, gegen solche Überzahl zu kämpfen. Die britischen Truppen waren ihr nicht gewachsen. Ihre Augen huschten von einem Gegner zum nächsten. Sie war auf jeden Angriff gefasst, bevor er kam.

Als sie einen Angriff von zwei Seiten abwehrte, zog Triska ihre Arme weit auseinander und schwang ihre Schwerter mit solcher Geschwindigkeit herum, dass die Truppen, gegen die sie kämpfte, unvorbereitet waren. Ihre Klingen schnitten durch ihre Kehlen, und Blut spritzte über sie, als die Männer zu Boden fielen, verzweifelt ihre

Hälse umklammerten und hoffnungslos versuchten, am Leben zu bleiben.

Schritte hinter ihr machten Triska auf eine weitere Präsenz aufmerksam. Sie wirbelte herum, das Schwert gezückt, und stoppte ihre Klinge gerade noch rechtzeitig, als sie auf Lars' Kehle traf.

»Was machst du immer noch hier, Däne?«, schnappte Triska.

»Ein einfaches Dankeschön wäre nett«, erwiderte Lars.

Er zog ein Messer von seiner Hüfte und warf es durch die Luft. Es flog an Triskas Ohr vorbei und bohrte sich in die Kehle eines Angreifers von hinten.

»Ich will und brauche deine Hilfe nicht«, bellte Triska, während sie gegen einen kleinen, rundlichen Soldaten kämpfte, der nicht für die Schlacht geeignet war.

»Ich habe dich gewarnt, dass die Briten kommen würden«, entgegnete Lars.

»Du bist aus selbstsüchtigen Gründen hierher gekommen. Behaupte nichts anderes.«

»Du bist hoffnungslos«, rief Lars.

»Die Briten haben uns nie belästigt, bis du ins Lager geritten bist!«

Triska kämpfte gegen Männer an beiden Fronten. Lars schwang seine Axt mit beeindruckender Fertigkeit. Aber Triska konnte nicht zulassen, dass sie sich von ihm ablenken ließ. Sie war immer noch wütend über seine früheren Worte. Jetzt stand ihr Zuhause unter Beschuss. Wenn er darauf bestand zu bleiben, würde er gezwungen sein, ihr zuzuhören. Während sie Seite an Seite kämpften, argumentierte Triska ihren Standpunkt, nur damit Lars sich weigerte, bei seinem nachzugeben. Sie waren in einer endlosen Schlacht gefangen, einer mit Schwertern und einer mit Worten.

Versunken im Kampf drehten sich die beiden Krieger, und Triskas Schwerter krachten auf Lars' Axt. Verschlungen in einer Kampfumarmung, starrten sie sich in die Augen, während sie nach Atem rangen.

»Halt deine Zunge, Frau. Wie soll ein Mann kämpfen mit all diesem Gerede?«, knurrte Lars und stieß sie zurück, um sich auf den Kampf zu konzentrieren.

»Typisch männlicher Wikinger. Kein Kopf für mehr als eine

Aufgabe gleichzeitig«, lachte Triska, während sie einem Soldaten, der kaum dem Knabenalter entwachsen war, sauber den Kopf abtrennte.

Eine Kampfpause kam über sie. Keine Truppen rannten in ihre Richtung, die Zahlen schwanden gegen die Kräfte der Nordmänner. Triska blickte über ihre Siedlung. Der Ort lag in Trümmern, aber ihr Volk kam mit den verbliebenen Truppen gut zurecht. Eine Hand packte ihren Arm und rief ihre Aufmerksamkeit. Sie drehte sich um und sah Lars mit einem Gesicht wie Donner, aber mit Lust und Verlangen in seinen Augen.

»Kein Kopf für mehr als eine Aufgabe?«, fragte Lars, schleuderte ein weiteres Messer durch die Luft und traf einen Soldaten in der Ferne, während er Triska zu sich zog. Seine Lippen hämmerten auf ihre, als seine Zunge in ihren Mund eindrang. Für einen Moment verlor sie ihre Gedanken und küsste ihn zurück, bis sie spürte, wie er gegen ihre Lippen lächelte. Triska stieß ihn weg, steckte eines ihrer Schwerter in die Scheide und schlug Lars hart genug auf die Wange, um ihn ebenso rotgesichtig zurückzulassen, wie sie sich fühlte.

»Du kennst deinen Platz nicht«, schnappte sie, stellte aber fest, dass sie es nicht schaffte, ihren Blick von seinem Mund zu lösen.

Ohne nachzudenken, packte Triska Lars am Kragen und zog ihn zu sich zurück. Ein Schauer durchfuhr ihren Körper, der nur vom Rausch der Schlacht übertroffen wurde. Lars' Hände wanderten Triskas Rücken hinauf und entfachten ihre Haut mit Lust, vergessend, dass sie immer noch in der Schlacht standen. Triska schob ihre Hände unter sein Hemd und ließ ihre Finger über die definierten Muskeln seines Bauches gleiten. Warum war er so ablenkend? Wie konnte sie so für einen Feind empfinden? War es Neugier? Sie hatte nur die Wärme der Nordmänner gekannt; vielleicht konnte der Wikinger sie etwas Neues erleben lassen.

Ein mit Flammen getränkter Pfeil zischte an dem Paar vorbei und riss sie aus ihrer Versunkenheit, erinnerte sie daran, dass sie immer noch mitten auf einem Schlachtfeld standen. Triska stürmte zurück in die Schlacht, ohne einen Blick zurück auf ihn zu werfen, und schnitt sich ihren Weg durch die Siedlung, wobei sie Lars stehen ließ.

KAPITEL 4

DIE BRITEN WUSSTEN, dass sie verloren hatten. Die meisten ihrer Männer waren tot, der Rest zog sich eilig zurück. Lars beobachtete aus der Ferne, wie Triska die verletzten britischen Truppen zur Befragung zusammentrieb und ihre eigenen Verwundeten sammelte. Sie beherrschte das Schlachtfeld mit Anmut und Autorität; Lars war beeindruckt von ihr. Ihm wurde schnell bewusst, dass seine Bewunderung für sie wuchs. Er konnte sie immer noch auf seiner Zunge schmecken. Während er über das Schlachtfeld schlenderte, überlegte Lars, was er sagen könnte, um ihre Aufmerksamkeit wiederzugewinnen.

»Ihr Leute kämpfen gut. Das verdient großen Respekt«, bot Lars einen Olivenzweig an.

Triska drehte sich zu ihm um. Die Lust in ihren Augen von ihrem Kuss war längst verschwunden, stattdessen loderte nun Wut. Sie steckte ihre Waffen weg und ging schnell auf ihn zu, rammte ihm eine Faust in die Brust.

»Das ist *Ihr* Werk. Sie haben sie hierher geführt; sie kamen nur, weil sie *Sie* wollten!«, bellte sie und alarmierte alle in der Nähe.

»Ich habe Sie gewarnt, dass Krieg kommen würde«, entgegnete Lars.

»Ihr Krieg! Nicht meiner! Schauen Sie sich um! Sehen Sie meine Heimat an. Mein Volk blutet Ihretwegen!«, brüllte Triska.

»Triska, bitte«, näherte sich Gunnar. »Als die Briten mich gefangen nahmen, bekam ich Informationen von ihnen. Sie wären gekommen, ob Lars hier gewesen wäre oder nicht«, versuchte Gunnar, sie zur Vernunft zu bringen.

Triska warf Gunnar einen Blick zu, der ihm bedeutete zurückzutreten. Es missfiel ihr, dass ihr Spion für ihren Feind sprach.

»Soll ich dann dir die Schuld geben? Wir hätten vorbereitet sein können, wenn du hierher gekommen wärst, anstatt zu unseren Feinden zu gehen. Schätz dich glücklich, dass wir keine Toten haben, sonst würde ihr Blut an deinen Händen kleben!«, schnauzte Triska, woraufhin Gunnar sofort zurückwich.

Triska begutachtete den Schaden. Einige Hütten waren getroffen worden, aber nichts so Schwerwiegendes, das nicht schnell repariert werden könnte. Der Haupthof war verwüstet, und die Leichen der Feinde lagen verstreut herum; der Boden war rot von ihrem Blut. Die Nordmänner hatten sich schnell um die Briten gekümmert. Einige der Ihren würden die Aufmerksamkeit der Heiler für ihre Wunden benötigen, aber die meisten Verletzungen waren oberflächlich.

»Ich wiederhole mich nicht gern, also hören Sie genau zu. Die Briten waren nie unsere Last. Dies ist ein isolierter Vorfall, den Sie hierher gebracht haben. Wir haben die Briten mit Leichtigkeit erledigt. Wenn sie zurückkommen, werden wir uns wieder mit ihnen befassen... und dann schicke ich sie zu Ihrer Tür«, stieß Triska Lars hart gegen die Schulter und wartete auf seine Antwort, aber es kam keine.

Lars wusste, dass sie wütend und verletzt war wegen des Angriffs auf ihre Heimat. Er würde wahrscheinlich in ihrer Lage dasselbe fühlen, aber Lars kannte auch Frauen. Es gäbe nichts, was er anbieten könnte, um sie umzustimmen.

»Sie kamen hierher für Hilfe, und jetzt verweigere ich sie. Verlassen Sie meine Siedlung, solange ich Ihnen noch erlaube, Ihren Kopf auf den Schultern zu tragen«, knurrte Triska, bevor sie zu ihrer Hütte ging.

Triska stand am Eingang ihrer Hütte und beobachtete, wartete darauf, dass sie gingen. Ihr Blick reichte aus, um einen Mann an den Tod denken zu lassen. Sie beobachtete, wie Lars, Laga und Gunnar ihre Pferde holten und gingen. Gunnar hatte seine Entscheidung getroffen. Er stand jetzt auf der Seite der Wikinger, eine Entscheidung, die sie nicht so schnell vergessen würde.

Als die Gruppe außer Sicht war, ging Triska endlich hinein und fand ihre Stellvertreterin Velika, die wartete. Velika und Triska waren seit Jahren Freundinnen. Freundschaft beiseite, Triska bewunderte Velikas strategischen und analytischen Verstand. Sie hatte ihren Wert als Mitrat viele Male bewiesen, und Triska freute sich darauf, ihre Meinung zu der Angelegenheit zu hören.

»Willst du deine Gedanken ausssprechen? Ich habe dich seit Jahren nicht mehr so ziellos umherwandern sehen«, sagte Velika und bot Triska einen Krug Met an.

Triska nahm den Becher an, trank aber nicht. Sie brauchte einen klaren Kopf, und Met würde ihre Gedanken nur vernebeln.

»Worüber gibt es zu sprechen?«, fragte Triska, während sie auf und ab ging.

»Du magst meine Worte vielleicht nicht, aber ein Bündnis könnte klug sein«, wagte Velika.

Triska warf ihr einen genervten Blick zu. Wie konnte sie auf der Seite der Dänen stehen, nachdem sie die Briten zu ihrer Tür gebracht hatten? Sie steckten nun in einem Krieg, der nicht der ihre war.

»Kannst du das erklären?«, schnauzte Triska, schlug ihren Becher auf den kleinen Holztisch und verschüttete den Inhalt.

»Wir haben diese Schlacht gewonnen. Aber wenn das, was Gunnar sagt, wahr ist und Krieg kommt, haben wir keine Chance gegen die britische Armee. Die Wikinger haben zwei Siedlungen, die wir kennen, was bedeutet, wenn wir unsere Kräfte vereinen, haben wir eine Chance. Wir sind den Briten zahlenmäßig unterlegen. Was meinst du, wie der König reagieren wird, wenn er vom Fall unserer ersten Siedlung hört? Unter deiner Führung noch dazu.«

Triska wusste, dass Velika einen Punkt hatte, aber das bedeutete nicht, dass sie ihn mochte. Obwohl Triska eine der wenigen weiblichen Anführerinnen war, die bei ihrem König Gunst fanden, war es dennoch ein Kampf gewesen, seine Zustimmung zu erhalten, damit sie die erste Siedlung leiten konnte. Die Briten mochten die Nordmänner aufgrund ihrer geringen Zahl nicht als Bedrohung betrachten, und Lars hatte Recht. Wikinger oder Nordmann, alles, was die Briten sahen, waren steigende Eindringlingszahlen an ihren Küsten.

»Und was denkst du, wie der König reagieren würde, wenn er

herausfände, dass wir uns mit unserem Feind verbündet haben?«, forderte Triska heraus.

»Angesichts der Situation und einer wachsenden Bedrohung denke ich, dass der König deine Entscheidung, ein Bündnis zu schließen, als wohlüberlegtes Urteil ansehen würde.«

Triska drehte sich um, um ihren Gürtel abzuhaken, und stellte ihre Schwerter in die Ecke. Velika hatte Recht. Aber Triska konnte nicht darüber hinwegkommen, dass die Briten erst aufgetaucht waren, als Lars kam. Während ihre Gedanken über die Schlacht schweiften, konnte sie nicht aufhören daran zu denken, wie seine Muskeln sich beim Kampf anspannten, wie sich seine Hand auf ihrem Arm angefühlt hatte und wie seine Lippen geschmeckt hatten. Triskas Fingerspitzen kribbelten bei dem Gedanken, sie über seine Bauchmuskeln gleiten zu lassen. Sie fragte sich, ob der Rest von ihm genauso fest war. Den Gedanken abschüttelnd, wandte sie ihre Aufmerksamkeit wieder Velika zu.

»Sich mit den Wikingern zu verbünden ist eine Sache. Aber ich vertraue Lars nicht. Da ist etwas an ihm....«

»Was? Dass er ein guter Kämpfer ist? Dass er unter deiner Prüfung nicht zurückgewichen ist? Oder die Tatsache, dass du Gefühle für ihn entwickelst....«, fragte Velika mit einem Grinsen.

»Gefühle? Ich kenne den Mann nicht«, schoss Triska defensiv zurück.

»Tris, ich habe gesehen, wie du ihn angeschaut hast, genauso wie du Burka angesehen hast. Mögen die Götter sich um seine Seele kümmern. Du hast seit Jahren keinen Mann mehr so angeschaut.«

»Meine Augen sind lediglich auf jemand Neues gefallen, mehr nicht«, spottete Triska.

KAPITEL 5

DER SCHLAF KAM für Triska in dieser Nacht nicht leicht. Sie wälzte sich unruhig auf ihrer Pritsche. Ihr Körper war schweißgebadet, und ihr Geist weckte in ihrem Körper neue Sehnsüchte.

Seine Hände strichen über ihre Haut. Seine Lippen liebkosten ihren Hals. Ihre Hände zeichneten jeden seiner Muskeln nach. Sie konnte spüren, wie ihre Schenkel sich fest um seine Hüften schlangen. Sie konnte seinen Atem auf ihrer Zunge schmecken - seine Finger in ihrem Haar. Das Atmen kam in schnellen, kurzen Zügen; sie konnte fast seinen Körper auf ihrem liegend fühlen.

»Triska«, flüsterte seine Stimme in ihr Ohr.

»Lars«, antwortete sie.

Er nahm ihre Brust in seinen Mund und neckte ihre schmerzenden Brustwarzen mit jedem Zungenschlag.

»Ich brauche mehr, Lars«, befahl Triska.

Gehorsam verteilte Lars Küsse über ihren Bauch, ihre Hüften und Schenkel. Langsam drückte er ihre Beine auseinander, sein Kopf bewegte sich in Position. Sie konnte seinen Atem an ihrer Öffnung spüren.

Triska keuchte und schreckte aus ihrem Traum hoch. Ihr Körper war von kaltem Schweiß durchnässt, ihr Herz raste. Es hatte sich so echt angefühlt. Sie konnte seine Hände fast auf ihrer Haut spüren. Warum beherrschte er ihre Gedanken so? War sie frustriert, weil ihr Traum von ihm handelte? Oder weil er es versäumt hatte, seine

Aufgabe zu beenden und sie mit einem Pochen zwischen ihren Schenkeln zurückließ, das nach seiner Aufmerksamkeit schrie?

Triska versuchte wieder einzuschlafen, aber ihr Kopf war voll von Bildern aus ihrem Traum. Je mehr sie sich erinnerte, desto mehr sehnte sich ihr Körper danach, berührt zu werden. Schließlich beschloss sie, ihren Trieben nachzugeben. Sie ließ ihr Nachthemd von den Schultern gleiten, legte sich zurück und schloss die Augen. Bilder von Lars blitzten in ihrem Kopf auf, während sie mit den Fingern über ihre Haut fuhr und sich vorstellte, ihre Hände wären seine.

Ihre Hände zeichneten ihre Brüste nach. Sie nahm ihre Brustwarze zwischen die Finger und begann, sie zu necken, während ihre andere Hand die Linien ihrer Hüften nachfuhr. Ihre Finger streichelten ihre Innenschenkel, während sie von Lars' Berührung träumte. Als sie ihre Finger zwischen ihre Beine gleiten ließ, keuchte sie bei dieser Empfindung. Sanft streichelte sie ihre schmerzende Knospe. Triska biss sich auf die Lippe, um ihr Stöhnen zu unterdrücken, als sie ihre Finger in sich gleiten ließ.

Ihre Hände waren feucht von ihren Säften. Sie sehnte sich nach Lars und stellte sich vor, was er mit ihrem Körper anstellen könnte, wenn schon der bloße Gedanke an ihn sie zum Zittern brachte. Ihr Geist blitzte mit Gedanken an ihren Kuss auf, seine Zunge massierte ihre, als sie den Rhythmus steigerte. Spannung baute sich in ihrer Magengrube auf, Hitze stieg durch ihren Körper wie ein Lauffeuer. Sie leckte sich über die Lippen und erinnerte sich an seinen Geschmack, atmete ein. Sie erinnerte sich an seinen rauen, männlichen Duft.

Triska zuckte, ihr Rücken bog sich, als sie zum Höhepunkt kam. Sie ließ sich entspannt in ihr Bett zurücksinken und seufzte frustriert. Nie zuvor hatte sie Probleme gehabt, sich selbst zu befriedigen. Es hatte sie immer beruhigt. Aber diesmal war es anders. Sie brauchte mehr. Sie brauchte Lars in sich.

Frustriert von Gedanken an den Mann, der sie in Rage brachte, zog sich Triska schnell an und beschloss, dass, wenn Selbstbefriedigung sie nicht zufriedenstellen und der Schlaf nicht kommen würde, vielleicht ein Spaziergang in der Nachtluft sie beruhigen könnte.

Die Pelze eng um sich gewickelt, schlenderte sie und beobachtete, wie das Lager friedlich schlief. Die einzigen Geräusche waren die der

Natur und der Nacht. Das sanfte Rauschen der Nachtluft strich durch die Bäume. Sie konnte das leise Summen der Insekten und das ferne Geräusch der Wellen hören, die gegen das Ufer schwappten.

Sie konnte die Pferde hören und bewegte sich näher an die Wände des Lagers. Ein Schatten auf dem Hügel außerhalb des Lagers erregte ihre Aufmerksamkeit. Der Schatten bewegte sich näher an die Lagerwände heran. Triska war sich bewusst, dass sie unbewaffnet hinausgegangen war, aber sie kannte sich gut genug, um zu wissen, dass selbst ein kleiner Stein eine ausreichende Waffe sein konnte.

Langsam näherte sie sich dem Schatten und schlich um Hütten herum, um demjenigen den Weg abzuschneiden, bevor er Alarm schlagen konnte, falls noch andere in der Nähe sein sollten. Als sie aus den Schatten heraustrat, traf sie auf die eine Person, die sie nicht erwartet hatte. Lars.

Es war spät, und er war allein. Triska wusste, dass sie Fragen stellen sollte. Spionierte er? Plante er einen eigenen Angriff, um die Truppen aufzuwiegeln? Oder war er ihretwegen zurückgekommen?

»Was machst du hier?« fragte sie.

»Ich habe die Gegend ausgekundschaftet, um sicherzustellen, dass keine weiteren Truppen in der Nähe sind«, flüsterte Lars.

»Bist du allein?« fragte sie.

»Natürlich«, antwortete Lars.

Mit ihm direkt vor ihr, nicht mehr nur ein Traum, erwachte ihr Körper zum Leben. Sie brauchte ihn näher, um sie zu besänftigen, um das ständig wachsende Verlangen in ihr zu stillen. Lars sah sie verwirrt an, irritiert von ihrem Schweigen.

Mit einem Blick, um sicherzugehen, dass ihr niemand folgte, schmetterte Triska Lars gegen die Wand und drückte ihn gegen das Holz.

»Was?...« begann Lars.

Bevor er Worte äußern konnte, die ihre Konzentration stören würden, packte Triska sein Haar und küsste ihn mit der Leidenschaft, nach der sie sich sehnte.

KAPITEL 6

LARS WAR ZURÜCKGEREIST zur nordischen Siedlung, um mit Triska zu reden. Er war immer noch wütend auf sie, dass sie ihn abgewiesen hatte. Und das, ohne seinem Argument richtig Gehör zu schenken, nachdem sie Seite an Seite gekämpft hatten.

Auf seiner Reise zurück zur Siedlung hatte er sich eine Rede in seinem Kopf zurechtgelegt, um seinen Standpunkt erneut zu verteidigen. Aber seit sie ihn in der Dunkelheit gefunden hatte, hatte ihn jeglicher Verstand verlassen. Sie trug nicht mehr die kampfbereite Lederrüstung von zuvor. Sie war einfach in ein Wollkleid gekleidet, umhüllt von Pelzen, die sie vor der Kälte schützten.

Lars verschlug es die Sprache. Selbst bei dem schwachen Mondlicht konnte er die Kurven ihrer Hüften sehen, ihre vollen Brüste, die sich stolz auf ihrer Brust abzeichneten. Ihre Beine waren so stark wie seine, und er fragte sich, wie sie sich wohl um seine Taille geschlungen anfühlen würden.

Sie küsste ihn härter, zog an seinen Haaren, als könnte sie ihm nicht nah genug kommen. Lars wusste, dass es wahrscheinlich keine gute Idee war, aber er konnte bereits spüren, wie er bei ihrer Berührung hart wurde.

»Trisk...«, begann Lars, doch Triska drückte ihre Finger auf seine Lippen und brachte ihn zum Schweigen.

Wortlos begann Triska, Lars auszuziehen und befreite ihn von den

Fesseln seiner Kleidung. Sie öffnete ihre Pelze, legte sie auf den Boden vor ihren Füßen und zog sich ihr Kleid über den Kopf. Lars stand da, mit fest zusammengepresstem Kiefer. Am liebsten hätte er den Mund vor Staunen geöffnet. Ihr Anblick war atemberaubend.

»Bist du?...«, aber wieder legte Triska einen Finger auf seine Lippen.

Triska legte ihre Hand um seinen Kiefer, küsste ihn, knabberte an seiner Unterlippe und streichelte seine Zunge mit ihrer. Ihre Hand fuhr die Muskeln seines Bauches nach, bevor sie fand, was sie suchte. Sie umfasste seinen dicken, harten Schwanz und streichelte ihn langsam. Er war angenehm groß, und sie neckte ihn auf die gleiche Weise, wie er es in ihrem Traum getan hatte. Lars keuchte leise.

Lars' Hände strichen über ihren Rücken, liebkosten die Rundung ihrer Hüften, bevor er ihren prallen Hintern umfasste und sie hochhob. Sie reagierte prompt und schlang ihre Beine fest um ihn. Behutsam ließ Lars sie auf die Pelze sinken.

»Triska...«

»Hör auf zu reden und nimm mich einfach«, unterbrach Triska.

Lars ließ sich das nicht zweimal sagen. Als sie unter ihm lag, spreizte er ihre Beine weit. Als er über ihren Eingang strich, stellte er erfreut fest, dass sie bereits nass, willig und bereit für ihn war. Lars glitt in sie hinein und stöhnte leise beim Gefühl ihres Körpers. Sie war so eng und umschloss ihn mit einer Kraft, die drohte, ihn zu früh über die Kante zu treiben.

Lars stieß hart in sie hinein und lächelte, als Triskas Kopf nach hinten fiel. Ein Keuchen entwich ihren Lippen, ihre Augen schlossen sich, und ihre Hände krallten sich in seinen Rücken. Ihre Beine schlangen sich wieder um seine Taille, hielten ihn fest und ließen ihn nicht los. Lars umfasste ihre Brust, saugte ihre Brustwarze zwischen seine Zähne und streichelte sie mit der Zungenspitze, während er härter und schneller zustieß.

Triskas Nägel kratzten über die Haut seines Rückens, und ihr sanftes, leises Stöhnen, kaum mehr als ein Flüstern, kitzelte sein Ohr. Als seine Lust wuchs, begann Triska, ihre Hüften zu bewegen und seinen Stößen mit ihren eigenen zu begegnen. Er konnte spüren, wie sie sich um ihn herum zusammenzog. Das Gefühl war wahnwitzig gut.

Lars hakte einen Arm unter ihrem Bein ein und legte es auf seine Schulter, um noch tiefer in sie eindringen zu können. Triska biss sich auf die Lippe und kämpfte darum, leise zu bleiben. Lars sehnte sich danach, ihr lustvolles Stöhnen zu hören, aber vorerst genügten ihm die Ekstase auf ihrem Gesicht und das Gefühl, wie ihr Körper auf ihn reagierte. Seine Stöße wurden intensiver, als die Lust die Kontrolle übernahm und er sich in ihr ergoss. Lars hörte sie keuchen und spürte, wie ihr Körper unter ihm bebte, als sie gemeinsam zum Höhepunkt kamen.

Lars keuchte und lag noch eine Weile regungslos über ihr, um wieder zu sich zu kommen. Triska machte keine Anstalten, ihn wegzuschieben. Schließlich stieß Triska Lars von sich, sammelte ihre Kleidung ein und zog sich rasch wieder an. Lars beobachtete sie verwirrt.

»Triska...«

Wieder trafen ihre Finger seine Lippen, diesmal mit einem sanften Kopfschütteln. Lars zog sich so schnell wie möglich seine Kleider wieder an, während Triska in der Nacht verschwand. Was war gerade passiert? Wohin ging sie? Sobald er konnte, machte sich Lars auf, ihr zu folgen. Schließlich holte er sie in der Nähe ihrer Hütte ein. Sie hörte ihn kommen und drehte sich zu ihm um. Ihr Gesicht war kalt und steinern.

»Folge mir nicht«, befahl sie und ließ Lars wie angewurzelt stehen, während sie sich umdrehte und ging.

KAPITEL 7

AM FOLGENDEN TAG wachte Triska mit einem zufriedenen Gefühl auf. Lars hatte sie nicht enttäuscht. Aber jetzt wusste sie, dass er wahrscheinlich darauf warten würde, mit ihr zu sprechen. Es gab nichts mehr zu sagen. Die Briten waren nach wie vor ein Problem, und er war eine Ablenkung, die sie nicht mehr brauchte.

Sie rief nach Velika und ließ Gunnar und Lars holen.

»Sie haben das Lager gestern auf deinen Befehl hin verlassen«, sagte Velika verwirrt.

»Sie sind nicht weit vom Lager entfernt. Schick Kundschafter, um sie zu holen und zu mir zu bringen«, befahl Triska.

Sie zog schnell ihre Kampfrüstung an und saß in ihrer Hütte, wo sie geduldig wartete. Tatsächlich dauerte es nicht lange, bis Velika und ihre Kundschafter mit Gunnar und Lars im Schlepptau zurückkehrten.

»Die Tatsache, dass meine Kundschafter euch so leicht gefunden haben, sagt mir, dass ihr meine Anweisung ignoriert habt. Der Angriff der Briten wird nicht der letzte sein, und mein Volk muss sich vorbereiten. Geht und kehrt nach Hause zurück«, sagte Triska mit strenger Miene und den Blick auf Lars gerichtet.

Lars stand mit einem Ausdruck der Verwirrung da.

»Darf ich mit dir allein sprechen, Triska?«, fragte Lars und verschränkte die Arme vor der Brust.

Triska sah zu Velika und nickte. Nachdem die anderen gegangen waren, verharrten Lars und Triska in Schweigen. Sie wartete darauf, dass er sprach, und Lars wollte offensichtlich, dass sie etwas erklärte.

»Du wirst keine Hilfe im Krieg anbieten?«, fragte Lars.

»Ich habe nein gesagt. Mein Wort ist endgültig. Ich bitte dich zu gehen.«

»Warum?«, fragte Lars.

»Wie ich bereits sagte, mein Volk muss sich vorbereiten. Ich kann das nicht tun, wenn du noch hier bist. Außerdem wird es nicht lange dauern, bis die Briten sich eurer Siedlung zuwenden. Ich erweise dir lediglich die Höflichkeit eines Vorsprungs.«

Lars hob eine Augenbraue und murmelte etwas, das Triskas Ohren nicht erreichte. Kopfschüttelnd ließ er die Arme sinken und trat auf sie zu. Instinktiv legte Triska ihre Hand auf den Griff ihres Schwertes.

»Was, wenn die Briten zurückkommen? Glaubst du, sie werden nachsichtig mit euch umgehen nach ihrer Niederlage? Du lässt deine Gefühle für mich dein Urteilsvermögen trüben«, stellte Lars fest.

»Ich habe keine Gefühle für dich«, sagte Triska kalt.

Lars trat einen Schritt zurück und konnte nicht glauben, was er da hörte. Wie konnte sie das sagen? Lars wusste vielleicht nicht viel über Liebe, aber er war nicht blind. Die Erinnerung daran, wie ihr Körper letzte Nacht auf ihn reagiert hatte, war noch frisch.

»Wenn du keine Gefühle hast, wie erklärst du dann den Kuss auf dem Schlachtfeld? Ich habe ihn vielleicht begonnen, aber du hast zurückgeküsst. Und was ist mit letzter Nacht?«

»Ihr Wikinger und eure Egos, ihr denkt, ihr seid ein Geschenk der Götter, das wir Frauen genießen sollen.«

»Du kannst mir nicht erzählen, dass letzte Nacht nichts bedeutet hat«, beharrte Lars und versuchte, den Schmerz aus seiner Stimme zu halten.

»Komm schon, Lars, wir sind keine Kinder. Ihr Wikinger prahlt ständig mit euren Eroberungen. Ich habe dich einfach zu einer meiner Eroberungen gemacht«, zuckte Triska mit den Schultern.

Lars schüttelte den Kopf und fuhr sich mit der Hand durch die Haare. War das dieselbe Frau wie in den letzten Tagen? Sie mochte eine starke Anführerin sein, entschlossen und stolz, aber er hatte sie nie für kaltherzig gehalten.

»Schau mir in die Augen und sag mir, dass da nichts zwischen uns ist, und ich werde deiner Bitte nachkommen und gehen«, sagte Lars und blickte ihr tief in die Augen.

Triska saß ungerührt von seinen Worten da. Ihr Gesicht war wie aus Stein gemeißelt.

»Ich habe keine Ahnung, wovon du sprichst«, erwiderte sie.

Lars blickte zurück und wartete auf den Moment, in dem sie zusammenbrechen und sagen würde, dass alles eine Lüge war. Aber nichts geschah.

»Dann werde ich gehen.«

KAPITEL 8

LARS WARTETE NICHT DARAUF, ob Triska ihre Meinung ändern würde. Er konnte nicht verstehen, wie sie so stur sein konnte oder wie sie den Funken zwischen ihnen ignorieren konnte. Aber trotz seiner verletzten Gefühle konzentrierte sich sein Verstand immer noch darauf, was gegen den bevorstehenden britischen Angriff zu tun war. Lars glaubte, dass sie zwischen der Siedlung an der Spitze und der Siedlung der Jürgensen-Brüder eine Chance hätten. Etwas Unterstützung von den Nordmännern wäre allerdings nicht verkehrt gewesen.

Eine von Triskas Beraterinnen, Irmusta, versprach, mit ihnen bis zum Halbwegs-Punkt zu reiten. Lars war dankbar für diese Geste, hatte aber das Gefühl, dass Triska ihm noch einen weiteren Spion zugeteilt hatte, um sicherzustellen, dass sie das Lager verließen.

Gunnar, Irmusta und Laga unterhielten sich miteinander. Lars war zu sehr mit seinen Gedanken beschäftigt, um sich einzubringen. Die Wiederholung von Triskas Worten brachte sein Blut zum Kochen. Jedes Mal, wenn er die Augen schloss, sah er diesen harten, steinernen Blick. Nichts, was Lars sagen oder tun konnte, würde ihre Meinung ändern. Wie sollte er das dem König erklären? Wie würden sie gegen die Briten bestehen? Vor sich hin murmelnd machte Lars sich Sorgen, dass er verrückt werden könnte.

»Es tut mir leid, Bruder. Triska ist bekannt für ihre Sturheit, aber ich dachte, sie würde zuhören«, sagte Gunnar.

Lars brummte eine unverständliche Antwort, sein Blick starrte in die Ferne.

»Sie hat hart gekämpft, um sich als würdige Anführerin zu beweisen. Und bisher ist es ihr gut gelungen. Aber leider habe ich das Gefühl, dass der britische Angriff nicht zu deinen Gunsten ausgefallen ist«, sprach Irmusta leise.

Lars brummte wieder, seine Wut brodelte unter der Oberfläche und drohte, jeden Moment auszubrechen.

»Ich habe dich enttäuscht. Ich habe Laga enttäuscht. Das weiß ich. Ich werde nicht ruhen, bis ich alles Mögliche getan habe, um in diesem Krieg zu helfen«, sagte Gunnar und weckte endlich Lars' Aufmerksamkeit.

Als er seinen Schwager ansah, konnte er den Kummer und die Reue in seinem Gesicht so deutlich sehen wie die Bäume am Horizont. Ja, Lars war wütend, aber seine Wut richtete sich nicht gegen Gunnar.

»Entschuldige dich nicht, Gunnar. Du hast uns nicht enttäuscht. Du bist zurückgekommen, als Gefahr drohte, um uns zu warnen. Du hast einen Feind deiner Anführerin ins Lager gebracht und für ihn gebürgt, für eine größere Sache. Meine Wut richtet sich nicht gegen dich«, seufzte Lars tief.

»Ich fand dein Handeln ehrenhaft. Zuerst kamst du und botest Hilfe in einem Krieg an, von dem wir nichts wussten. Dann, als unsere Anführerin dich abwies, bliebst du, um mit uns zu kämpfen. Ich habe dich auf dem Schlachtfeld gesehen. Du hast Geschick; das ist sehr bewundernswert«, sagte Irmusta.

»Ich verstehe nicht, wie Triska nach einem solchen Angriff nein sagen konnte«, sprach Laga schließlich.

»Der Hass zwischen unseren Völkern reicht weit zurück und sitzt tief. Es ist schwer, darüber hinwegzukommen«, gab Lars zu.

Während er in seinen Gedanken brütete und über die letzten Tage nachdachte, wurde Lars bewusst, wie sehr er Gunnar zu schätzen gelernt hatte. Er war nicht nur gekommen, um Hilfe anzubieten, sondern hätte auch zu seiner Anführerin halten können. Stattdessen ritt er mit ihnen zurück zur Spitze. Während Lars zunächst dachte, Irmusta sei ein Spion, erkannte er, je mehr sie sprachen, dass nicht jeder wie Triska dachte. Nicht jeder wurde von blinder Wut und Hass beherrscht. Vielleicht wäre ein Bündnis möglich. Vielleicht war es an der Zeit, alte Groll beiseite zu legen und ihre Völker zu vereinen. Die Frage war nur, wie?

»Gunnar, du und Irmusta habt mir die Augen geöffnet. Vielleicht können unsere Völker eines Tages bald über unsere dunkle Geschichte hinwegkommen und lernen, in Frieden zu leben. Nicht jeder ist so von der Vergangenheit getrübt. Vielleicht sollten wir alle ein Blatt aus dem Buch der Jungen nehmen. Eure Gedanken sind viel fortschrittlicher als die eines alten Narren wie mir«, sagte Lars.

»Meinst du, dass ein Bündnis möglich ist?«, fragte Laga.

»Vielleicht eines Tages«, antwortete Lars nach einem Moment des Nachdenkens.

Die Sonne ging über den Hügeln unter und tauchte die ferne Küstenlinie in warme, sanfte orangefarbene Töne. Sie würden bald den Halbwegspunkt erreichen, aber da die Nacht hereinbrach, kamen sie überein, dass es die beste Option wäre, für die Nacht ein Lager aufzuschlagen.

Irmusta machte das Feuer, während Gunnar auf die Jagd nach Nahrung ging. Laga bereitete das Lager vor, und Lars hielt Ausschau nach herannahenden Feinden. Als die letzten Lichtstrahlen des Tages verschwanden und der Mond hoch am Himmel aufging, kehrte das Gespräch dazu zurück, was es brauchen würde, um Triska zu einem Bündnis zu bewegen.

Laga häutete die Kaninchen und legte sie aufs Feuer. Der Geruch war köstlich und ließ allen das Wasser im Mund zusammenlaufen. Keiner hatte bemerkt, wie hungrig sie waren.

»Ich meine es nicht böse mit meinen Worten, aber Triska ist nicht die einzige nordische Anführerin. Wenn sie einem Bündnis nicht zustimmt, vielleicht tut es jemand anderes«, sagte Laga.

»Ich liebe dein Feuer, Laga, aber Triskas Siedlung ist die einzige nordische an diesen Ufern. Vorerst«, lächelte Gunnar und legte seine Arme um seine Frau.

»Vorerst«, grinste Irmusta, was Gunnar dazu brachte, sie spielerisch in den Arm zu knuffen.

Sie aßen ihr Essen und unterhielten sich um die Wärme des Lagerfeuers. Irmusta erzählte Geschichten von ihrer verlorenen Liebe, und Laga und Gunnar teilten ihre Träume für ihr gemeinsames Leben. Die ganze Zeit konnte Lars Triska nicht aus dem Kopf bekommen. Sie verwirrte ihn.

Lars bewunderte ihre Entschlossenheit, ihr Volk zu schützen. Ihre Führung und ihr Antrieb waren bemerkenswert. Ihre Fähigkeiten mit dem Schwert waren unglaublich beeindruckend, und ihr Körper war wie von den Göttern gemeißelt. Sie war alles, was er je in einer Frau gewollt hatte, und doch hatte sie ihn beiseite gestoßen. Eine Sehnsucht, ein Schmerz in seiner Brust, ließ Lars keine Ruhe; was war dieses Gefühl? Was hatte Triska mit ihm gemacht? Lars brauchte Zeit allein, um seine Gedanken zu ordnen.

»Ich werde mich verabschieden und etwas ruhen. Schlaft gut, meine Freunde«, wünschte Lars allen eine gute Nacht.

Als er zum Rand des Lagers schlenderte, um sich schlafen zu legen, blickte er zurück in Richtung der nordischen Siedlung. Die Nacht hatte sich um sie herum gelegt. Aber es war genug Licht am Himmel, um den Anblick zu erhellen; und kein Zweifel an dem, was er sah. Durch die Bäume waberten Wolken aus dichtem schwarzem Rauch. Sofort wanderten seine Gedanken zu Triska, während sich sein Herz in seiner Brust zusammenzog.

Es war viel zu viel Rauch für Lagerfeuer. Die Siedlung wurde angegriffen. Sie brauchte ihn, ob sie seine Hilfe wollte oder nicht, und Lars würde nicht tatenlos herumsitzen. Er sprang auf und stürmte zurück zum Lager.

»Was ist los?« fragte Laga panisch.

»Feuer. Die Siedlung wurde angegriffen; wir müssen zurück«, antwortete Lars und machte sein Pferd bereit.

»Ich reite mit dir. Irmusta, bring Laga den restlichen Weg zum Punkt und warne die anderen«, bereitete Gunnar sein Pferd vor.

»Das denke ich nicht; ich reite mit euch!« widersprach Laga.

»Wir haben keine Zeit für Diskussionen. Laga, greife nur ein, wenn du musst. Halte dich an den äußeren Rändern der Siedlung. Verstecke dich in den Bäumen, wenn nötig. Aber es wird nichts mehr zu retten sein, wenn wir nicht bald zurückkommen«, befahl Lars.

Ohne darauf zu warten, was die anderen taten oder weitere Worte zu hören, stieg Lars auf sein Pferd und galoppierte in Richtung Triska davon.

KAPITEL 9

DIE GESAMTE SIEDLUNG STAND IN Flammen. Lars kam sich nicht nah genug vor, egal wie sehr er es versuchte. Die Briten waren wieder mit doppelter Stärke gekommen. Gunnar und Irmusta rannten dicht hinter ihm her. Die Nordmänner waren starke Krieger, aber angesichts der Größe der britischen Truppen befürchtete Lars, dass sie keine Chance hatten.

»Nehmt so viele wie möglich aus! Ich werde Triska finden«, befahl Lars, sprang von seinem Pferd und bahnte sich seinen Weg durch den Kampf.

Die Nordmänner kämpften mit einer Unterlegenheit von drei zu eins; die Schlacht sah aus, als wäre sie bereits verloren. Tote von beiden Seiten übersäten das Schlachtfeld. Mit vor Wut rot glühenden Augen drängte Lars sich durch den Kampf und schwang seine Axt, um einen Soldaten nach dem anderen niederzustrecken.

Die Flammen brüllten, als sie sich von Hütte zu Hütte ausbreiteten. Männer, die vom Feuer erfasst wurden, schrien vor Schmerz, und röchelnde Todeslaute erfüllten die Luft. Wenn dies das erste Zeichen des Krieges war, fürchtete Lars, dass sowohl Nordmänner als auch Wikinger untergehen würden, falls nicht bald ein Bündnis geschlossen würde.

Lars führte seine Axt wie nie zuvor, spaltete Köpfe und brach Nacken. Während er gegen zwei Soldaten kämpfte, durchbohrte ein

Schwert fast seinen Rücken, nur um von den zwei Schwerter führenden Händen Triskas gestoppt zu werden. Lars hatte das Gefühl, zum ersten Mal seit seiner Rückkehr in die Siedlung atmen zu können. Triska lebte. Mit dem Blut der Toten bedeckt und einer tiefen Schnittwunde an der Schulter ließ Triska sich nicht aufhalten. Schweigend kämpften sie Seite an Seite.

Lars schleuderte seine Axt über das flammende Schlachtfeld und verhinderte einen Angriff, der seine Schwester zur Witwe gemacht hätte. Gunnar blickte zurück und nickte Lars dankend zu, bevor er sein Schwert durch den Bauch eines weiteren Soldaten rammte.

»Lars!« rief Triska und warf ihm eines ihrer Schwerter zu.

Lars war beeindruckt vom Gewicht des Schwertes, noch beeindruckter davon, wie mühelos Triska es gehandhabt hatte. Velika tauchte aus den Flammen auf, mit einer Verbrennung, die ihren Arm bedeckte, während sie kämpfte, um die Jungen zu schützen und ihnen bei der Flucht aus der Siedlung zu helfen. Als sie sah, dass ihre Stellvertreterin in Gefahr war, rannte Triska auf den Soldaten zu; sie packte ihn am Umhang und riss ihn zurück. Lars packte den Soldaten, bevor er wieder Fuß fassen konnte, spießte ihn mit Triskas Schwert durch den Rücken auf und warf ihn dann in die brennenden Überreste der nächsten Hütte.

Die Schlacht tobte weiter mit den Schreien der Wehrlosen, die angegriffen wurden; Schlachtrufe und das Klirren von Metall auf Metall. Die Siedlung zerfiel um sie herum, während die Flammen alles verschlangen, was sie berührten. Dies war kein einfacher Angriff oder eine Warnung; dies war eine Kriegserklärung und ein Vorgeschmack auf die kommenden Schrecken.

Die britischen Soldaten waren gut ausgebildet und bescherten Lars und den Nordmännern einen Kampf, den sie nicht vergessen würden. Die Soldaten waren mit Schilden zum Schutz vor Angriffen gut vorbereitet gekommen. Aber Lars und Triska trugen den Zorn von Generationen in sich und durchbrachen ihre Schilde, kämpfend, um den Sieg zu erringen.

In einer Kampfpause nahm sich Lars einen Moment Zeit, um seine Umgebung zu überblicken; das Ende der Schlacht war nahe. Ein Brüllen von hinten alarmierte Lars vor einem weiteren Angriff. Ein

Soldat mit seiner Größe und Statur stürmte mit gezogenem Schwert auf ihn zu. Lars hob sein Schwert, blockte den Angriff ab und stieß seinen Stiefel in den Bauch des Mannes, wodurch er ihn nach hinten warf. Ohne dem Mann eine Sekunde zur Erholung zu geben, stürzte Lars vor, aber sein Schwert traf auf den Schild des Mannes.

Lars kämpfte, während der Mann mit der Wildheit und Kraft von drei Männern kämpfte. Wut brannte in Lars' Brust. Brüllend schwang Lars sein Schwert und vergrub es im Schild des Mannes. Der Soldat nutzte den Zug zu seinem Vorteil, drehte seinen Schild und warf ihn beiseite, wobei er Lars' Schwert mitnahm und ihn unbewaffnet zurückließ. Lars sprang zurück und drehte sich zur Seite. Lars trat aus und fegte dem Mann die Beine unter dem Körper weg. Triska erschien gerade rechtzeitig, um ihr Schwert in den Rücken des Soldaten zu rammen, bevor er sich erholen und erneut angreifen konnte.

»Danke«, bot Lars an.

»Danke mir noch nicht. Die Schlacht ist noch nicht vorbei«, sagte Triska, bevor sie weglief, um den anderen zu helfen.

Die Schlacht tobte die meiste Nacht hindurch. Schließlich fielen die letzten britischen Truppen bei Sonnenaufgang vor den Nordmännern. Es war eine lange Schlacht mit vielen Verlusten auf beiden Seiten. Die Nordmänner hatten gesiegt, aber nur knapp.

Lars, Gunnar, Triska, Velika und Irmusta versammelten sich im Zentrum dessen, was von der Siedlung übrig geblieben war. Triska bellte Befehle an die wenigen verbliebenen Männer, die Flammen zu löschen und zu retten, was sie konnten.

»Es gibt nicht mehr viel zu retten. Ich schlage vor, wir gruppieren uns am Point neu«, sagte Lars und packte Triskas Arm in der Hoffnung, sie zur Vernunft zu bringen.

»Ich verlasse mein Zuhause nicht«, knurrte Triska und riss ihren Arm frei.

»Wir werden dieses Land zurückerobern...«

»Ich werde dieses Land *nicht* aufgeben. Dies ist unser Land; sie werden es mir nicht noch einmal nehmen!« schrie Triska.

»Sieh dich um, Triska! Die Schlacht ist bereits verloren. Sieh, was von deinem Volk übrig ist. Wenn die Briten zurückkommen, werdet ihr keine Chance haben. Wenn ihr verliert, verlieren wir alle. Weder Nordmänner noch Dänen können es sich leisten, dass die Briten einen weiteren Stützpunkt im Norden bekommen. Also komm mit mir. Und wenn wir zurückkehren, werden wir mit einer Streitmacht zurückkehren, die die Briten in ihren Stiefeln zittern lässt. Wir werden dieses Land zurückerobern und stärker als zuvor wieder aufbauen.«

Lars wartete auf Triskas Antwort. Er konnte den Schmerz und die Angst in ihren Augen sehen. Sie wandte sich an Velika, um Rat zu suchen. Lars kannte diesen Blick; es war einer, den er selbst gehabt hatte. Triska zweifelte an sich selbst, traf sie die richtige Wahl?

»Schlägst du ein Bündnis vor?« fragte Triska.

»Seit dem Moment, als ich hier ankam«, antwortete Lars.

Triska nahm sich einen Moment Zeit. Sie musterte ihn, überlegte, ob sie ihm vertrauen konnte oder nicht. Dann seufzte sie tief und bot ihre Hand an.

»Gut, ein Bündnis soll es sein. Aber ich will mitreden können, welche Ressourcen wir nutzen; schließlich ist dies meine Siedlung. Also, Velika, ich überlasse dir die Leitung. Ich werde mit dir zum Point reisen, Lars«, nickte Triska, ein kleines Lächeln umspielte ihre Lippen.

KAPITEL 10

TRISKA SAß STOLZ auf ihrem Pferd, als sie mit Lars, Gunnar und den anderen in den Point einritt. Sie tat so, als würde sie die wütenden Blicke und die Hände, die nach Schwertgriffen griffen, nicht bemerken. Sie konnte ihnen ihre Verteidigungshaltung nicht vorwerfen. Sie hatte sich genauso verhalten, als Lars in ihr Lager kam.

»Bereitet euch auf den Krieg vor!«, befahl Lars.

Triska bewunderte, wie Lars' Männer seinen Befehl respektierten. Niemand hielt inne, um zu fragen, mit wem der Krieg geführt wurde oder warum er mit der Anführerin der nordischen Siedlung angeritten kam. Stattdessen kletterten die Männer auf die Siedlungsmauern und bereiteten sich auf einen Angriff vor; Bogenschützen besetzten die Verteidigungsposten, während andere loseilten, um Vorräte zu sammeln.

»Was sind meine Befehle?«, fragte ein Mann, von dem Triska später erfuhr, dass er Birgen hieß.

»Macht die Schiffe bereit«, befahl Lars.

Birgen rief seine Männer und eilte zum Ufer. Triska konnte sehen, dass Lars in seinem Element war. Er war zum Anführen geboren. Schildmaiden bewaffneten sich, und der Schmied folgte allen dicht auf den Fersen und verteilte neue Waffen. Lars bellte Befehl um Befehl, half aber auch selbst dabei, Mauern zu verstärken. Triska konnte nicht anders, als ihn zu bewundern, und fragte sich, ob sie ihn falsch eingeschätzt hatte. In ihrem Kopf nagte der Gedanke, dass sie ihren Stolz früher hätte beiseitelegen und ihm zuhören sollen.

Als starke, stolze Anführerin fiel es Triska schwer zuzugeben, dass sie manchmal Führung brauchte. Aber wenn sie Lars beobachtete, spürte sie, dass sie ihren Ebenbürtigen gefunden hatte.

»Deine Leute respektieren deine Führung. Das ist eine bewundernswerte Eigenschaft. Wage ich zu sagen, dass ich dich als meinen Ebenbürtigen betrachte?« Triska errötete und ließ endlich ihre Gefühle durchscheinen.

»Ich halte dich für ebenso ebenbürtig«, grinste Lars.

»Ich fürchte, ich habe dich mit meinem Verhalten nach jener Nacht vor den Lagermauern verletzt«, Triska senkte ihren Blick und konnte Lars nicht in die Augen sehen.

Lars hob sanft ihr Kinn an und zwang sie, ihn anzusehen.

»Das spielt keine Rolle. Ich kann deine wahren Gefühle in diesen Augen sehen«, lächelte Lars.

»Wir führen beide unsere eigenen Siedlungen; wie sollen wir...« Lars unterbrach sie mit einem kurzen, sanften Kuss.

»Wir werden herausfinden, wie wir zusammen sein können... nach dem Krieg«, lächelte Lars.

Die Welt um sie herum versank im Chaos. Der Krieg war bisher nur ein Flüstern in der Nacht gewesen, aber jetzt näherte er sich mit der Wut von tausend Feuern. Doch trotz all des Wahnsinns wusste Lars nur eines: Mit Triska ergab alles einen Sinn. Er hatte eine schöne, starke Frau an seiner Seite, die ihren eigenen Kopf hatte und keine Angst hatte, ihn zu zeigen. Sie war ihren Leuten treu ergeben und eine erfolgreiche Anführerin, die Respekt befahl und erhielt. Sie war die weibliche Version von ihm selbst.

»Triska, bevor der Krieg vor unserer Tür steht, muss ich dir die Wahrheit sagen. Deine Worte haben mich nicht verletzt. Im Gegenteil, der Gedanke, dass du den Briten zum Opfer fallen könntest, ohne dass ich an deiner Seite bin, hat mich verletzt«, sagte Lars leise genug, dass nur Triska es hören konnte.

»Pass auf, Däne, oder ich könnte denken, dass du Gefühle für mich hegst«, lächelte Triska.

»Ich behaupte nicht, viel von Liebe zu verstehen. Aber als ich auf die Flammen zuritt, fühlte es sich an, als würde mein Herz auch brennen. Der Gedanke, dich zu verlieren, war unerträglich«, gestand Lars.

»Was könnte das anderes sein als Liebe?«, fragte Triska.

»Genau meine Gedanken«, grinste Lars und zog Triska in seine Arme.

Die Wikinger bereiteten sich auf die Schlacht vor, bewachten die Mauern und riefen einander Befehle zu. Aber während sie in den Armen des anderen lagen, hätten sie nicht bemerkt, wenn die ganze Welt in Flammen gestanden hätte. Lars streichelte Triskas Wange und prägte sich ihr Gesicht ein, als wäre es das letzte Mal, dass er es sehen würde. Triska zog Lars näher zu sich und drückte ihre Lippen auf seine.

EPILOG

DIE SIEDLUNG LAG in stiller Erwartung. Die Frauen und Kinder waren mit einer kleinen Wache in die Nachbardörfer evakuiert worden, falls die Briten es wagen sollten, in ihre Richtung vorzudringen. Die Mauern waren verstärkt worden, und Bogenschützen bewachten die Wälle. Die Pferde waren alle gesattelt und bereit. Barrikaden und Gräben waren außerhalb der Siedlungsmauern ausgehoben worden, und die Schiffe waren bemannt, bereit in See zu stechen. Kundschafter und Boten waren zur anderen Siedlung geschickt worden, ihre Reiter galoppierten durch die Nacht.

Lars, Birgen, Gunnar, Triska, Irmusta und der Rest von Lars' Kriegsrat versammelten sich drinnen. Die Debatten hatten die ganze Nacht angedauert. Der Hauptdiskussionspunkt war, wie viele Schiffe ausgesandt werden sollten.

»Die Briten haben bereits große Stärke gezeigt. Wir wollen unsere Anzahl nicht verringern, indem wir zu viele auf die Schiffe schicken. Ihre Schiffe sind unseren nicht gewachsen. Wir brauchen genügend Schiffe, um uns vom Meer aus zu schützen, und eines, um die andere Siedlung zu erreichen; drei Schiffe sollten genügen«, schlug Triska vor.

Sie hatte die Stärke der Briten gesehen. Sie hatte zu viele Verluste erlitten, um sie wieder zu unterschätzen. Lars wusste, dass ihre Worte vernünftig waren, aber die anderen zu überzeugen, würde eine Herausforderung sein.

»Wir sind auf See am stärksten; wir können ein größeres Gebiet abdecken und angreifen, bevor sie uns erreichen. Daher sind mehr Schiffe besser«, argumentierte Birgen.

»Sei nicht töricht. Wenn alle unsere Männer auf See sind, wer wird dann die Mauern verteidigen? Was, wenn sie die Siedlung in Brand setzen, wie sie es mit den Nordmännern getan haben? Es werden nicht genug Hände da sein, um die Flammen zu löschen«, argumentierte ein grauhariger Wikinger.

»Wie wäre es, wenn wir unsere Streitkräfte zur Hälfte teilen? Die Hälfte auf See, die Hälfte an Land?«, fragte Gunnar.

»Das sind nicht deine Truppen, die du befehligst«, schnappte jemand.

»Genug! Wir haben einen gemeinsamen Feind. Ein Bündnis wurde geschlossen. Ihre Truppen sind unsere Truppen, und unsere sind die ihren!«, dröhnte Lars' Stimme und brachte den Raum zum Schweigen.

So viele Stimmen und Meinungen ließen das Argument toben, bis endlich ein Kompromiss gefunden wurde. Drei Schiffe würden die Küste überspannen, und zwei würden versuchen, die erste Siedlung zu erreichen. Müde vom Streiten gingen alle zu Bett. Sie brauchten Ruhe für die kommende Schlacht.

Triska wartete vor der großen Halle des Schlosses, während Lars seinen Männern gute Nacht wünschte. Als er bemerkte, dass sie wartete, schlenderte Lars zu ihr hinüber, immer noch vor sich hin murmelnd. Sie hatten für eine Nacht genug geredet; Triska hatte andere Dinge im Sinn.

Sie packte ihn, drückte ihn gegen die Wand und brachte ihn mit einem Kuss, der so leidenschaftlich war wie ihr erster auf dem Schlachtfeld, zum Schweigen.

»Müssen wir noch die Kriegspläne besprechen, oder fällt dir keine bessere Art ein, die Nacht zu verbringen?«, grinste Triska und zog an Lars' Gürtel.

»Ich würde den Abend viel lieber damit verbringen, mit dir Strategie zu diskutieren«, grinste Lars.

»Strategie? Wir können die Details für den Krieg am Morgen klären. Im Moment würde ich lieber deinen Kopf zum Schweigen bringen und deinen Mund für unterhaltsamere Zwecke einsetzen.«

Als er endlich ihre Bedeutung verstand, verdunkelten sich Lars' Augen, erfüllt von Lust und Verlangen. Triska nahm seine Hand und führte ihn zu dem Raum, der ihr für die Dauer ihres Aufenthalts zugewiesen worden war. Es war ein hübscher Raum, der einst von Ailsas Mutter benutzt wurde. Klein genug, um gemütlich zu sein, aber dennoch mit genügend Platz für sie beide. Eine kleine Liege stand an der gegenüberliegenden Wand nahe einem kleinen steinernen Kamin. Die glimmenden Glut des Feuers flackerte langsam. Schmuckstücke und Dekorationen standen auf den Regalen, und ein kleiner Holztisch, groß genug für zwei, mit einem einzigen Stuhl stand in der Mitte des Raumes.

Triska hatte an einigen eigenen Schlachtplänen gearbeitet. Ihre Schlachtpläne lagen noch auf dem Tisch. Lars ging zum Tisch und überflog ihre Pläne; sie waren gut, brillant. Sie hatte einen geplanten Angriff von allen Seiten gezeichnet, Männer versteckt entlang des Pfades, der zum Point führte; Schiffe, die vom Meer aus bewachten, und Zeichnungen von größeren Armbrüsten, die mehr Boden überbrücken konnten als ihre Standardbogenschützen. Sie hatte Feuerlinien, um den Feind einzukesseln. Triska war bemerkenswert.

»Deine Schlachtpläne sind erstaunlich. Warum hast du sie nicht dem Rat vorgestellt?«, fragte Lars.

Triska fegte die Pläne vom Tisch und schickte Schriftrollen, Holzschnitzereien und Runen über den Boden. Sie legte ihren Finger auf seine Lippen und setzte sich vor ihm auf den Tisch.

»Ich sagte dir, kein Kampfgespräch mehr heute Nacht«, flüsterte Triska. »Nutze deinen klugen Mund besser.«

Lars drückte einen sanften Kuss auf ihren Finger und sah zu, wie Triska ihre Rüstung auszog. Lars begann, seine Pelze abzuhaken und zog seine Tunika über den Kopf. Dann schob er Triskas Röcke hoch an ihre Oberschenkel, drückte ihre Beine auseinander und schob sich zwischen ihre Schenkel. Triska fuhr mit ihren Händen über Lars' festen Brustkorb, ließ ihren Kopf zurückfallen, während Lars mit seinen Fingern ihren Rücken hinauf fuhr und seine Finger in ihrem Haar verflocht.

»Triska, du bist großartig. Eine Kriegerin, um die man beneiden muss. Dein Geist ist so schön wie dein Körper. Warum verbirgst du deine Talente? Deine Pläne sollten dem Rat vorgestellt werden«, hauchte Lars in ihr Ohr, knabberte an ihrem Ohrläppchen und zog Küsse ihren Hals hinunter.

»Deine Bewunderung wird sehr geschätzt, Lars. Aber ich bin eine Nordmann-Anführerin in deinem Lager. Ich muss deine Leute erst dazu bringen, mir zu vertrauen. Man würde mich eine Närrin nennen, wenn ich hereinkäme und Befehle bellte«, stöhnte Triska.

»Ich werde jeden töten, der es wagt, schlecht über dich zu sprechen«, knurrte Lars, seine Lippen wanderten über ihr Schlüsselbein zu ihren Brüsten.

»Das würdest du, nicht wahr?«, lächelte Triska.

»Ich würde sie alle für dich verbrennen«, knurrte Lars, seine Hände betasteten ihre Brüste, nahmen abwechselnd jede Brustwarze, und brachten Triska zum Stöhnen.

»Mein Däne«, atmete Triska und zog sein Gesicht zu ihrem hoch.

Triska schlang ihre Beine fest um seine Hüften und zog ihn näher. Sie küsste ihn tief, ihre Zunge kostete seine Worte.

»Ich würde alles für dich tun«, knurrte Lars.

»Dann nimm mich wie der Krieger, der du bist«, stöhnte Triska in sein Ohr.

Lars löste sich aus Triskas Griff und drückte sie nieder, sodass sie flach auf dem Tisch lag. Lars sank auf die Knie und spreizte Triskas Beine weit. Triska lehnte sich zurück und fuhr mit ihren Fingern durch Lars' dichtes dunkles Haar. Triska konnte Lars' Atem spüren, der ihre Innenschenkel wärmte; sie schloss ihre Augen und erinnerte sich an ihren Traum.

Lars zog eine Spur von Küssen nach oben, bis sein Mund den Teil von ihr erkundete, der nach seiner Berührung schmerzte. Triska stöhnte vor Vergnügen auf, als seine Zunge über ihre schmerzende Knospe glitt. Während seine Zunge ihre Magie wirkte, spreizten seine Finger ihre Lippen und dehnten sie weit. Triskas Hände erkundeten ihre Brüste, streichelten und kniffen in ihre schmerzenden Brustwarzen. Ihr Atem beschleunigte sich, als er sie der Ekstase, nach der sie sich sehnte, immer näher brachte. Triska stöhnte lauter, als ihre Lust wuchs, nur damit Lars aufhörte.

Bevor Triska ihn fragen konnte, packte Lars ihre Hüften und zog sie vom Tisch. Er drehte sie herum, legte sie flach hin und wickelte ihre Zöpfe um seine Hand, sodass sie ihren Rücken durchbog. Lars fuhr mit seiner Hand über ihren Hintern, streichelte das runde, pralle Fleisch, bevor er darauf klatschte. Dann führte er sich zu ihrem Eingang und stieß tief in sie hinein.

»Lars, mein Däne«, stöhnte Triska.

Lars stieß härter in Triska, das Geräusch ihrer aufeinanderprallenden Körper und ihres keuchenden Atems erfüllte den Raum. Triska umklammerte ihn mit ihren Muskeln, ließ ihn los, nur um sich wieder um ihn zu spannen. An seinen Stöhnen erkannte Triska, dass es Lars in den Wahnsinn trieb.

Lars spürte, wie seine Lust sich aufbaute, wollte aber Triskas Gesicht sehen, wenn sie gemeinsam zum Höhepunkt kamen. Er zog sich zurück, drehte Triska herum und platzierte sie am Rand des Tisches.

»Halte dich am Tisch fest, stütze dich ab«, knurrte Lars, während er seine Arme unter ihre Knie hakte und ihre Beine hoch auf seine Schultern legte.

Triska gehorchte seinem Befehl und keuchte auf, als er wieder in sie eindrang. Triskas Brüste hüpften auf ihrer Brust unter Lars' bestrafendem Rhythmus. Dann streckte er seine Hand zwischen ihre Beine und umkreiste mit seinem Daumen die süße Knospe, schwelgte in Triskas Zittern.

»Bei den Göttern, Lars«, schrie Triska.

»Sieh mich an, Triska, halte diese wunderschönen Augen auf mich gerichtet«, befahl Lars.

Triska blickte Lars in die Augen, während er schneller, härter stieß und ihre Knospe in einem verlockenden Rhythmus streichelte. Ihre Lustschreie wurden lauter, bis beide nach Luft schnappten. Sie konnte spüren, wie ihr Höhepunkt tief in ihr heranwuchs, aber sie wollte ihre Erlösung nicht fühlen, bis er seine erreichte. Stattdessen wollte sie seinen Erguss in sich spüren, fühlen, wie der mächtige Krieger seinen Sieg beanspruchte.

»Lars!«, schrie Triska.

»Triska!«, erwiderte Lars ihren Schrei, als sein Höhepunkt ihn überwältigte.

Endlich erlaubte sich Triska, ihre Erlösung zu spüren, sich um ihn herum zusammenzuziehen und jeden Zentimeter zu fühlen. Lars hob sie in seine Arme und trug sie zur Liege. Er legte sie nieder, zog sie eng an seine Brust und küsste sanft ihre Stirn.

»Möchtest du jetzt über Schlachtpläne sprechen?«, lachte Lars.

»Ich würde das lieber noch einmal machen«, knurrte Triska, kletterte auf ihn und beanspruchte ihren eigenen Sieg.

ENDE

BIRGEN: BESIEGT VON EINER SCHWERTMAID

HEISSER HISTORISCHER WIKINGERROMAN

PROLOG

VELIKA WAR STARK. Sie war die tapferste nordische Schwertjungfrau ihres Clans und bis zum Äußersten stolz. Jahrelang war sie die zweite Befehlshaberin unter ihrer Freundin Triska gewesen. Da Triska nun in der dänischen Siedlung am Point war, war es Velikas Zeit zu führen. Velikas Siedlung unterschied sich von den meisten anderen, da sie von Frauen geführt wurde. Aber sie hatten immer wieder bewiesen, dass sie zum Erfolg bestimmt waren.

Die Frauen von Velikas Siedlung waren bisher auch ohne Männer in wichtigen Führungspositionen gut zurechtgekommen. Triska wurde vom Nordkönig selbst auserwählt, die erste nordische Siedlung auf den Inseln zu führen. Er hatte keine Einwände, als Triska Velika zu ihrer Stellvertreterin ernannte. Die Männer beschwerten sich nicht, da sie wussten, wie die beiden zum Führen geboren waren. Beide Frauen waren erfolgreiche Kriegerinnen aus eigenem Recht. Ihre wichtigste Eigenschaft war jedoch, dass sie sich kümmerten. Sie kümmerten sich um ihre Leute, ihre Männer und Frauen, und sie behandelten alle gleich.

Velika liebte das Gleichgewicht des Lebens in ihrer Siedlung und brauchte sicherlich keine großen, muskulösen Dänen, die den Status quo störten. Das Hauptproblem war, dass mehrere dänische Lang-schiffe in den nächsten Tagen in der Siedlung eintreffen sollten. Auch wenn dies als Teil der neuen Allianz zwischen Dänen und Nordmännern vereinbart worden war, konnte das Velikas wachsendes Unbehagen nicht stoppen. Die Siedlung fühlte sich an, als würde sie erneut überfallen, und sie würde die Dinge viel lieber selbst in die Hand nehmen. Als ob die Ankunft der Dänen nicht Problem genug wäre, würde es nicht lange dauern, bis die nordischen Langschiffe aus der alten Heimat eintrafen... Nach der Nachricht vom britischen Angriff schickte der König Verstärkung zur Siedlung. Velika freute sich überhaupt nicht auf beide Ankünfte.

Seit Triska mit ihrem Dänen Lars aufgebrochen war, hatte Velika sich in den Wiederaufbau der Siedlung gestürzt. Die Briten hatten ihr Zuhause fast zerstört, aber Velika gab nicht ohne Kampf auf. Sie beschäftigte sich mit Arbeit, um ihre Gedanken von den ankommenden Gästen abzulenken. Sie baute zuerst Hütten für die Frauen, Kinder und die Verletzlichsten auf, half den Heilern mit den Verwundeten und verstärkte die Außenmauern und Tore gegen bevorstehende Angriffe.

»Was?« fragte Velika. Sie war zu beschäftigt, verloren in ihrer eigenen Welt, sodass sie die Frage überhört hatte.

»Du wirkst abwesend, seit Triska weg ist«, sagte Estrid.

Estrid war eine von Velikas härtesten Schwertjungfrauen und eine vertraute Freundin. Wann immer Velika Dampf ablassen musste oder ihre Fähigkeiten mit Schwert und Schild verbessern wollte, wandte sie sich an Estrid.

»Inwiefern?« fragte Velika.

»Nun, du beschäftigst dich mit Aufgaben, die du nicht erledigen musst. Du bist gestresst, obwohl jeder weiß, dass du zum Führen geboren wurdest. Du beschwerst dich viel über die Dänen«, antwortete Estrid, während sie Velika half, die letzte Wand einer neuen Hütte aufzustellen.

»Ich gewöhne mich wohl erst daran, dass wir uns mit den Dänen verbündet haben«, zuckte Velika mit den Schultern.

»Vielleicht willst du selbst einen Dänen«, kicherte Estrid.

Das erregte Velikas Aufmerksamkeit. Es war allgemein bekannt, dass Velika bisher kein Interesse gezeigt hatte, einen Ehemann zu nehmen. Viele hatten um ihre Hand angehalten und viele hatten versucht, sie zu umwerben, aber alle waren gescheitert. Velika hatte keine Zeit oder Bedarf für Männer, besonders nicht für einen Dänen.

»Erkläre dich«, fauchte Velika.

»Nun, die Nordmänner scheinen deine Aufmerksamkeit nicht zu erregen. Vielleicht ist ein Däne das, was du stattdessen willst«, antwortete Estrid und wählte ihre Worte sorgfältig, während Velika sie wütend anstarrte.

»Auch wenn es dich nichts angeht, Estrid, ich will und brauche keinen Mann. Helfe ich nicht dabei, diese Siedlung völlig in Ordnung ohne einen zu führen?« bellte Velika.

»Entschuldige, Velika. Ich wollte nicht beleidigen«, senkte Estrid ihren Kopf.

»Kenne deinen Platz und mit wem du sprichst, oder deine Zunge wird für immer schweigen«, knurrte Velika und stürmte von der Frau weg, die sie einst als Freundin betrachtet hatte.

Velika tolerierte die nordischen Männer ihrer Siedlung kaum und war immer darauf bedacht, sie auf Abstand zu halten. Das störte sie jedoch nicht. Sie respektierten sie und gaben ihr den Raum, den sie verlangte. Bisher hatte ihr das gut gedient. Velikas Gedanken rasten bei der Tatsache, dass die Siedlung bald überrannt werden würde. Nordmänner und Dänen waren auf dem Weg zu ihnen, und sie hatte kaum genug wieder aufgebaut, um die Überlebenden des letzten Angriffs unterzubringen.

Velika stürmte zur Meeresfront; die Wellen beruhigten immer ihren rasenden Geist. Gedanken an ankommende Schiffe plagten sie, und ihre Augen waren ebenfalls beunruhigt. Am Horizont tauchten mehrere Langschiffe aus dem Osten auf. Als die Schiffe näher kamen, ließ Velika den Atem los, den sie angehalten hatte. Es waren nicht die nordischen Schiffe; es waren die Dänen.

KAPITEL 1

EIN KLEINES LANGSCHIFF legte am Ufer nahe der Siedlung an. Velika beobachtete aus der Ferne, nah genug, um das Schiff im Blick zu behalten, aber weit genug entfernt, um nicht bemerkt zu werden. Das Boot war kaum groß genug, um zwölf Männer zu fassen. Seine Segel waren schmutzig-weiß und in leicht reparaturbedürftigem Zustand, und der Bug war mit einem langen, verzierten Drachenkopf geschnitzt, der einschüchtern sollte. Die Seiten waren mit kampferprobten Schilden gesäumt. Velika war nicht beeindruckt. Eine kleine Gruppe ging von Bord, hauptsächlich Männer, aber hier und da waren auch Frauen darunter. Velika hatte genug gesehen.

Wut brodelte in ihrem Magen. Selbst wenn sie sich nicht auf die Ankunft ihres eigenen Volkes freute, hätte sie es vorgezogen, wenn sie vor den Dänen eingetroffen wären. Mit mehreren anderen Schiffen, die an Fahrt gewannen, begann sie sich zahlenmäßig unterlegen, unbewaffnet und klaustrophobisch zu fühlen. Sie musste ihren Geist beschäftigen und ihre Hände beschäftigt halten, damit sie nicht ihre Axt in einem dänischen Schädel versenkte. Also begann sie zu arbeiten.

Triskas Hütte, die vorerst Velikas war, war zur Hälfte niedergebrannt. Zu ihrer Erleichterung war sie in einem Zustand, der relativ leicht zu reparieren war. Sie hatte in den Tagen seit Triskas Abreise viel Zeit mit der Arbeit an der Hütte verbracht, aber nicht so viel, wie sie gerne getan hätte. Sie wollte, dass ihr Volk ein Dach über dem Kopf hatte, bevor sie selbst eines hatte. Die Wände waren wieder aufgebaut worden, aber das Dach war das Hauptproblem, das als Nächstes auf ihrer Liste stand, bevor sie glücklich einziehen konnte.

Velika war damit beschäftigt, Löcher zu graben, um die Holzstützbalken des Daches einzusetzen, als sie die Dänen näherkommen sah. Sie tat so, als wäre sie beschäftigt. Dennoch beobachtete sie mit einem Auge jeden ihrer Schritte und starrte, als sie sich in der Siedlung verteilten. Wut raste in ihrem Blut, als einer sich in ihre Richtung bewegte.

Er war ein großer Mann, aber immer noch kleiner als die meisten Männer, mit denen sie aufgewachsen war. Er hatte breite Schultern, kräftige Arme und einen Gang, der vor Stolz strahlte. Sein Haar war kurz geschnitten, ebenso sein blonder Bart. Er legte Wert auf sein Erscheinungsbild, und Velika konnte nicht anders, als zu bemerken, wie er etwas dekorativer gekleidet schien als die anderen Dänen, die sie gesehen hatte.

Velika hatte zu lange gestarrt, als der Wikinger in ihre Richtung schaute. Ein angenehmes, einladendes Lächeln erhellte sein Gesicht. Nicht an seinem Lächeln oder seinen Worten interessiert, verließ Velika ihre Aufgabe und begann, auf der anderen Seite der Hütte Holz zu hacken.

»Beeindruckend«, sagte der Mann, als er um die Hütte herumkam.

Velika blickte nicht von ihrer Aufgabe auf und ließ ihre Axt herabsausen, wobei sie ein beachtlich dickes Stück Holz in zwei Teile spaltete.

»Darf ich mich nach dem Aufenthaltsort Ihres Clanführers erkundigen?«, fragte er.

»Anführer?«, fragte Velika und tat unwissend.

Sie hatte weder Interesse noch Geduld, sich an diesem Tag mit den Dänen abzugeben.

»Ja. Ich bin der Anführer dieser Mannschaft; wir kommen von der schottischen Siedlung, um mit Ihrem Anführer über unsere Allianz zu sprechen. Mein Name ist Birgen. Darf ich nach Ihrem fragen?«, erkundigte sich Birgen.

Er war höflich genug und wirkte süß, fast sanft für einen Wikinger, aber Velika interessierte das nicht.

»Ich weiß nichts von irgendeiner Allianz oder wer jetzt unseren Clan führt. Ich bin nur eine Hirtin. Bringen Sie Ihre Fragen woanders hin; ich bin beschäftigt«, sagte Velika und spaltete ein weiteres Stück Holz.

»Nun gut«, Birgen neigte seinen Kopf und ging, sehr zur Zufriedenheit von Velika.

Nach einem Tag harter Arbeit knurrte Velikas Magen. Sie nahm sich eine Schüssel Eintopf und ein Brötchen und ging zurück zu ihrer Hütte, da sie es vorzog, allein zu essen. Sie hatte seit diesem Morgen nicht mit Estrid gesprochen. Mit all den neuen Männern, die im Lager umherwanderten, wollte sie ihre Ruhe haben. Sie ahnte nicht, dass sie ihren Wunsch nicht bekommen würde.

»Finden Sie das lustig? Ihr kindisches Verhalten von vorhin?«, dröhnte Birgens Stimme, als er ihre Hütte betrat.

»Was finde ich lustig?«, fragte Velika, während sie ihr Brot in den Eintopf tauchte, ohne den Blick zu heben, um ihn anzusehen.

»Ich habe den größten Teil des Tages damit verbracht, Sie zu suchen. Mehrmals wurde ich ausgelacht, bevor eine Ihrer Schildmaiden Mitleid mit mir hatte und mir sagte, dass ich bereits mit der Anführerin gesprochen hätte – *Ihnen*. Wie denken Sie, sieht das aus? Wir bilden eine Allianz gegen einen viel größeren Feind, und Sie weisen mich ab und lassen mich wie einen Narren aussehen«, schnappte Birgen.

Velika konnte nicht anders und ließ ein kleines Kichern hören, dann aß sie weiter.

»Was für eine Anführerin sind Sie? Interessiert es Sie überhaupt?«, bellte Birgen.

»Wagen Sie es nicht, meine Führungsqualitäten in Frage zu stellen, *Däne*!«, fauchte Velika.

Sie hatte plötzlich ihren Appetit verloren. Sie stand auf und nahm ihre Schüssel mit Essen mit nach draußen. Sie fütterte damit die wenigen Ziegen, die noch übrig waren, und ignorierte Birgen, der ihr wie ein verlaufener Welpe folgte.

»Ihre Siedlung ist nicht die einzige, die gelitten hat. Menschen und

Bauten sind auf beiden Seiten verloren gegangen. Deshalb müssen wir zusammenhalten. Wir haben diese Allianz gebildet, um uns gegenseitig vor einem viel schlimmeren Feind zu schützen. Oder sind Sie zu blind, um das zu sehen?«

»Sind Sie fertig?«, fragte Velika, blieb stehen und drehte sich endlich zu ihm um.

Sie wurde es leid zu versuchen, ihm auszuweichen, und hätte viel lieber, dass er seine Worte loswurde und sie in Ruhe ließ.

»Sie sind überhaupt nicht wie Triska! Warum sie eine gefühllose, kalte Seele wie Sie in Führungsposition lassen würde, ist mir unbegreiflich«, bellte Birgen.

»Sie kennen Triska nicht. Und Sie kennen mich schon gar nicht. Wenn es Ihnen hier nicht gefällt, steht es Ihnen frei zu gehen«, forderte Velika heraus.

»Glauben Sie mir, ich würde viel lieber meine Heimat, *mein* Volk beschützen, als hier zu sein. Meinetwegen können Sie und Ihr Volk ins Meer springen und Njǫrd, den Meeresgott, mit Ihnen allen umgehen lassen. Ich bin jedoch ein Mann, der zu seinem Wort steht und weiß, dass wichtigere Dinge getan werden müssen. Ich kann meinen Stolz und meine Gefühle für Ihresgleichen beiseite legen. Können Sie das auch?«

Velika sagte nichts.

»Ich bin hier auf Befehl von Lars, um unsere vereinten Kräfte zu koordinieren. Ich bin hier, um mit Ihnen zu arbeiten, nicht gegen Sie, aber Sie strapazieren meine Geduld. Viele sind nach der letzten Schlacht verloren gegangen und verletzt worden. Ich habe Ihre Toten selbst gesehen. Wenn wir nicht zusammenarbeiten, wird niemand die nächste Angriffswelle überleben!«, knurrte Birgen, der zunehmend wütend wurde über Velikas Versuche, ihn zu ignorieren.

KAPITEL 2

ZU VELIKAS ÜBERRASCHUNG fühlte sie sich ein wenig beschämt darüber, wie sie Birgen behandelt hatte. Es war nicht ihre Absicht gewesen, die Angelegenheit auf die leichte Schulter zu nehmen; sie kannte die Bedeutung des Bündnisses. Schließlich hatte sie Triska zu diesem Punkt gedrängt, bevor man sich darauf geeinigt hatte.

»Es tut mir leid«, seufzte Velika. »Es war nicht meine Absicht, Sie denken zu lassen, dass ich diese Angelegenheit nicht ernst nehme. Allerdings bin ich unzufrieden damit, dass ein fremder Mann in meine Siedlung reitet und denkt, er könne alles in Ordnung bringen«, sagte sie.

»Ich denke nicht, dass ich alles in Ordnung bringen kann. Ich bin hier auf Befehl«, begann Birgen, nur um von Velika mit einem weiteren eigenen Punkt unterbrochen zu werden.

»Ich bin keine junge Maid, die frisch ins Frauenalter gekommen ist und Schutz oder Rettung braucht. Ich bin eine Kriegerin«, Velika stellte sich aufrecht hin. »Ich hatte schon Schlachten gesehen, lange bevor ich begann, diesen Clan zu führen. Wenn Sie nicht mit einer Frau als Anführerin zurechtkommen, ist das Ihr Problem, nicht meines«, erklärte sie bestimmt.

Birgen sah sie verwirrt an.

»Ich habe kein Problem mit einer Frau als Anführerin. Ich habe ein

Problem damit, für einen Narren gehalten zu werden«, antwortete Birgen.

»Dann machen Sie es nicht so leicht. Ich habe diesem Bündnis zugestimmt und ich werde dazu stehen. Das bedeutet nicht, dass ich es mögen muss. Wir warten auf die Ankunft weiterer Streitkräfte aus Norwegen. Bis dahin ist dieses Gespräch beendet. Sie sind mehr als fähig, einen Platz zu finden, um Ihre Männer für die Nacht unterzubringen und zu verpflegen. Wir können morgen früh weiter über die Koordination sprechen. Jetzt habe ich Dinge zu erledigen«, beharrte Velika.

Velika arbeitete weiter am Dach ihrer Hütte und war so auf ihre Arbeit konzentriert, dass sie nicht bemerkt hatte, dass Birgen ihr folgte, bis sie beim Umrunden der Ecke praktisch in ihn hineinlief.

»Was machen Sie?«, brummte sie.

»Ich bin hier, um auf jede mögliche Weise zu helfen. Wir können das Bündnis besprechen, während wir arbeiten. Ich rede sowieso besser, wenn meine Hände beschäftigt sind«, sagte Birgen, während er seine Pelze abnahm und einen großen Holzbalken griff.

KAPITEL 3

BIRGEN WAR ERZOGEN WORDEN von einer legendären Schwertjungfrau. Er hatte nie ein Problem mit Frauen in Machtpositionen gehabt und brachte Velika nichts als Respekt entgegen. Er war zwar wütend gewesen, als sie ihn zum Narren gemacht hatte, aber das lag rein an seinem verletzten Stolz. Wenn überhaupt, brachte es ihn dazu, sie noch mehr zu respektieren. Sie hatte ihm gezeigt, dass sie sich nicht herumschubsen ließ oder sich dem Willen anderer beugte. Er bewunderte eine Frau mit eigenem Kopf.

Sie mochten zwar auf gegnerischen Seiten stehen, aber Birgen interessierte sich dafür, mehr darüber zu erfahren, wie sie als Anführerin war, denn ihm gefiel, was er bisher gesehen hatte. Es half auch, dass sie eine Schönheit war. Ihr langes blondes Haar, das fast weiß war, trug sie hoch auf dem Kopf gebunden und es fiel immer noch lang ihren Rücken hinunter. Ihre mandelförmigen, meerblauen Augen konnten in die Seele eines Mannes blicken. Sie genoss es, allein zu leben, ohne die Hilfe von Männern, und hatte dadurch auch die Kraft eines Mannes. Birgen gefiel, dass sie mehr Fleisch auf den Knochen hatte als die meisten anderen Frauen.

Widerwillig erlaubte Velika Birgen und seinen Männern, ihr beim Reparieren des Daches zu helfen. Birgen grinste jedes Mal, wenn er Velika dabei erwischte, wie sie mit sich selbst kämpfte und sich offensichtlich auf die Zunge biss, um eine weitere Auseinandersetzung zu vermeiden.

Birgen wurde neugierig; sie war stark, fähig und gebot den Respekt der Männer unter ihrer Herrschaft. Doch sie war vorsichtig; das war deutlich zu erkennen. Sie mied die Männer, besonders Birgen. Sie schirmte sich ab, vermied Blicke und zog sich zurück, um allein zu essen. Birgen erkannte bald, dass sie eine Frau war, die Schmerz empfand. Birgen wollte wissen, was eine Frau wie sie dazu gebracht hatte, so verschlossen und verängstigt zu sein.

Es würde keine leichte Aufgabe sein, das herauszufinden. Wann immer Birgen versuchte, ein Gespräch zu führen, bot Velika nur kurze, nichtssagende Antworten an - Antworten, die zum Ende der Unterhaltung führen würden. Sie nahm sich Zeit, die wenigen Fragen zu beantworten, die er stellte, und wählte ihre Worte mit großer Sorgfalt. Birgen wollte, dass sie erkannte, dass er Frauen mehr respektierte, als sie wusste. Aber um das zu tun, müsste er ihr Vertrauen gewinnen.

»Velmka...«

»Velika«, korrigierte sie.

»Meine Entschuldigung. Darf ich eine Frage stellen?«, fragte Birgen.

»Noch eine?«, Velika hob eine Augenbraue, und Birgen freute sich, ein amüsiertes Lächeln zu sehen, das sich auf ihren Lippen abzeichnete.

»Haben Sie diese Hütte selbst wieder aufgebaut?«

»Größtenteils«, antwortete sie.

»Sie sind nicht nur im Kampf und in der Führung geschickt, sondern auch mit Holz. Ihre Handwerkskunst ist beeindruckend. Sie müssen es mir beibringen, damit ich beim Wiederaufbau helfen kann, wenn ich nach Hause zurückkehre«, bot Birgen an.

»Schmeichelei wird Sie bei mir nirgendwohin bringen«, schnippte Velika.

»Es ist keine Schmeichelei, wenn es die Wahrheit ist.«

Sie arbeiteten eine Weile schweigend, bevor Birgen Velikas Antwort hörte, ihre Stimme kaum ein Flüstern.

»Danke«, sagte sie.

»Wie lange sind Sie schon Anführerin?«, fuhr Birgen fort.

»Triska und ich sind hier, seit unser Volk zum ersten Mal landete. Es wird bald unser zweiter Winter hier sein.«

Langsam begann Velika, sich auf offenere Gespräche einzulassen und erzählte Birgen alles darüber, wie der König selbst Triska und ihr die Aufgabe übertragen hatte. Sie erzählte Geschichten über ihre Schwierigkeiten mit den örtlichen Dörfern, als sie zuerst ankamen, aber schnell Frieden erlangten, und die Siedlung wuchs schnell. Aber wann immer Birgen versuchte, Dinge über sie zu fragen, die ein bisschen persönlicher waren, wurde sie still oder schnappte. Seine liebste Erwiderung, die sie benutzte, war: *Wenn Sie weiterhin darauf bestehen, Ihre Nase in Angelegenheiten zu stecken, die für das Bündnis weder von Belang noch von Bedeutung sind, werde ich sie dauerhaft aus Ihrem Gesicht entfernen.*

»Ich meine nichts Böses, aber ich werde Ihre Wünsche respektieren«, gab Birgen nach.

Als der Tag fortschritt, stellte Birgen fest, dass er wissen musste, wer oder was ihr so wehgetan hatte, dass sie das Vertrauen in alle Männer verloren hatte. Er stellte auch fest, dass er demjenigen, der ihr wehgetan hatte, wehtun wollte. Es brach ihm das Herz, die subtilen Zuckungen zu sehen, die sie zu verbergen versuchte, die Art, wie sie seinem Blick nicht begegnete, und wie sie zurückwich. Es schmerzte ihn, dass sie so viel Wut mit sich herumtrug und sie als Rüstung benutzte. Er schwor, ihr zu zeigen, dass nicht jeder Mann zu fürchten oder zu hassen war.

»Ich bin froh, dass der Krieg näher rückt«, begann Birgen mit vorsichtigen Worten.

»Inwiefern?«, fragte Velika überrascht.

»Wenn der Krieg nicht näher rücken würde, hätten unsere Völker vielleicht nie über unsere Geschichte hinwegkommen können. Ich denke, das ist eine Schande. Ihr Volk ist Ihnen und Ihrer Führung eine Ehre, und ich bin froh, dass der Krieg uns zusammengebracht hat, was auch immer es wert ist. Ich bin ein Mann, der immer bestrebt ist zu lernen, und ich habe das Gefühl, dass ich viel von einer Führungspersönlichkeit und Kriegerin wie Ihnen lernen kann«, sagte Birgen.

Er bemühte sich, das Wort Frau nicht zu verwenden. Sie sollte sehen, dass er sie für ihre Fähigkeiten und ihren Verstand, nicht für ihr Geschlecht respektierte.

»Wie zum Beispiel eine halb verbrannte Hütte zu reparieren?«, scherzte Velika und entfachte Freude in Birgens Herzen.

»Die erste von vielen Lektionen, da bin ich mir sicher«, lächelte Birgen zurück.

Es war ein langsamer Fortschritt, aber Birgen war froh zu sehen, dass sie anfingen, miteinander auszukommen. Sie war immer noch vorsichtig in seiner Nähe, aber sie hatte sich entspannt. Birgen würde nie das erste Lächeln vergessen, das er auf ihrem Gesicht gesehen hatte. Ein Lächeln, das sie zu verbergen versuchte, aber er hatte es nicht übersehen. Er würde auch nicht das süße Kichern vergessen, das sie zu verbergen versuchte, bei seinen kläglichen Versuchen, Witze zu reißen.

Das Dach war fast repariert. Es würde einen weiteren Tag Arbeit benötigen, aber für den Abend würde es reichen. Die Sonne begann unterzugehen, und andere hatten ein Feuer entfacht und bereiteten Essen in der Mitte des Lagers vor. Birgen wusste, wenn er Velikas volles Vertrauen gewinnen wollte, musste er ihr den Raum geben, nach dem sie sich sehnte. Er wollte sie nicht drängen, bevor sie bereit war.

»Nun, ich weiß nicht, wie es Ihnen geht, aber der Geruch dieses Schweins macht mich hungrig. Ich bin auch müde. Es war ein langer Tag. Es war interessant, Sie kennenzulernen, Velika, aber ich denke, es ist Zeit für mich, mich für den Abend zu verabschieden«, lächelte Birgen und neigte sanft den Kopf.

»Oh? Ich nehme an, es wird dunkel«, sagte Velika, leicht enttäuscht.

»Ich fürchte, ich war heute zu lange von meinen Männern abwesend. Ich sollte besser nachsehen, ob sie keinen Unfug angestellt haben. Gute Nacht, Velika«, lächelte Birgen und machte sich auf den Weg ins Lager.

KAPITEL 4

VELIKA KLETTERTE die Leiter hinunter und beobachtete, wie Birgen zwischen den Hütten und Lagerplätzen verschwand. Sie war sich nicht sicher, was gerade passiert war. Sie fand es nicht nur einfach, mit Birgen zu reden, sondern fühlte sich auch wohl genug, um sich ihm zu öffnen. Er hatte sie zum Lachen gebracht und war respektvoll gewesen. Er war überhaupt nicht das, was sie von einem Dänen erwartet hatte. Velika holte tief Luft, als ihr der Gedanke kam. Sie mochte diesen Dänen.

Verwirrt von ihren Gefühlen überprüfte sie die wenigen Arbeiten, die in ihrer Hütte noch zu erledigen waren. Mit Birgens Hilfe hatte sie mindestens zwei Tage von dem eingespart, was sie gedacht hatte zu brauchen. Um sich abzulenken, versuchte sie, den Rest zu erledigen, bevor die Sonne endgültig unterging.

Beschäftigt zu bleiben hatte nichts dazu beigetragen, ihre Gedanken zu beruhigen. Die Siedlung war voller Energie. Der Austausch von Geschichten, Gelächter und sogar ein oder zwei Flöten hüllten die Siedlung in Gesang. Velika beschloss, dass sie zu lange von ihrem Volk fern geblieben war. Sie machte einen gemütlichen Spaziergang durch das Lager, überprüfte die Verwundeten und ließ sich über die Fortschritte informieren. Sie konnte nicht leugnen, dass mit der Hilfe der Dänen und Birgen die Dinge weit vorangeschritten waren.

Die Dänen hatten einen Heiler mitgebracht. Die Verwundeten

ruhten sich aus, ihre Schmerzen waren gelindert, und einige, von denen man dachte, sie stünden am Tor des Todes, ruhten nun mit ihren Lieben an ihrer Seite. Die Außenmauern und das Siedlungstor waren vollständig repariert, und es wurde über eine mögliche Erweiterung und mehr Hütten zur Unterbringung gesprochen. Velika mochte es vielleicht nicht, die Hilfe der Dänen anzunehmen, aber sie musste zugeben, dass sie beeindruckt war. Und dankbar.

Auf dem Weg zurück zu ihrer Hütte, um sich für den Abend niederzulassen, traf sie auf Birgen und einige seiner Männer um ein Lagerfeuer. Sie schienen ihr Lager bei den Toren aufgeschlagen zu haben, um Wache zu halten und den Nordmännern zu zeigen, dass sie nicht hier waren, um einzudringen. Velika duckte sich hinter ein Zelt, um nicht gesehen zu werden. Birgen schien eine Geschichte zu erzählen; seine Männer lachten mit ihm und klopften sich gegenseitig auf den Rücken. Als sie das Lager überblickte, sah Velika einige ihrer eigenen Männer in der Nähe stehen; auch sie lachten bei Birgens Erzählung mit.

»Was macht ihr da drüben? Kommt und setzt euch zu uns«, rief Birgen und bemerkte die Männer, die ihn beobachteten.

Ihre Männer schienen zunächst misstrauisch, bis eine Schildmaid – Velika nahm an, dass sie Birgens Stellvertreterin war – eine Lederflasche anbot.

»Wir haben Bier«, rief sie fröhlich.

Das Lager brach in Jubel und Gelächter aus, als die Nordmänner sich zu ihnen gesellten. Velika war fasziniert; sie konnte ihre Augen nicht abwenden. Velika bestaunte, wie leicht es für Birgen war, Menschen zusammenzubringen. Sie beobachtete, wie die Geschichte und das schlechte Blut ihrer Stämme langsam in die Nacht schmolzen.

Dieses Bündnis war längst überfällig, dachte sie.

KAPITEL 5

TROTZ IHRER ZWIESPÄLTIGEN Gefühle gegenüber dem Dänen am Abend zuvor schlief sie friedlich. Zu friedlich. Geräusche von Hammerschlägen, gerufene Befehle und das verräterische Geräusch einer Axt, die Holz spaltet, weckten sie aus ihrem Schlummer. Sie kleidete sich schnell an und ging nach draußen. Es war ein wunderschöner sonniger Tag, wahrscheinlich der heißeste, seit sie vor fast zwei Wintern an diesen Ufern gelandet war.

Die Siedlung war voller Energie, und jeder, der konnte, hatte alle Hände voll zu tun mit dem Wiederaufbau. Wenn sie in diesem Tempo weitermachten, würde die Siedlung zum Ende der Woche wie neu sein. Velika schlenderte durch die Siedlung und bewunderte die Fortschritte, vor Stolz auf ihre Leute strahlend. Da sah sie es. Birgen hatte, wie versprochen, sofort wieder mit der Arbeit begonnen.

Birgen kam herübergeschlendert, schenkte Velika ein Guten-Morgen-Lächeln und warf das gesammelte Holz auf den Boden. Velika schaute weg und setzte ihr Gespräch mit Estrid fort. Estrid gab Updates, aber auch wenn Velika zustimmend nickte, drangen die Worte nicht bis zu ihren Ohren. Birgens Tunika klebte an seiner Brust und betonte die Mauer aus Muskeln darunter. Seine Tunika überließ wenig der Fantasie, war aber dennoch verlockend genug, um jemanden über den Rest darunter nachdenken zu lassen.

Birgen zog seine Tunika frei, benutzte sie, um den Schweiß von seiner Stirn zu wischen, bevor er sie beiseite warf und weiter Holz für die anderen hackte. Der Schweiß, der seine Brust hinablief, hob eine lange, gezackte Narbe hervor, die quer über seinen Oberkörper verlief. Wie er seine Axt schwang, sah er wie ein Gott aus. Alle anderen Frauen, die vorbeikamen, blieben stehen, um zu gaffen.

»Er scheint eine Reihe von Bewunderinnen zu haben«, grinste Estrid und nickte in Richtung einer Gruppe von Frauen.

»Wirklich? Ist mir gar nicht aufgefallen«, zuckte Velika mit den Schultern.

Velika interessierte sich nicht für Birgens Zurschaustellung rauer Männlichkeit; sie hatte das Interesse an Männern längst verloren. Alles, was ein Mann tun konnte, hatte sie es zu ihrer Aufgabe gemacht, besser zu tun, oder zumindest auf dem gleichen Niveau. Sie brauchte keinen Mann. Ihrer Erfahrung nach waren Männer egoistische, selbstsüchtige, gefühllose Bestien. Sie betrachtete sie als böse Wesen, die um jeden Preis gemieden werden mussten. Warum also hatte sie Birgen aus dem Augenwinkel beobachtet? Warum hatte ihr Puls sich beschleunigt und ihre Kehle war trocken geworden?

Ohne es zu merken, wanderte ihr Blick hinüber. Sie konnte ihre Augen nicht von ihm abwenden. Sie leckte sich über die trockenen Lippen, und ihre Hände zitterten, als sie Birgens Gestalt bewunderte und sah, wie seine Bauchmuskeln sich anspannten, als er seine Axt über den Kopf hob. Sie beobachtete, wie seine Schultern sich wölbten, als er die Axt herunterschwang, und wie die Sonne sich in seinem Schweiß spiegelte und ihren Blick auf das kleine Dickicht von Haaren lenkte, das seinen Bauch hinauf und über seine Brust verlief. Birgen hatte bemerkt, dass sie schaute. Er lächelte und nickte, als er seine Tunika aufhob und sich abwischte.

Velika errötete; sie hatte nicht absichtlich hingesehen. Oder? Wütend auf sich selbst, weil sie ihre Vergangenheit vergessen hatte und warum sie so lange die Gesellschaft von Männern gemieden hatte, marschierte sie zum Brunnen. Wie konnte sie ihre Wachsamkeit ihm gegenüber so schnell aufgegeben haben? So leicht? Es war so lange her, dass ein Mann ihren Körper so reagieren ließ wie jetzt. Ihr Herz raste, ihr Kopf drehte sich, und ihre Haut kribbelte. Sie schöpfte Wasser aus dem Brunnen und spritzte es sich ins Gesicht, in der Hoffnung, dass ihre Reaktion nur von der Hitze der Sonne kam und nicht von der aufsteigenden Hitze zwischen ihren Beinen. Mit den Händen auf dem Brunnen gestützt, sammelte sich Velika und suchte in ihrem Kopf nach Antworten, die einfach nicht kommen wollten.

»Schöner Tag, nicht wahr?«, fragte Birgen, der sich zu ihr am Brunnen gesellte.

Velika beobachtete schweigend, wie Birgen mehrere Schlucke Wasser nahm, bevor er sich das Gesicht benetzte.

»Was machst du hier, Birgen?«, fragte Velika, ihre Frustration deutlich in ihrer Stimme zu hören.

»Mich mit Wasser versorgen«, lachte Birgen.

»Nein, ich meine *hier*«, Velika deutete auf die Arbeit, bei der er bisher geholfen hatte.

»Ich bin hier, um zu helfen«, sagte Birgen, seine Verwirrung war deutlich zu sehen.

»Du bist hier, um einen Plan für den nächsten Angriff zu entwickeln. Doch wir haben nichts anderes getan, als über den bevorstehenden Krieg zu diskutieren.«

»Und wessen Schuld ist das? Ich habe bei meiner Ankunft versucht, auf dich zuzugehen«, sagte Birgen mit einem leichten Grinsen auf den Lippen.

Velika konnte sehen, dass er nicht versuchte, Schuld zuzuweisen oder einen Streit zu provozieren. Er war amüsiert.

»Dafür entschuldige ich mich«, gab Velika zu.

»Wie wäre es, wenn wir die Schlachtpläne beim Abendessen besprechen?«, fragte Birgen, was Velika verblüffte, auch wenn ihr Herz raste.

»Ich denke, das ist das Beste. Ich war so fixiert auf die unmittelbaren Bedürfnisse meiner Leute, dass ich das Gefühl habe, die Vorbereitungen für einen Angriff vernachlässigt zu haben. Ich vermute, das ist teilweise der Grund, warum ich dich bei deiner Ankunft ignoriert habe. Manchmal mache ich mir Sorgen, dass ich keine gute Anführerin bin«, atmete Velika aus, während sie ihren Blick auf das im Brunnen glitzernde Wasser gerichtet hielt.

»Ist dies dein erstes Mal, dass du allein führst?«, fragte Birgen.

Velika nickte.

»Triska hätte dich nicht in Charge gelassen, wenn sie nicht an dich geglaubt hätte. Dass du das Bedürfnis hast, deine Führungsqualitäten zu hinterfragen, bedeutet, dass du bereits eine gute Anführerin bist. Ich bin vielleicht erst seit etwas mehr als einem oder zwei Tagen hier, aber es ist klar zu sehen, dass du zum Führen geboren wurdest. Die Siedlung ist erfüllt von Gesprächen darüber, wie sehr die Menschen dich respektieren. Zweifle nicht an dir selbst; ich glaube an dich«, sagte Birgen und holte nach einem weiteren erfrischenden Schluck Atem.

Velikas Augen schossen hoch, um seinen Blick zu treffen. Sie hatte nicht erwartet, dass er so freundlich sein würde. Seine Worte erwärmten ihr Herz, und ihre Lippen krochen zu einem Lächeln nach oben. Sie verstummte, und Velikas Gedanken rasten. Warum erzählte sie ihm das? Es ging ihn schließlich nichts an. Wie hatte er es geschafft, sie dazu zu bringen, ihre Deckung fallen zu lassen? Es war zu viel. Ihr Herz hämmerte in ihrer Brust, aber nicht auf die gleiche Weise wie beim ersten Mal, als er herübergekommen war. Diesmal fühlte es sich eng an, ein Druck, der drohte, erstickend zu sein. Panik.

»Dann sehen wir uns beim Abendessen. Triff mich in der Ratshütte«, sagte Velika und ging weg, ohne auf eine Antwort zu warten.

KAPITEL 6

DIE RATSHÜTTE WAR das größte Gebäude der Siedlung. Sie war für Versammlungen und Strategiebesprechungen gedacht und groß genug, dass die Hälfte der Siedlung hineinkam, mit einem langen Tisch in der Mitte. Velika hatte sich länger als üblich auf das Abendessen vorbereitet. Sie war noch nie eine Frau gewesen, die sich übermäßig um ihr Aussehen sorgte, aber sie war frustriert, als sie ihre Haare nicht flechten konnte. Nachdem sie sich schließlich damit begnügte, sie einfach aus dem Gesicht zu binden, machte sie sich auf den Weg zur Hütte.

Birgen stand draußen und wartete, und er war nicht allein. Bei ihm standen mehrere seiner Männer, seine Stellvertreterin Olga, eine Schwertmaid aus eigenem Recht, und einige von Velikas Männern. Ihr Magen zog sich zusammen. Hatte sie erwartet, dass er allein kommen würde? Sie war diejenige, die die Ratshütte vorgeschlagen hatte; vielleicht hatte Birgen angenommen, dass alle beteiligt sein würden. Warum war sie also enttäuscht?

»Guten Abend, Velika. Sollen wir beginnen?«, fragte Birgen.

Velika blickte in die Gesichter, die sie anstarrten und auf ihren Befehl warteten. Sie nickte und sah zu, wie alle vor ihr eintraten. Sie brauchte ein paar Sekunden allein draußen, um sich zu sammeln. Sie war aus unbekannten Gründen in Birgens Gegenwart entspannt, aber der Anblick all der anderen Männer verunsicherte sie. Sie ballte ihre zitternden Hände, hielt den Kopf hoch und folgte allen hinein.

Tatsächlich hatte sich das Abendessen in eine Planungssitzung verwandelt. War das nicht die Absicht gewesen? Zu Beginn der Mahlzeit hielt Velika ihre Augen auf das Essen gerichtet, nickte bei ihren Antworten und sprach kaum ein Wort. Aber als das Gespräch sich dem Aussenden von Kundschaftern zuwandte, wie die Streitkräfte aufgeteilt werden sollten, und jeder um Gehör kämpfte, wurde Velika zunehmend überfordert.

»Genug!«, dröhnte Birgens Stimme und brachte den Raum zum Schweigen. »Wir geben den Briten, was sie wollen, wenn wir weiter miteinander streiten. Alle Ideen werden gehört und bedacht, aber wir müssen klar denken.«

Velika stellte bald fest, dass sie ihre Aufmerksamkeit nicht von Birgen abwenden konnte; er beherrschte den Raum mit Leichtigkeit. Ihre Männer reagierten auf ihn in einer Art, die sie nicht erwartet hatte. Er war ein natürlicher Anführer und ein ausgezeichneter Stratege. Sein Verstand war beeindruckend; er betrachtete jede Idee aus jedem Blickwinkel, analysierte, wo die Briten Vorteile nutzen könnten und wie ein Plan scheitern könnte. Er konnte die besten Teile jedes Plans kombinieren, um etwas Spektakuläres zu schaffen. Die Briten hatten keine Chance. Schnell erkannte Velika, dass sie Birgen nicht nur auf eine Weise bewunderte, wie sie noch keinen Mann zuvor bewundert hatte, sondern dass sie ihn auch respektierte. Ein Gefühl, das sie normalerweise verunsichert hätte, gab ihr die Kraft, ihre Meinung zu sagen.

»Obwohl dein Plan bewundernswert ist, Birgen, denke ich, dass es viel besser wäre, wenn wir Kundschafter die Küste hinauf, in Richtung der Spitze und nach Westen schicken würden. Wir können es uns nicht leisten anzunehmen, dass die Briten wieder von Süden angreifen werden. Sie wissen, dass wir ihre Fähigkeiten zweimal gesehen haben und nicht riskieren wollen, berechenbar zu sein. Wenn wir die Siedlung von allen Seiten abdecken, nehmen wir ihnen das Überraschungsmoment. Sobald wir sie im Blick haben, können wir einen Hinterhalt vorbereiten. Warum warten, bis sie das angreifen, was wir so hart wieder aufgebaut haben? Lasst uns den Kampf zu ihnen bringen«, sprach Velika und war erstaunt zu sehen, wie viele Gesichter nickten und ihren Plan bejubelten. Birgen beobachtete sie bewundernd, als sie sprach.

»Ich stimme zu. Wir wollen nicht abwartend dasitzen«, erkannte er an. »Wir umgeben die Siedlung zum Schutz und teilen die Streitkräfte auf. Wenn wir einen Hinterhalt vorbereiten können und sobald klar ist, dass sie nicht vom Meer aus angreifen, werden wir den Rest der Streitkräfte zu uns rufen. Lasst uns den Briten zeigen, wie sie die Macht der Dänen und der Nordmänner unterschätzt haben. Gemeinsam stehen wir, und gemeinsam werden wir diesen Krieg gewinnen«, jubelte Birgen, und der Rest der Hütte jubelte mit ihm.

Als die Mahlzeit endete, fühlte sich Velika wie eine neue Frau. Sie war erfüllt von Stolz auf ihr Volk, Selbstvertrauen und einem neuen Vertrauen in die Männer, an deren Seite sie kämpfte. Sie zweifelte nicht mehr an sich selbst; Birgen hatte Recht. Wenn Triska ihr nicht vertrauen würde, hätte sie ihr nicht die Verantwortung überlassen. Es war Zeit, dass sie auch sich selbst vertraute.

»Ich denke, das reicht für einen Abend. Wir warten, bis der Rest eurer Leute eintrifft, informieren sie über den Plan, und dann machen wir uns an die Arbeit. Schneidet dem Biest den Kopf ab, bevor es zurückbeißt«, jubelte Olga und hob ihren Becher zum Toast.

Langsam wünschten alle eine gute Nacht und gingen. Aber Velika bemerkte, dass Birgen zurückblieb. Velika war unsicher, was sie sagen oder tun sollte, aber freute sich, dass sie endlich allein waren. So hatte sie sich den Abend vorgestellt.

»Du warst wunderbar heute Abend. Du bist so viel stärker und klüger, als du denkst. Du solltest es wie eine Ehrenmedaille tragen. Lass die Welt wissen, dass Velika eine Kraft ist, mit der man rechnen muss«, grinste Birgen.

Velika hatte keine Chance, seine Worte zu verarbeiten. Sie hatte keine Sekunde Zeit zu antworten. Birgen ergriff ihre Hand und zog sie nahe zu sich, strich mit seinem Daumen über ihre Knöchel, als ihre Hände zitterten. Birgen streichelte ihre Wange, umfasste ihren Nacken und küsste sanft ihre Stirn. Velika stellte fest, dass sie aus einem ganz anderen Grund als bloßer Nervosität zitterte. Seine Geste war süß und fürsorglich und zeigte, dass er kein Mann war, den man fürchten oder hassen musste. Im Gegenteil, er war ein Mann, dem sie vertrauen konnte.

Als er zu ihr hinabblickte, stellte sie fest, dass sie sich nicht zurückziehen wollte. Sie war in seinen Augen verloren. Birgen zögerte, seine Augen huschten über ihr Gesicht, fragend, abschätzend, wo ihre Gedanken waren. Schließlich senkte er seine Lippen auf ihre Wange, bevor er sanft ihre Lippen küsste. Sein Bart kratzte an ihrem Kinn, aber seine Lippen waren weicher, als sie erwartet hatte. Bevor sie wusste, was geschah, stellte sie fest, dass sie ihn zurückküsste. Ein sanfter Kuss der Intimität, zweier gleichgesinnter Seelen, die sich verbanden, heilten.

»Ich wünsche dir eine gute Nacht«, flüsterte Birgen und platzierte einen letzten Kuss an ihrem Ohr, bevor er sie allein ließ.

Velika stand wie gebannt an der Stelle, an der Birgen zuvor gestanden hatte. Sein Kuss war wie nichts, was sie je gefühlt hatte. Er war nicht gewaltsam. Er war sanft, doch die Kraft, die er besaß, strahlte immer noch durch ihren Körper. Ihre Brust hob und senkte sich, als ihr Atem kurz und schnell ging. Überall war sie erregt, zum ersten Mal seit so langer Zeit. Sie konnte sich nicht erinnern, wie lange. Sie führte ihre Finger zu ihren Lippen. Als sie die Linie seiner Küsse nachzeichnete, blieb Velika verwirrt zurück. Was sollte sie jetzt tun?

KAPITEL 7

BIRGEN WÄLZTE sich hin und her, und fand, dass der Schlaf nicht leicht kommen wollte. Er wusste nicht, warum er sie geküsst hatte. Es hatte sich im Moment richtig angefühlt, und er bereute es nicht. Was ihn verblüffte, war die Tatsache, dass sie ihn zurückgeküsst hatte. Er konnte nicht aufhören, an sie zu denken. Birgen hatte sich vorgenommen zu beweisen, dass er ein Mann war, dem sie vertrauen konnte. Sie hatte noch misstrauisch gewirkt, als sie mit dem Abendessen begannen. Aber sie taute auf, je länger das Treffen dauerte. Sie strahlte, und die Art, wie sie ihre Männer befehligte, war bewundernswert. Als er über den Tag nachdachte, erinnerte er sich, wie sie ihn nicht aus den Augen lassen konnte, als er Holz hackte; wie ihr Blick auf seiner Brust verweilte, und wie sie errötete, als er sie beim Schauen erwischte. Hatte sie die ganze Zeit über Gefühle für ihn gehegt?

Birgen konnte immer noch den süßen Duft von Velikas Haar riechen, und die Berührung ihrer Lippen kitzelte noch immer auf seinen eigenen. Wenn er nicht so abrupt gegangen wäre, was hätte noch passieren können? Wagte er es, davon zu träumen? Wagte er es, sich vorzustellen, wie ihr Körper unter ihrer Rüstung aussah? Wie würde es sich anfühlen, seine Hände auf ihre Haut zu legen?

Als er seine Augen schloss, öffnete sich sein Geist für die Möglichkeiten. Sie stand vor ihm und zog langsam Stück für Stück ihre Kleidung aus. Birgens Hand glitt unter seine Decke. Er ergriff seinen

Schwanz und begann, sich zu streicheln, während er sich Velikas nackten Körper vor ihm vorstellte.

Birgen stellte sich vor, wie es sich anfühlen würde, ihre großen Brüste in seinen Händen zu spüren, ihr Stöhnen zu hören, während er mit seiner Zunge über ihre Brustwarzen fuhr. Er streichelte sich schneller und stellte sich vor, dass es ihre Hand war, die über seine Länge strich. Birgen leckte sich die Lippen und fragte sich, wie es schmecken würde, seinen Mund zwischen ihre Schenkel zu legen. Er stöhnte leise, als er sich vorstellte, in sie einzudringen. Er fragte sich, wie eng sie sein würde, wie es sich anfühlen würde, von ihren Säften bedeckt zu sein.

Seine Lust wuchs und ließ ihn härter werden, als er sich ihre wunderschönen Lippen um seinen Schwanz vorstellte. Er sehnte sich danach, sich am hinteren Teil ihres Halses zu spüren, zu fühlen, wie sie um ihn herum stöhnte, während sie an seiner Länge würgte. Seine Bewegungen wurden immer schneller, als er sich ihren prallen Hintern vorstellte, der gegen ihn schlug, während er sie von hinten nahm. Schließlich wuchs seine Lust bis zu dem Punkt ohne Wiederkehr, als Schritte vor seiner Tür ihn dazu brachten, hastig zu verbergen, wo seine Gedanken gerade gewesen waren.

Er schmerzte, als seine Lust verblasste. Wer auch immer es war, sie sollten besser wichtige Neuigkeiten haben, um das Bedürfnis zu spüren, ihn während einer so intimen Handlung zu unterbrechen. Ohne anzuklopfen, stürmte Olga herein. Sie hatte ihn in der Vergangenheit bei viel Schlimmerem erwischt, aber es gab kein Verstecken vor ihr. Sie konnte ihn lesen wie ein offenes Buch.

»Habe ich unterbrochen? Möchtest du, dass ich draußen warte, während du fertig wirst? Oder soll ich nachsehen, ob eine deiner Verehrerinnen dir helfen kann?«, neckte Olga.

»Zügel deine Zunge, Olga. Was willst du?«, fragte Birgen und fuhr mit den Händen über sein Gesicht.

Olga sah unruhig aus. Etwas beschäftigte ihren Geist. Sie ging auf und ab, bevor sie sich zu Birgens Ärger am Ende seines Bettes niederließ.

»Ich sehe, wie du sie ansiehst, und ich sehe, wie sie dich ansieht«, begann Olga.

»Eifersüchtig?«, scherzte Birgen, aber Olgas Gesicht blieb ernst.

»Sei vorsichtig mit ihr, Birgen. Sie wurde verletzt«, warnte Olga. Sie kannte den Blick einer Frau, die eine unsägliche Grausamkeit erlitten hatte.

»Für was für ein Monster hältst du mich, Olga?«, begann Birgen. Aber Olga hatte etwas zu sagen und schnitt ihm das Wort ab.

»Ich zweifle nicht an dir, Birgen. Aber ich habe den Blick in ihren Augen gesehen, wie sie ihren eigenen Männern misstraut und wie sie sich versteckt. Es ist ein Ausdruck, den ich bei jemandem gesehen habe, der mir wichtig ist. Es ist der unverkennbare Blick einer Frau, die ihre Angst verbirgt - Eine Frau, der ein Mann Gewalt angetan hat«, beendete Olga, und der Schmerz in ihren Augen machte deutlich, dass die Geschichte nicht ihre eigene war, sie aber dennoch schmerzte.

Birgen fuhr mit einer Hand über sein Gesicht und seufzte tief.

»Ich habe das vermutet. Ich wollte nur nicht glauben, dass jemand ihr so etwas antun könnte. Sie versteckt es so gut«, nickte Birgen.

»Sie musste es«, sagte Olga. »Was sind deine Absichten mit ihr?«

Birgen schüttelte den Kopf. Er fühlte sich schuldig für seine Sehnsucht, jetzt, da seine schlimmsten Befürchtungen bestätigt waren. Sein Herz schmerzte, und seine Wut brodelte bei der Vorstellung von Tränen, die ihr Gesicht benetzten, verursacht durch ein Monster von einem Mann.

»Ich bin mir nicht sicher; ich weiß nicht, was ich gerade fühle. Danke, dass du mich darauf aufmerksam gemacht hast, Olga. Geh und ruhe dich aus; ich fürchte, der Schlaf wird heute Nacht nicht leicht kommen. Ich werde durch das Lager laufen, um meinen Geist zu beruhigen«, sagte Birgen und wartete, bis Olga ging, bevor er sich anzog.

»Ich werde mit dir laufen. Ich kenne dich, Birgen. Du wirst deinen Gedanken die Oberhand lassen. Ich treffe dich draußen.«

Birgen fühlte sich immer besser, wenn er näher am Meer war. Es hatte etwas Befreiendes an sich, die plätschernden Wellen und die Salzgischt auf seiner Haut zu spüren. Doch als er mit Olga an seiner Seite am Ufer stand und hinausblickte, stellte er fest, dass es diesmal anders war. Die Wellen beruhigten seinen Geist nicht; sie quälten ihn. Die Nacht war zu still, doch die Wellen schienen zornig. Er hatte es schon einmal gesehen; die Wellen sagten voraus, was noch kommen würde. Das Böse näherte sich.

»Was plagt deinen Geist, mein Freund?«, fragte Olga, als sie die Anspannung auf seiner Stirn sah.

»Die Wellen, sie sind zu zornig für eine so ruhige Nacht. Das ist kein gutes Zeichen. Das Böse nähert sich diesen Ufern«, antwortete Birgen.

»Du wirst abergläubisch in deinem Alter«, neckte Olga.

KAPITEL 8

BIRGEN VERSICHERTE OLGA, dass es ihm gut gehen würde, und setzte seinen Spaziergang allein fort. Er ließ seinen Kopf leeren und überließ es seinen Beinen, ihn zu tragen, wohin sie wollten. Es dauerte nicht lange, bis er vor Velikas Hütte auf der anderen Seite des Lagers stand. Er betrachtete ihre Tür, unsicher, warum er hier war oder was er tun sollte. Birgen wollte gerade gehen, als Velika nach draußen trat.

»Warum bist du hier?«, fragte Velika und zog ihre Decke enger um sich, um sich vor der Kälte zu schützen.

Birgen bemerkte, dass sie anscheinend auch nicht geschlafen hatte. Sie trug noch immer die Kleidung vom Kampftreffen, nur ohne ihre Rüstung. Er wusste, dass er kaum ein Geräusch gemacht hatte, also konnte er sie nicht geweckt haben.

»Ich, ähm... konnte nicht schlafen. Also bin ich spazieren gegangen«, stotterte Birgen unbeholfen.

»Und landest an meiner Tür?«, grinste Velika.

»Der Schlaf kommt auch zu dir nicht leicht, wie ich sehe.«

»Ich bin nicht müde«, antwortete Velika.

Das Gespräch versiegte, aber keiner von ihnen konnte sich losreißen. Birgen wollte wissen, was in Velikas Kopf vorging. Dachte sie an ihn, wie er an sie dachte? War sie wach geblieben, weil sie an ihn dachte? Und konnte sie aufhören, an ihren Kuss zu denken?

»Es ist ein wunderschöner Abend, nicht wahr?«, fragte Velika und brach endlich das Schweigen.

»Das ist er. Obwohl die Wellen zornig sind«, plapperte Birgen.

»Du warst am Ufer?«

»Das Wasser beruhigt mich«, antwortete Birgen.

»Dein Geist braucht Beruhigung? Was beunruhigt dich? Lass mich helfen«, Velika trat näher.

Eine sanfte Brise wehte durch die Luft und strich lose Haarsträhnen über Velikas Gesicht. Birgen strich sie instinktiv beiseite und streichelte dabei ihre Wange. Ihr Duft nach Lavendel und Rose erfüllte seine Nase. Bei ihrer Nähe spürte er, wie er sich unter seiner Kleidung anspannte, während sein Kopf mit Bildern seiner Begierden raste.

Er trat zurück und senkte seinen Blick. Olgas Worte kreisten in seinem Kopf. Birgen begehrte Velika mehr als jede andere Frau zuvor, aber er musste sich Zeit lassen. Er wollte sie weder erschrecken noch verletzen; er sorgte sich um sie.

»Ich lasse dich ausruhen. Die Morgendämmerung bricht bald an, und wir haben einen langen Tag vor uns«, verbeugte sich Birgen und wandte sich zum Gehen.

Schockwellen schossen seinen Rücken hinauf, als Velika nach seinem Handgelenk griff.

»Warte, geh nicht. Noch nicht«, ihre Stimme war so leise wie ein Flüstern, aber die Macht, die sie ausstrahlte, reichte aus, um einen Mann wie Birgen in die Knie zu zwingen.

Birgens Herz begann zu rasen. Velika musste nichts sagen. Ihre Augen sprachen für sie. Langsam trat sie einen Schritt hinein und zog Birgen mit sich. Birgen folgte und ließ sie die Führung übernehmen. Velika kam näher, schloss die Tür hinter ihnen, ihre Lippen schwebten nahe an seinem Hals. Sie war nah genug, um sie zu berühren, aber Birgen fühlte sich, als wäre sie kilometerweit entfernt. Er kämpfte gegen jede Faser seines Wesens an, um sie nicht dort, wo sie stand, zu verschlingen.

»Velika...«

»Schh«, brachte Velika ihn zum Schweigen.

Velika streckte sich, vergrub ihre Finger in seinem Haar und zog ihn näher. Sie gab ihm einen sanften Kuss auf die Lippen. Ihr Kuss war weich und zärtlich, aber er enthielt die Kraft einer intensiven Leidenschaft. Birgen ließ seine Hände langsam an ihren Seiten hochgleiten, drehte sie herum und drückte sie gegen die Tür.

»Bist du sicher?«, fragte Birgen, während seine Hände an ihrer Wange zitterten.

Velika sagte nichts; sie nahm seine Hand und schob sie unter ihren Rock. Sie führte seine Hand an ihrem Schenkel entlang. Birgen hielt seinen Blick fest auf sie gerichtet, als sie seine Hand gegen ihre Öffnung drückte und ihm die Erlaubnis gab für das Vergnügen, nach dem sie beide hungerten.

Seine Finger streichelten sie, umkreisten die süße Knospe. Birgen beobachtete, wie sie ihren Kopf zurücklegte, die Augen schloss und bei seiner Berührung nach Luft schnappte. Er legte seinen Kopf an ihren und spürte, wie sie gegen seine Lippen atmete, während sie stöhnte. Seine Finger spreizten sie. Schließlich ließ er seine Finger in sie gleiten, spürte, wie eng sie sich an ihn klammerte. Seine Finger tropften von ihren Säften.

Velika zitterte unter seiner Berührung, als die Lust sich von ihren Schenkeln zu ihrem Bauch ausbreitete und wie eine Flutwelle anstieg. Die Empfindung war eine Intensität mit der Kraft des Feuers, aber der Sanftheit der Nachtbrise. Ihre Nägel gruben sich in seinen Rücken, was Birgen noch mehr anspannte; er sehnte sich danach, sie um seinen Schwanz zu spüren. Zu fühlen, wie sie mit ihm in sich auseinanderbrach. Schließlich wurde der Druck zu viel, und Velika rief seinen Namen, als sie sich um ihn herum auflöste.

Ihre Augen wurden trüb, als sie ihn anlächelte. Birgen führte seine Hand zu seinen Lippen und leckte ihre Säfte von seinen Fingern. Ihre Augen wurden wild vor Lust und Hunger. Sie schmeckte so süß wie Honig, und er wollte mehr. Birgen nahm sie in seine Arme und trug sie durch die Hütte zu ihrer Pritsche. Er legte sie sanft nieder.

Birgen konnte spüren, dass sie noch ein wenig zurückhaltend war, und wollte sie nicht weiter drängen, als sie bereit war zu gehen. Aber er wollte, dass sie wusste, wie viel ihm ihre Lust und ihr Glück bedeuteten. Also schob er ihre Beine auseinander, lehnte sich gegen sie und küsste sie leidenschaftlich. Ihre Zungen tanzten, bevor er sich zwischen ihre Beine begab.

Velika keuchte, als Birgen ihre Knospe zwischen seine Lippen saugte. Sie bog ihren Rücken durch, als Wellen der Ekstase durch sie pulsierten. Dann spreizte er sie weiter und ließ seine Zunge alles tun, was er wollte. Er drang in sie ein, streichelte sie und leckte ihre Säfte auf, während sie erneut in Ekstase spiralte. Aber Birgen war noch nicht fertig.

Velika stöhnte lauter, wand sich unter seiner Berührung. Ihre Hände zogen an seinem Haar, während seine Finger in sie eindrangen, während seine Zunge mit ihr spielte. Velika keuchte, als die Lust durch sie strömte, sich in ihr aufbaute und aufbaute. Birgen wartete, bis er wusste, dass sie kurz davor war, auseinanderzubrechen, bevor er sie zwischen seine Zähne saugte und sie zum dritten Mal über die Klippe stieß.

KAPITEL 9

VELIKA UND BIRGEN lagen in den Armen des anderen und küssten sich, als wäre es ihr erster Kuss. Sie genossen es einfach, beieinander zu sein, als ein Schrei von draußen sie erschreckte.

»Ein Angriff?«, fragte Velika.

Birgen lauschte, wie das Geschrei lauter wurde.

»Nein, etwas anderes«, antwortete er.

Sie richteten sich schnell auf, tauschten ein letztes liebevolles Lächeln aus, bevor sie ins Licht der aufgehenden Sonne hinauseilten. Menschenmengen rannten durch das Lager zum Ufer hin. Das konnte nur eins bedeuten. Ein Normannenschiff war angekommen.

»Ich schätze, die Verstärkung ist endlich da«, sagte Birgen, während sie der Menge folgten.

Velika war dankbar für die Ablenkung. Sie hatte keine Ahnung, was über sie gekommen war, als sie Birgen in ihre Hütte geführt hatte. Sie bereute es nicht, kein bisschen. Aber es war trotzdem viel in so kurzer Zeit. Sie bewunderte, wie sanft er mit ihr umgegangen war, wie er sie die Dinge beginnen ließ, bevor er die Führung übernahm, entschlossen, ihr ein Vergnügen zu bereiten, wie sie es noch nie erlebt hatte. Sie machte sich Sorgen, dass sie sich vielleicht nicht hätte zurückhalten können, wenn die Normannen nicht genau zu diesem Zeitpunkt angekommen wären, und sie war sich immer noch nicht sicher, ob sie dafür bereit war.

Birgen und Velika bahnten sich einen Weg durch die Menge und standen bereit, die Neuankömmlinge zu begrüßen. Sie brauchten die zusätzlichen Kräfte. Das Normannenschiff war größer als jedes, das die Wikinger zur Verfügung hatten, groß genug für mindestens zwanzig bis dreißig Männer. Sie waren mit Zahlen, Vorräten und neuer Hoffnung auf einen Sieg im Krieg gekommen.

Velika spürte, wie Birgens Hand sich mit ihrer verschränkte, als sie ihrem Volk zulächelte. Das heißt, bis sie ihn sah, einen Anblick, der sie erstarren ließ. Ihr Puls raste, ihre Augen verschwammen, und Galle stieg in ihrer Kehle auf. Ulster. Das Monster aus ihrer Vergangenheit. Das Monster, vor dessen Schatten sie so verzweifelt zu fliehen versucht hatte.

»Velika?«, fragte Birgen, seine Stimme voller Besorgnis.

»Es ist... nichts«, log Velika und zog ihre Hand weg.

Sie beobachtete, wie Birgen ihrem Blick folgte, bis seine Augen auf dem dunkelhaarigen Mann ruhten, der bei seiner Ankunft mit Lob überschüttet wurde. Er war groß und muskulös, aber nicht so kräftig wie Birgen oder seine Männer. Eine tiefe Narbe zog sich über seine Wange, und eines seiner dunklen Augen war weiß. Im Kampf erblindet, vermutete Birgen. Obwohl der Mann seinem Volk zulächelte, konnte Birgen erkennen, dass dieser Mann das Böse war, vor dem das Meer ihn gewarnt hatte. Velika hatte es ihm vielleicht nicht erzählt, aber ihre Reaktion war Bestätigung genug für Birgen. Das war der Mann, der Velika verletzt hatte.

Ohne nachzudenken zog Birgen seine Axt von seiner Seite und stürzte sich auf den Mann. Er schwang seine Axt, aber der Mann duckte sich weg. Birgen trat ihm kräftig in den Magen, bevor er seine Faust unter sein Kinn rammte und ihn zu Boden warf. Männer versuchten, Birgen zurückzuhalten, aber seine Wut nährte nur sein Feuer. Er stieß sie beiseite und war in Sekundenschnelle über Ulster, die Axt an dessen Kehle.

Es war Birgen egal, dass dies als Akt der Aggression gesehen werden konnte - eine Bedrohung für das Bündnis. Däne gegen Normanne auf normannischem Boden. Alles, wofür sie gearbeitet hatten und was sie brauchten, um den Krieg zu gewinnen, lag an der Schneide seiner Axtklinge. Aber alles, was Birgen sehen konnte, war das Monster, das der Frau wehgetan hatte, die er immer mehr liebte. Dafür würde Birgen die ganze Welt niederbrennen.

»Birgen, hör auf! Lass ihn aufstehen!«, brüllte Velika.

»Du würdest ihn verteidigen? Nach allem, was er getan hat?«, schrie Birgen.

»Das ist nicht dein Kampf. Es ist meiner«, bellte Velika, packte Birgens Schulter und zog ihn zurück.

Birgen ließ seinen Blick nie von Ulsters Gesicht weichen.

Du darfst einer Schlange nie aus den Augen lassen, sonst schlüpft sie davon, dachte Birgen. Die Worte seiner Mutter, die ihm seit frühester Kindheit eingeimpft worden waren.

Ulster stand auf und lachte. Er klopfte sich den Sand und Schmutz von der Kleidung. Seine Augen wanderten zu Velika, verweilten höhnisch, während er sie von Kopf bis Fuß musterte. Seine gemeine Zunge befeuchtete seine Lippen, bevor er seine Aufmerksamkeit wieder auf Birgen richtete. Schließlich schien Ulster die Zusammenhänge begriffen zu haben.

»Temperamentvoll, nicht wahr?«, knurrte Ulster und trat näher an Velika heran.

»Ich frage mich, welche neuen Tricks du von deinem Dänen gelernt hast. Ich kann es kaum erwarten, es herauszufinden«, knurrte Ulster und lachte über seine letzten Worte.

Birgen hatte keine Sekunde zu reagieren, bevor Velika aufschrie. Velika trat Ulster mit voller Wucht gegen die Brust und zwang ihn zurück. Dann, nachdem sie die Menge überblickt hatte, die geschockt und überrascht zusah, griff sie nach Olgas Breitschwert an ihrer Hüfte und hob es an Ulsters Kehle.

»Ich bin von zuhause geflohen, um dir zu entkommen. Ich laufe nicht mehr weg. Ich bin nicht mehr das Mädchen, das ich einst war, und ich fordere dich, *Ulster*, zum Holmgang heraus!«, brüllte Velika.

KAPITEL 10

HOLMGANG WAR EIN WORT, das eine einfache Herausforderung darstellte, aber von unsagbarem Unrecht sprach. Holmgang war kein einfaches Duell. Es war ein Kampf, der gewöhnlich mit dem Tod endete. Die Menge um sie herum keuchte auf. Dass Velika einen der Ihren herausforderte, besonders jemanden, der gerade mit der Absicht zu helfen angekommen war, sprach Bände. Die Menge bildete einen Kreis um Ulster und Velika, johlte und skandierte ihre Unterstützung.

Ulster grinste, dachte, er hätte diesen Kampf in der Tasche, dachte, dass Velika schwach und verängstigt sei. Aber er lag falsch. Ulster zog zwei kleine Äxte aus seinem Gürtel, drehte sie in seiner Hand und wartete darauf, dass Velika angriff. Er musste nicht lange warten, bevor Velika ihren Kampfschrei ausstieß und auf ihn zustürmte.

Jahre des Zorns, des Schmerzes, der Verletzung und der quälenden Erinnerungen schürten das tobende Feuer in ihr. Sie sehnte sich nach Rache und fühlte die Notwendigkeit, die Frauen ihrer Siedlung zu schützen. Ulster war ihr nicht gewachsen; sie hatte viel zu viel auf dem Spiel stehen. Er war eine Bedrohung, mit der man umgehen musste. Es würde alles an diesen Ufern enden.

Birgen grinste bei Ulsters überraschtem Blick, als dieser keinen einzigen Angriff landen konnte. Birgens Herz füllte sich mit Stolz, als Velika ihn schnell entwaffnete und Ulster verängstigt wegrannte. Ihre

Angriffe wurden von Wut befeuert, aber von Können beherrscht. Ulster versuchte, sich ein Schwert zu nehmen, aber Velika schlug zu und schnitt seinen Arm auf, wobei Blut den Sand tränkte. Velika fegte Ulster die Beine unter dem Körper weg. Sie griff eine seiner gefallenen Klingen und bohrte sie in seine Hand, als er versuchte, sich zu verteidigen, während ihr Schwert seine Kehle traf.

Velika beugte sich nahe an sein Ohr, sah den Terror in seinen Augen und wusste, dass er besiegt war.

»Ein Trick, den ich vom Dänen gelernt habe«, knurrte Velika.

»Velika, halt!« rief Birgen und bahnte sich seinen Weg auf das Schlachtfeld.

»Warum? Er verdient es, für seine Verbrechen zu sterben«, höhnte Velika und drückte die Klinge tiefer in Ulsters Kehle, wobei Tränen drohten, ihre Augen zu verlassen.

»Im Holmgang zu sterben ist zu ehrenhaft für ihn. Beflecke deine Hände nicht mit seinem Blut«, versuchte Birgen sie zur Vernunft zu bringen.

Velika drückte die Klinge tiefer, was Ulster unter dem Druck stöhnen ließ, und Blut tropfte auf den Sand.

»Ich beabsichtige nicht, meine Hände zu beflecken; ich beabsichtige, die Erde zu tränken«, schrie Velika.

»Wenn er während des Holmgangs stirbt, wird er mit seinen Vorfahren in den Hallen von Walhalla speisen, bevor der nächste britische Angriff kommt. Gewähre ihm nicht solch eine Ehre«, argumentierte Birgen.

»Du hast recht. Lass Odin dich für deine Verbrechen richten, damit auch er dir den Eintritt nach Walhalla verweigern kann«, knurrte Velika.

Velika zog Ulster auf die Füße und warf ihn in Birgens wartenden Griff.

»Hier steht vor euch das Monster namens Ulster«, informierte sie die wachsende Menge. »Ein Monster, das auf jene lauert, die es für schwach hält. Das Körper und Geist von Frauen für sein eigenes Vergnügen foltert. Eine widerwärtige Kreatur, die meinen Geist *nicht länger* quälen wird! Ich würde dich lieber durch die Briten fallen sehen, als dich anzuschauen«, teilte Velika ihrem Volk mit und spuckte auf den Boden vor Ulsters Füßen.

»Ulta!« schrie die Menge.

Außenseiter. Verbannter. Ihr Volk stand hinter ihr. Ulster war nicht einer von ihnen. Plötzlich galoppierte ein Kundschafter ins Lager und unterbrach Ulsters improvisiertes Verhör.

»Die Briten sind hier!« rief der Kundschafter.

»Macht euch bereit für die Schlacht!« brüllten Velika und Birgen und sammelten die Truppen.

Birgen stieß Ulster zur Seite und grinste ihn an, als Ulster sein Schicksal erkannte. Die Dänen würden nicht mit ihm kämpfen. Die Nordmänner würden ihn nicht länger als einen der Ihren bezeichnen. Sein Schicksal lag in den Händen der Briten. Seine Zeit neigte sich dem Ende zu.

Die Siedlung hatte mehr Krieger als je zuvor. Sowohl Nordmänner als auch Wikinger kämpften Seite an Seite. Sie waren eine Macht, mit der man rechnen musste. Altes Blut war vergessen, sie teilten einen gemeinsamen Zweck in der Niederlage des gemeinsamen Feindes. Velika rief ihre Schwertjungfrauen zusammen. Birgen befehligte seine Streitkräfte. Da Ulster nicht mehr das Ansehen seiner Männer genoss, verbeugten sie sich vor Velikas Füßen und warteten auf ihren Befehl.

»Wie nah sind sie?« fragte Velika den Kundschafter.

»Sie nähern sich schnell. Aber wir haben genug Zeit, um sie auf dem Schlachtfeld abzufangen, bevor sie die Siedlung erreichen.«

»Bogenschützen, besetzt die Mauern, setzt eure Pfeile in Flammen. Lasst die ganze Macht der Götter auf sie herabregnen. Zeigen wir diesem Ungeziefer, was es bedeutet, mit der vereinten Kraft der Nordmänner und der Dänen Krieg zu führen!« brüllte Velika.

»Wenn sie Krieg wollen! Einen Krieg werden wir ihnen geben!« rief Birgen.

Jubelrufe und Kriegsschreie ertönten, als sich alle für die Schlacht bereitmachten, von der sie wussten, dass sie kommen würde. Gemeinsam ritten sie aus, um die Briten zu überraschen. Birgen sorgte sich nicht darum, dass Velika auf sich selbst aufpassen konnte, blieb aber in ihrer Nähe. Es war das erste Mal, dass er sie in der Schlacht sah, und er war fasziniert. Sie kämpfte mit der Kraft einer Walküre.

Ihre Angriffe waren präzise, und ihr Schwert ließ keinen Mann stehen. Sie bewegte sich mit der Eleganz einer Göttin, während ihr Schwert wie eine Waffe der Götter wirkte. Die Konfrontation mit Ulster hatte sie auf eine Weise befreit, von der sie nicht wusste, dass sie befreit werden musste. Birgen schlug sich durch seine Angreifer, während er Velika bewunderte und mit jedem Tropfen Blut, den sie vergoss, verrückter und tiefer in sie verliebt war.

Ein Hilferuf erregte Velikas Aufmerksamkeit. Ulster war in der Unterzahl und floh wie der Feigling, von dem sie wusste, dass er einer war. Die Briten wussten, dass die Schlacht verloren war. In einem Versuch, die Oberhand zu gewinnen, führten sie einen letzten Zug aus. Sie wollten Ulster, da sie dachten, er hätte Informationen, die ihnen helfen könnten, den Krieg zu gewinnen. Sie wussten nicht, dass er gerade erst angekommen war. Er konnte ihnen nichts geben, aber sie würden ihn trotzdem foltern. Velika nahm einen Bogen aus den kalten, toten Händen eines britischen Bogenschützen; sie spannte die Bogensehne straff und ließ ihren Pfeil fliegen. Der Pfeil, der sich in Ulsters Oberschenkel bohrte, brachte ihn in die Knie und gab den Briten genug Zeit, ihn zu schnappen. Velika sah zu, wie er um Hilfe schrie. Sie fühlte nichts. Sie hatte die Rache, die sie brauchte.

»Das war kaltblütig«, sagte Birgen, der an ihrer Seite stand.

»Verlust im Krieg. Lass sie ihn haben, er weiß nichts von Bedeutung, und jetzt weiß ich, dass die Frauen unseres Bündnisses sicher sind.«

Das Bündnis war kein Gegner für die Briten. Sie übertrafen den Feind zahlenmäßig fünf zu eins. Es war eine kurze Schlacht, bevor die Briten den Rückzug anordneten, aber es war eine Schlacht voller Ruhm. Die Geschichte wurde mit britischem Blut geschrieben. Alte Feinde, jetzt Freunde. Alte Rivalen sind jetzt Familie. Und zwei Befehlshaber teilten eine Liebe, die sie nie erwartet hatten.

Die Jubelrufe des Sieges hallten wie ein Wiegenlied durch das Land. Lieder würden über diesen Sieg für Generationen gesungen werden. Velika und Birgen überblickten das Schlachtfeld. Sie hatten einige schmerzliche Verluste erlitten, aber sie waren in der Anzahl immer noch stärker als zuvor. Das Land war übersät mit gefallenen Feinden. Sie hatten gewonnen.

»Ich glaube, dieses Bündnis könnte doch funktionieren«, grinste Velika, packte eine Handvoll von Birgens Tunika und zog ihn zu sich.

»Das klingt, als hättest du einmal gezweifelt«, grinste Birgen.

»Vielleicht habe ich das, aber nicht mehr«, antwortete Velika und zog Birgen in einen Kuss von unvergleichlicher Leidenschaft.

EPILOG

EIN FEST WURDE VORBEREITET, um ihren Sieg zu feiern. Die Siedlung war voller neuer Hoffnung. Menschen tanzten um das Lagerfeuer, und Paare lagen sich in den Armen. Die Getränke flossen in dieser Nacht reichlich; sie wussten, dass sie sich keine Sorgen machen mussten. Birgen und Velika zogen sich in Velikas Hütte zurück. In den Armen des anderen setzten sie die Feierlichkeiten allein fort.

»Wir haben vielleicht diese Schlacht gewonnen, aber wir können nicht einfach herumsitzen und auf einen weiteren Angriff warten. Wir müssen mehr tun, den Krieg zu den Briten bringen. Sie abschneiden, bevor sie ihre Streitkräfte vergrößern können«, drängte Velika.

Ihr neues Selbstvertrauen in ihre Führungsrolle machte ihren Geist frei, um klar zu denken. Velikas Gedanken hatten das Schlachtfeld nicht verlassen, selbst als die Feierlichkeiten um sie herum tobten.

»Ich stimme zu, aber nicht heute Abend. Lass uns unseren Sieg genießen«, flüsterte Birgen und rieb seine Nase an ihrer Wange.

»Wenn wir wissen, was sie planen, können wir besser vorbereitet sein«, beharrte Velika.

»Ich liebe diese Seite an dir. Deine Entschlossenheit, dein Volk zu schützen. Du bist eine Frau, die es mit den Göttern aufnehmen kann, Velika«, sagte Birgen und küsste sanft ihren Hals. »Du willst den ersten Zug im Krieg machen. Mir gefällt, wie du denkst. Es lässt mich darüber nachdenken, in welchen anderen Bereichen du diesen Gedanken hegst.«

Es dauerte nicht lange, bis Velika herausfand, worauf Birgen anspielte. Ihre eigenen Gedanken waren ähnlicher Natur gewesen.

»Ich dachte, meine Ansichten dazu wären klar geworden«, neckte Velika.

»Vielleicht braucht mein Gedächtnis eine kleine Auffrischung«, zwinkerte Birgen.

»Dann lass mich meine Absichten deutlich machen«, sie kam näher.

Velika zog sie beide auf die Füße. Langsam begann sie, Birgens Kleidung zu entfernen. Sie befreite ihn von seiner Tunika und ließ ihre Hände über seine Brust wandern, während sie Küsse über ihn verteilte und ihre Hände tiefer sanken. Sie löste seinen Gürtel, befreite ihn und grinste, als sie sah, dass er bereits auf sie wartete. Sie trat einen Schritt zurück und schob ihre Tunika von den Schultern. Mit den Augen auf seinen fixiert, ließ sie ihr Kleid über ihre Hüften gleiten und stieg heraus, legte sich nackt vor ihm dar.

Birgen trat näher und ließ seine Hände über jeden Zentimeter von ihr gleiten. Seine Berührung setzte ihre Haut in Brand. Velika drückte ihre Hände gegen seine Brust und schob ihn zurück auf die Pritsche. Dann kniete sie sich vor ihm nieder und verteilte Küsse an seinen Oberschenkeln hinauf, um ihm zu zeigen, was sie vorhatte.

Sie nahm ihn in die Hand und streichelte ihn, beobachtete, wie er wuchs, und liebte die Lustlaute, die seinen Lippen entkamen. Dann nahm sie ihn in den Mund und begann, ihn langsam zu lecken. Sie rollte ihre Zunge um ihn herum und neckte ihn. Birgen lag zurückgelehnt, stöhnend und zischend, während sie abwechselnd an ihm saugte und ihn streichelte. Je mehr Stöhnen Birgens Lippen entwich, desto stärker saugte Velika an ihm, bis sie ihn ganz in ihrem Mund hatte und er ihren Rachen berührte.

Es war fast unerträglich, aber Birgen wollte seinen Samen noch nicht verlieren. Er hatte Pläne für Velika, liebte aber, wie sie die Führung übernahm. Seine Ekstase wuchs, als sie mit ihrer freien Hand seinen Hodensack umfasste und massierte, während sie weiterhin streichelte und saugte.

»Velika... bei den Göttern, Frau... ich...«, stöhnte Birgen.

Da hörte sie auf. Sie stand auf, ging hinüber zum kleinen Tisch, lehnte sich darüber und spreizte ihre Beine weit. Sie warf ihr Haar zur Seite und sah zu ihm zurück.

»Ich will dich, Birgen«, gurrte sie.

Birgen sprang auf die Füße und schritt zu ihr hinüber. Er streichelte ihren Hintern, packte sie fest, spreizte sie weiter, bevor er sich sanft in sie schob. Langsame, verlockende Stöße trieben sie beide in den Wahnsinn. Er wollte alles von ihr spüren, und er wollte, dass sie alles von ihm spürte. Er ließ sich Zeit, bis ihre Stöhner lauter und fordernder wurden.

»Mehr, Birgen, ich brauche mehr«, stöhnte Velika.

Birgen zog sie an sich, bog ihren Rücken durch und füllte seine Hände mit ihren Brüsten. Er legte Küsse auf ihren Hals und vergrub sich in ihr, stieß in kurzen, schnellen Stößen zu, bis er das Gefühl hatte, nicht mehr weiter zu können. Dann entfernte er sich sanft, drehte sie herum, damit sie ihn ansah, hob sie hoch und trug sie zurück zur Pritsche.

»Ich will dich beobachten, wenn du dich um mich herum auflöst. Ich will dieses wunderschöne Gesicht in den Qualen der Leidenschaft sehen«, knurrte Birgen.

Velika schlang ihre Beine um seine Taille und legte ihre Arme um seinen Nacken.

»Dann nimm mich, Birgen. Zeig mir, was es bedeutet, zu lieben.«

Birgen war nur zu glücklich, dem nachzukommen. Er wollte jeden Zentimeter von ihr verehren. Er legte sie nieder und küsste sie von Kopf bis Fuß, nahm sich Zeit für ihre Brüste und genoss ihre Reaktion. Langsam drang er wieder in sie ein und nahm sie. Velika stöhnte lauter. Ihre Finger krallten sich in seinen Rücken, als ihre Lust tief in ihr wuchs. Birgen liebte sie, bis sie beide tropften, getränkt in ihrem gegenseitigen Schweiß. Schließlich wand sich Velika, als ihre Lust sie durchfuhr und jeden Teil von ihr übernahm.

»Birgen, das war...«

»Ich bin noch nicht fertig, meine Liebe. Ich möchte jeden Teil von dir verehren. Jeden Teil von dir erforschen«, sagte Birgen und küsste sie mit der Leidenschaft von tausend Sonnen.

Sie liebten sich, bis die Sonne am nächsten Tag hoch am Himmel stand. Birgen verehrte sie, bis ihre Beine zitterten und die gesamte Siedlung hören konnte, wie sie seinen Namen schrie.

ENDE

STEN: VERGEBEN VON DER KRIEGERIN

HEISSER HISTORISCHER WIKINGERROMAN

PROLOG

STEN WAR MEHR ERSTAUNT als jeder andere, als Ulster zur Siedlung zurückkehrte. Niemand wollte ihn dort haben. Die gesamte Siedlung hatte praktisch gejubelt, als die Briten ihn gefangen nahmen. Ulster murmelte wirr über seine Zeit im Lager, sprach aber nicht darüber, was passiert war, außer dass sie ihn töten wollten, als sie erkannten, dass er zu nichts zu gebrauchen war. Aber Ulster war gerissen. Und es überraschte Sten nicht, dass er fliehen konnte. Der größte Schock war, dass sein älterer Bruder nun zerschlagen und zerschunden vor ihm stand und mit ihm über ihre Abreise stritt.

»Ich bin dein *Bruder*, Sten. Familie! Blut! Ich wurde zum Narren gemacht, ausgestoßen und dann in den Händen der Briten dem Tod überlassen. Wir reisen heute Nacht nach Norwegen ab!« bellte Ulster.

Sten hatte es satt, von seinem Bruder herumkommandiert zu werden. Er war kein Junge mehr; er war ein Mann und musste sich nicht sagen lassen, was er zu tun hatte.

»Du kannst mir nicht befehlen, was ich tun soll, Ulster. Ich werde nicht mit dir zurückkehren«, widersprach Sten.

Ulster hielt inne und drehte sich zu seinem Bruder um, mit demselben bösen Blick, den Sten aus seiner Kindheit kannte. Ulsters Augen waren schon immer dunkel gewesen. Aber seit er auf seinem rechten Auge blind war, das nun wie der Schatten eines Geistes wirkte, war sein Blick knochenfrierend. Sten würde sich nicht mehr einschüchtern lassen. Er hatte sein Leben lang den Befehlen seines Bruders gehorcht. Jetzt wollte er etwas anderes. Unabhängigkeit. Ein eigenes Leben.

Ulster ragte über Sten auf und bleckte die Zähne zu einem Knurren wie ein tollwütiges, blutdürstiges Tier. Aber Sten blieb standhaft. Er würde sich nicht mehr einschüchtern lassen. Als er jünger war, hatte Sten keine andere Wahl, als aus Angst zu tun, was sein Bruder befahl. Als Sten älter wurde, war es einfach normal geworden, das zu tun, was Ulster wollte. Sten hatte Ulster immer als grausamen, derben Mann gekannt und wollte nie so werden wie er. Sten wurde es leid, im Schatten seines Bruders zu leben. Es war ein dunkler, einsamer und kalter Ort. Und Sten wollte in der Sonne baden.

»Was hast du zu mir gesagt? Ich bin dein älterer Bruder. Du wirst tun, was ich sage!« bellte Ulster, wobei Spucke auf Stens Wange landete.

»Das werde ich nicht! Ich bin kein Kind mehr, Ulster. Ich werde mich deinem Willen nicht mehr beugen. Geh ohne mich zurück nach Norwegen. Niemand will dich hier haben«, schrie Sten zurück.

Die beiden Brüder standen sich Nase an Nase gegenüber, keiner gab nach. Ulster war größer als Sten, aber Sten war kräftiger und geschickter mit Schwert, Bogen und jeder anderen Waffe, die er in die Hand nahm. Ulster würde es nie zugeben, aber wenn Sten sich wehren würde, hätte Ulster keine Chance.

»Was hast du gesagt?« knurrte Ulster.

»Du bist unerwünscht. Geh nach Hause, wenn du das so sehr willst; ich bleibe hier«, antwortete Sten.

»Niemand, huh? Schließt das auch dich ein, *Bruder*? Würdest du deine Familie verraten, indem du diese Leute mir vorziehst?«

Ulster unternahm jeden Versuch, Sten einzuschüchtern, aber es war für Sten offensichtlich, dass Ulster wusste, dass er verloren hatte.

»Nenn es, wie du willst, Ulster. Ich bin fertig. Ich habe mich entschieden, hier zu bleiben, mit oder ohne dich«, sagte Sten und drehte sich um, um seinen Bruder alleine zu lassen, damit dieser sein Einpersonenboot packen konnte.

»Du hast hier kein Leben. Du magst dich für einen ehrenwerten Mann halten, aber du bist *mein* Bruder. Und wir wissen beide, dass unser Volk nicht leicht verzeiht. Glaubst du, sie werden dich akzeptieren? Ha! Sie werden nicht besser von dir denken als von mir. Du glaubst, du kannst hier neu anfangen? Keine Frau wird dich jemals wollen. Du bist nicht halb der Mann, der ich bin«, Ulster stieß ein böses Lachen aus, griff sich in den Schritt, schüttelte sich kräftig und lachte Sten aus.

»Leb wohl, Bruder. Möge ich nie wieder einen Blick auf dich werfen müssen«, knurrte Sten und wandte sich angewidert ab.

Selbst wenn Ulsters Worte ein Fünkchen Wahrheit enthielten, war ein Leben allein besser als ein gequältes Leben in seinem Schatten. Nie mehr müsste Sten tun, was ihm gesagt wurde, wie ein trotziges Kind. Er war frei.

KAPITEL 1

DAS PROBLEM MIT NEUANFÄNGEN IST, dass nicht jeder bereit ist, eine zweite Chance zu geben. Es schien, als wären die Menschen nicht so schnell bereit, Ulster zu vergeben. Olga hatte den gutaussehenden Nordmann bemerkt, der mit dem Monster Ulster angekommen war, und konnte seither ihre Augen nicht von ihm abwenden. Sten war ein Rätsel. Aber alle behandelten ihn, als wären Ulsters Verbrechen gegen Velika seine eigenen. Trotzdem blieb er unbeeindruckt und hilfsbereit.

Er war kleiner als sein Bruder, aber sichtlich stärker. Seine Haare waren nicht ein ungezähmtes Durcheinander auf seinem Kopf wie bei seinem Bruder; sie waren an den Seiten kurz geschnitten und oben lang gelassen. Er hatte seine Haare auf eine Weise geflochten, die Olga bewunderte. Anders als Ulster verbarg dieser Mann sein Gesicht nicht hinter einem Bart. Er war glatt rasiert und zeigte eine beeindruckende Kieferpartie. Seine Augen waren freundlich und warm, ein tiefes Braun, in dem Olga sich verlieren könnte.

Aber sein Aussehen war nicht das, was ihre Aufmerksamkeit gefesselt hatte. Warum war er nicht mit seinem Bruder gegangen? Warum blieb er zurück und war der Prüfung aller für Verbrechen ausgesetzt, die nicht seine eigenen waren? Familie war für Olga wichtig, da sie ein Einzelkind war. Sie konnte nicht verstehen, wie jemand Blutsverwandte so schnell zurücklassen konnte, selbst wenn Ulster verabscheuungswürdig war.

Olga beobachtete tagelang nach Ulsters Abreise, hielt sich im Schatten und achtete darauf, dass Sten nicht bemerkte, wie sie ihn beobachtete. Olga bemerkte, wie er höflich war und sich mit Respekt und Ehre vorstellte. Sie sah, wie er angespuckt und ignoriert wurde. Es dauerte nicht lange, seinen Namen herauszufinden. Sten war viel netter als Ulster, dachte Olga. Sten ließ sich von den bösen Worten, Seitenblicken oder Wegschubsern nicht unterkriegen. Wenn überhaupt, spornte es ihn an, sich noch mehr anzustrengen.

Olga war eine gute Spionin und war überrascht, als sie feststellte, dass Sten aufrichtig, intelligent und in vielen Dingen geschickt war. Er reagierte auf all die bösen Wünsche, als sei er es gewohnt, als erwarte er es, als ob er es verdiente. Der Gedanke beunruhigte Olga, aber sie war klug genug, andere nicht auf Grundlage ihrer Handlungen zu beurteilen; sie zog es vor, näher heranzugehen und ihre Taten mit ihrem Charakter zu verbinden.

Olga stand dabei, die Pferde zu striegeln, eine gute Tarnung zum Beobachten. Sie sah zu, wie Sten sich mit dem Vieh beschäftigte, ohne sich aufzuhalten, um Dank zu erhalten. Als Olga zu ihrer Hütte zurückkehrte, war sie überrascht, alle ihre Aufgaben erledigt vorzufinden. Sten hatte sich nützlich gemacht, ohne dass es jemand bemerkte. Das faszinierte Olga. Was war sein Plan? Was führte er im Schilde? Sie konnte nicht herausfinden, was er davon hatte, wenn niemand wusste, dass er diese Aufgaben erledigt hatte.

Lars und Triska waren zurückgekehrt und verbrachten den Tag eingeschlossen in der Rathütte mit Gunnar, Velika, Birgen und einigen anderen Mitgliedern des Teams. Olga erfand Ausreden, um nicht beteiligt zu sein, damit sie Sten weiter beobachten konnte.

»Olga, Triska und Lars rufen dich«, sagte Birgen und ließ Olga zusammenzucken.

Sie war so konzentriert gewesen, dass sie ihn nicht hatte kommen hören, und hoffte, er hatte ihr Erschrecken nicht bemerkt. Was für eine Spionin bemerkt nicht, wenn sich jemand von hinten nähert?

»Ich werde gleich da sein«, sagte sie und beobachtete, wie Birgen einige andere rief, einschließlich des Nordmanns Sten.

Als Olga in der Rathütte ankam, schien bereits ein Plan geformt worden zu sein. Triska und Velika unterhielten sich intensiv über die

Schlachtpläne am Tisch. Als sie sich im Raum umsah, bemerkte Olga die Auswahl der gerufenen Personen. Sowohl Nordmänner als auch Dänen, Schildmaiden, Kundschafter, Bauern und Krieger gleichermaßen. Jemand aus jeder Gemeinschaft, die die Siedlung ihr Zuhause nannte. Bei solch einer Auswahl an unterschiedlichen Fähigkeiten fragte sich Olga, was sie geplant hatten.

»Danke euch allen, dass ihr so schnell zusammengekommen seid«, sagte Triska und brachte das Gemurmel im Raum zum Schweigen.

»Wir haben den kürzlichen Angriff und unseren Sieg besprochen«, sagte Velika und ließ den Raum jubeln.

Alle spürten noch den Adrenalinrausch, der mit Sieg und Ruhm einherging.

»Diesmal waren wir vorbereitet, aber wir wissen immer noch nicht, was die Briten planen. Also müssen wir vorbereitet sein, anstatt zu sitzen und fett zu werden, während wir auf sie warten. Wir müssen den Krieg zu ihnen bringen«, fuhr Velika fort.

Köpfe im ganzen Raum nickten gemeinsam; jeder hing an jedem ihrer Worte.

»Ich könnte nicht mehr zustimmen. Es wurde beschlossen, dass wir Spione brauchen, um ins britische Lager einzudringen. Also haben wir euch heute hier versammelt, um nach Freiwilligen zu suchen...«, sagte Triska.

Olga hörte den Rest von Triskas Rede nicht. Dennoch hatte sie gehört, was sie brauchte. Ohne Triska ausreden zu lassen, sprang Olga auf die Füße und war sich vage bewusst, dass sie durch das Kratzen eines zurückgeschobenen Stuhls nicht die einzige war, die so begierig war, sich freiwillig zu melden.

»Ich melde mich freiwillig!«, rief Olga.

Neugier stach in ihr und ließ die Haare in ihrem Nacken zu Berge stehen. Als sie sich umdrehte, wurden ihre Augen groß. Hinten in der Hütte stand der andere Freiwillige. Sten.

KAPITEL 2

»IHM? Ich vertraue ihm nicht. Das Blut dieses *Monsters* fließt durch seine Adern. Also können wir ihm nicht vertrauen«, schrie eine Stimme durch den Raum.

Sten wusste nicht, wer da seine Bedenken äußerte, noch kümmerte es ihn. Das war nichts Neues für ihn. Sippenhaft war zu erwarten. Nicht dass Sten sich selbst für unschuldig hielt. Vielleicht hatte er aus Selbstschutz weggeschaut, wenn es um die Grausamkeiten seines Bruders ging. Oder hatte er einfach das Ausmaß von Ulsters Grausamkeit nicht sehen wollen? Hatte ein Teil von ihm erwartet, dass Ulster irgendwo tief in seinem Inneren doch einen guten Kern hatte? Oder war es die törichte Hoffnung eines jungen Jungen gewesen, dass die einzige männliche Bezugsperson in seinem Leben ihre Grausamkeit nur für ihn und ihn allein aufsparte? Es spielte keine Rolle mehr; Ulster war fort.

Aber Sten war nicht mehr dieser verängstigte Junge. Er hatte zu Hause in Norwegen gekämpft, um sich als Krieger zu beweisen. Er mochte ein Schiff mit seinem Bruder geteilt haben, aber die meiste Zeit hielt sich Sten für sich und hatte nur mit seinem Bruder zu tun, wenn es unvermeidlich war. Das wahre Ausmaß von Ulsters Verbrechen war Sten unbekannt gewesen, oder etwa nicht? Seit Velika Ulster bloßgestellt hatte, quälte sich Sten mit dem Gedanken, dass er die Anzeichen hätte sehen müssen. Waren sie die ganze Zeit da gewesen und er hatte sie übersehen? Er wusste, dass sein Bruder grausam war; das hatte er am eigenen Leib erfahren. Jetzt wollte Sten die Missetaten seines Bruders wiedergutmachen und beweisen, dass sie nicht derselbe Mann waren.

»Ich bin nicht mein Bruder«, sagte Sten ruhig.

Sten war nicht daran interessiert, jemanden zu verärgern, wollte aber auch der Siedlung deutlich machen, dass er eine eigene Person war. Ulster war wie der Feigling geflohen, der er Stens Meinung nach war. Sten war gut in seltsamen Arbeiten und hatte sich daran gewöhnt, Aufgaben zu erledigen, die sonst niemand machen wollte, um seinen Wert zu beweisen. Jetzt hatte sich eine Gelegenheit geboten, die ihm einen neuen Plan gab. Er musste der Held sein. Sich für eine so gefährliche Mission zu melden und mit hilfreichen Informationen zurückzukommen, könnte genau das bewirken. Es würde ihn zu jemandem machen, den man respektierte.

Die dänische Schwertmaid, bekannt als Olga, die er im Lager beobachtet hatte, wie sie ihm folgte, hatte sich ebenfalls freiwillig gemeldet. Es war schwer, sie zu übersehen. Sie war wunderschön. Die Schönheit einer Königin in der Hülle einer Kriegerin, was gab es da nicht zu lieben? Ihr Haar fiel in dicken goldenen Wellen um ihre Schultern. Sie hatte hohe Wangenknochen mit einem kantigen Kiefer und Augen wie eine Löwin, so blau wie der neue Morgenhimmel. Wenn Sten sie nicht mit eigenen Augen im Kampf gesehen hätte, hätte er sie für eine zarte Morgenblume gehalten. Aber sie hatte die Kraft eines Bären, die Anmut der brechenden Wellen und den Zorn der Sonne. Sie war ein Widerspruch in jeder Form und völlig fesselnd. Aber selbst wenn sie eine geschickte Kriegerin war, war dies für Sten keine Mission für jemanden wie sie.

»Ich habe mich zuerst gemeldet. Erlaubt der Maid, hier zu bleiben und zu beschützen«, protestierte Sten.

»Lass dich nicht von meinem fehlenden Schwanz täuschen, Nordmann. Mein Schwert schneidet genauso tief, meine Pfeile fliegen genauso schnell, und ich habe mehr britisches Blut vergossen als du. Ich bin länger an diesen Ufern; ich sollte gehen.«

»Ich zweifle nicht an deinem Können; ich meine nur, dass du als

Spionin zu auffällig sein könntest. Und ich habe mich zuerst gemeldet!«, protestierte Sten erneut.

»Zu auffällig als Spionin? Sag, was du meinst!«, schrie Olga.

Stens Lippen verharrten schweigend, aber sein Verstand schrie *deine Schönheit.*

KAPITEL 3

OLGA PROTESTIERTE WEITER. Vielleicht hatte sie den Nordmann zu vorschnell verurteilt, und er war nicht die sanfte Seele, für die sie ihn gehalten hatte.

»Lars, Sie sind mein Kommandant; sagen Sie etwas!« brüllte Olga.

Triska und Lars standen mit zusammengesteckten Köpfen und diskutierten die Angelegenheit. Olga wurde immer aufgeregter; es fühlte sich an, als würde ihre Fähigkeit in Frage gestellt. Ein Gefühl, das ihr überhaupt nicht gefiel.

»Es scheint sich eine Gelegenheit ergeben zu haben. Eine Möglichkeit, unsere Allianz zu stärken. Ein Mitglied aus jeder Gruppe wäre vielleicht klug«, sprach Lars.

»Stellen Sie das nicht als etwas dar, was es nicht ist. Man misstraut mir wegen meines Bruders. Wenn hier jemand mir vertrauen würde, würde ich das allein machen. Ich brauche kein Kindermädchen!« bellte Sten zurück.

Seine Worte schürten nur Olgas neugewonnene Frustration mit ihm. Kindermädchen? Wusste er nicht, mit wem er sprach? Sie war alles andere als ein Kindermädchen.

»Ich habe mich ganz fair freiwillig gemeldet. Ich brauche keinen Mann, der meine Hand hält. Meine Geschichte spricht für sich. Ich habe für den König selbst spioniert. Und ich bin ganz sicher kein

Kindermädchen!« brüllte Olga und verlor die Beherrschung über ihr Temperament.

»Warum sonst, wenn nicht aus Misstrauen, würde die dänische Spionin mit mir reiten wollen?« argumentierte Sten.

Olga brauchte diese Mission mehr als jeder wusste. Sie hatte ihre eigene geheime Mission, die ihr am Herzen lag und von der nicht einmal ihre Waffenbrüder erfahren hatten. Sie mochte es nicht, in Frage gestellt zu werden; es ging niemanden etwas an außer sie selbst.

»Ich muss mich nicht vor Ihresgleichen rechtfertigen, Nordmann«, spuckte Olga aus.

»Genug des kleinlichen Gezänks!« befahl Velika. »Ich stelle weder Ihre Urteilskraft in Frage, Lars, noch Ihre, Triska. Doch ich kenne Olga nicht wirklich oder was in ihrem Herzen liegt. Mein Geist wäre beruhigt, wenn ein Nordmann bei ihr wäre.«

Olga schaute sich im Raum um, ob jemand für sie eintreten würde. Sie war nicht der Typ, der die Hilfe oder Zustimmung anderer brauchte. Aber an den gesenkten Köpfen und abgewandten Blicken erkannte sie, dass sie in dieser Sache allein war. Lars und Triska erhoben keinen Einspruch. Velikas Aussage kam der Allianz entgegen, egal wie sie es darstellte. Stattdessen erfüllte sich der Raum mit einer so dicken Spannung, dass die Luft zum Ersticken war.

Widerwillig drehte sich Olga um, um Sten anzusehen. Zu ihrer Überraschung nickte er. Es war beschlossen. Sie würden gemeinsam ausreiten.

KAPITEL 4

LARS DACHTE, es wäre das Beste, wenn Olga und Sten eine Verkleidung anlegten. Es wäre für den Feind allzu offensichtlich, wer sie waren, wenn sie in voller Kampfrüstung ausritten. Triska veranlasste, dass die Heiler Blütenblätter und Beeren zerquetschten, um Olgas blondes Haar zu verbergen. Sie hatte nicht das kräftige kastanienbraune Haar der schottischen Damen, aber es würde genügen.

Beim Ausritt wand sich Olga in den Zwängen ihrer neuen Kleidung. Es gab keinen Platz, um ihr Schwert zu verbergen. Als Bäuerin verkleidet fühlte sich Olga wie eine Närrin. Sie mochte es nicht, unbewaffnet in feindliches Gebiet vorzudringen, also band sie sich zwei Dolche an die Oberschenkel.

»Wir sehen lächerlich aus. Wer wird dumm genug sein, zu glauben, dass wir Schotten sind?«, beschwerte sich Olga.

Sie trug ein langes, gemustertes Wollkleid über einem einfachen Baumwollunterrock und einem Wollrock, der sich rau auf ihrer Haut anfühlte. Ihre Brüste saßen hoch auf ihrer Brust, umrahmt von der zarten weißen Borte des Unterrocks unter ihrer Kleidung. Den Wollschal um ihre Schultern fand sie lästig, er schränkte ihre Bewegungen ein und rutschte ständig von ihren Armen. Sten trug eine einfache graue Tunika mit einem Seil als Gürtel und passenden langen Beinkleidern darunter. Er hätte als Bauer durchgehen können, wäre er nicht so kräftig gewesen, aber welchen Bauern kannte Olga, der so muskulös war wie Sten?

»Es ist ein guter Plan... und du siehst nicht lächerlich aus. Das Kleid steht dir«, bot Sten an.

»Oh, halt den Mund!«, fauchte Olga.

Sie war nicht in der Stimmung, sich mit dem Norsemann zu unterhalten, egal wie angenehm er für das Auge war. Vielleicht hatte er früher ihre Aufmerksamkeit erregt, aber nicht mehr. Jetzt war er nur ein Hindernis auf ihrem Weg. Mit Schmeicheleien würde er bei ihr nichts erreichen. Wie sollte sie ihren Plan umsetzen mit einem Babysitter, der jeden ihrer Schritte verfolgte? Sie dachte daran, es ihm zu sagen, aber sie vertraute nicht darauf, dass er ihr Geheimnis nicht an Lars und die anderen verraten würde. Noch ein Grund mehr, ihn zu hassen.

»Ich will dich nicht beleidigen, Olga. Ich habe dich auf dem Schlachtfeld gesehen, als die Briten angriffen. Du hast dein Schwert besser geführt als einige der Männer meines Bruders«, sagte Sten und versuchte, freundlich zu sein.

»Und doch dachtest du, meine Entschlossenheit vor meinem Kommandanten in Frage zu stellen und hattest die Dreistigkeit anzudeuten, ich sei eine Kinderfrau«, schnappte Olga.

»Ein Ausrutscher in einem Moment der Frustration. Ich meinte es nicht böse«, gab er zu.

»Ich würde dir lieber die Zunge aus dem Mund schneiden, als dich noch einmal zu mir sprechen zu hören«, knurrte Olga und trieb ihr Pferd weiter voran.

»Was hast du gegen mich? Ich habe dir nichts getan!«, rief Sten ihr nach und spornte sein Pferd an, um aufzuholen.

Olgas Geduld wurde dünn. Jedes Wort, das über Stens Lippen kam, ärgerte sie mehr. Seine Stimme kratzte in ihren Ohren. Sie konnte bei seinem unaufhörlichen Gejammer nicht klar denken.

»Du stehst im Weg! Ein nutzloses Objekt, das meine Mission blockiert. Ich würde es besser ohne dich schaffen!«, bellte Olga und brachte ihr Pferd zum Stehen.

Olga starrte ihn an und wartete darauf, dass er zurückstreiten würde. Sie war bereit für einen Kampf. Sie würde ihn auf den

Rücken legen und den Wölfen überlassen. Er verschwendete ihre Zeit.

»Genügt es nicht, dass mein eigenes Volk mich wegen der Taten meines Bruders meidet? Jetzt tut ihr Dänen es auch?«, fragte Sten, wobei sich seine Stirn tief bis zur Nase runzelte.

»Das hat nichts mit dieser Kreatur zu tun, mit der du dein Blut teilst. Er verstand, wann er unerwünscht war, und ging. Etwas, worüber du vielleicht nachdenken solltest«, spottete Olga und trieb ihr Pferd voran, dem Pfad durch den Wald folgend.

»Anders als mein Bruder bin ich kein Feigling, und ich weiche nicht zurück, wenn ich mein Wort gegeben habe. Lars und Triska haben uns beide für diese Mission eingeteilt. Ich bleibe, ob es dir gefällt oder nicht«, rief Sten wieder und versuchte, mit ihr Schritt zu halten.

»Nun, in einer Sache können wir uns einig sein: Ich mag dich hier nicht«, brummte Olga.

»Hier oder einfach mich? Du hast kein Problem damit, deine Bedenken zu äußern, also sprich sie jetzt aus. Besser, unsere Beschwerden jetzt loszuwerden, als dass sie unsere Mission unterbrechen«, schnappte Sten und duckte sich, als Olga einen Zweig losließ, der gegen seinen Kopf schwang.

»Beschwerden? Welches Problem hast du mit mir?«, lachte Olga.

»Wie wäre es mit der Tatsache, dass ich dir nichts getan habe, du aber scheinbar so wenig von mir hältst.«

»Oh, armer Norsemann, braucht er die Zustimmung seiner Kinderfrau?«, stichelte Olga.

»Verspotte mich nicht, Dänin!«, dröhnte Sten.

»Oder was, Norsemann?«, lachte Olga wieder.

»Anders als mein Bruder habe ich nie und werde ich nie meine Hand gegen eine Frau erheben«, erwiderte Sten, nur damit Olga mit einer eigenen Erwiderung konterte.

»Dann musst du im Kampf gegen eine Schwertjungfrau wie mich ja zittern«, spottete Olga.

»Kampf ist etwas anderes, und das weißt du. Warum bestehst du darauf, dich wie ein Kind zu benehmen? Mich so zu verspotten?«

»Weil ich will, dass du mich in Ruhe lässt!«, schnappte Olga.

»Ich sage dir, was ich meinem Bruder gesagt habe. Ich nehme keine Befehle von dir an! Ich bleibe!«

»Dann halt deinen nervigen...«, Olga hielt inne.

Mitten im Wald war der Fluss, den sie überqueren mussten. Eine kleine Zugbrücke wackelte in der Brise über den Ufern. Olga verstummte. Die Brücke sah nicht sicher aus; das Flusswasser floss wild den Hügel hinab und war zu tief, um zu riskieren, die Pferde hindurchzutreiben.

»Was ist los?«, fragte Sten besorgt.

»Nichts... wir müssen einen anderen Weg über den Fluss finden«, antwortete Olga.

»Warum? Da ist eine Brücke; komm schon«, sagte Sten.

Olgas Brust hob sich. Sie schluckte, um den Kloß in ihrem Hals zu erleichtern.

»Du siehst zweifelnd aus«, bot Sten an.

»Dieses winzige Ding wird das Gewicht der Pferde nicht halten; wir können den Rest der Reise nicht ohne sie machen«, log Olga.

KAPITEL 5

»OLGA, es ist in Ordnung, besorgt zu sein, aber es ist nur Wasser«, sagte Sten sanft.

Er konnte sehen, dass sie Angst hatte, aber er konnte nicht herausfinden, warum. Sie hatten schon einen schlechten Start hingelegt. Er wollte sie nicht drängen, über etwas zu sprechen, das sie nicht zugeben wollte.

»Ich mache mir Sorgen um die Pferde. Komm, wir finden einen anderen Weg«, bestand Olga darauf, stieg ab und führte ihr Pferd weg.

Sten sprang von seinem Pferd und nahm sanft ihre Hand. Olga blickte ihn alarmiert an, nicht aus Angst, sondern weil sie von seiner sanften Berührung überrascht war.

»Ich weiß, dass du nicht willst, dass ich hier bin, aber ich bin es. Du bist nicht allein; ich werde dir beim Überqueren helfen und dann zurückkommen und die Pferde holen«, bot Sten freundlich an.

»Die Pferde...«

»Olga, du hast Angst. Ich werde es niemandem erzählen. Bitte erlaube mir, dir beim Überqueren zu helfen«, führte Sten sie sanft zum Flussufer.

Sten konnte spüren, wie Olgas Hand in seiner zitterte. Ihre Augen huschten von ihrem Fuß auf der Brücke zum Fluss und zurück. Sten nahm ihre andere Hand. Er legte sie auf das Seilgeländer und hielt ihre andere Hand fest, wobei er sie genau beobachtete und einen langsamen Schritt nach dem anderen machte. Sten bot sanfte, beruhigende Worte während sie gingen, was ihren Geist zu erleichtern schien. Plötzlich raste ein Baumstamm den Fluss hinunter auf sie zu. Er krachte gegen die Felsen darunter, berührte aber nicht die Brücke. Das half Olgas rasendem Herzen trotzdem nicht.

Ohne nachzudenken ließ sie das Geländer los und rannte in Stens Arme, klammerte sich an ihn wie ein verängstigtes Kind. Sten schlang seine Arme um sie und streichelte ihr Haar. Er sah sie an und bemerkte, dass ihre Augen fest verschlossen waren. Es schmerzte ihn, sie so zu sehen.

»Es ist in Ordnung. Du bist sicher. Wir sind fast da, nur noch ein paar Schritte«, bot Sten an und hob ihr Kinn mit einem sanften Finger. »Schau mich einfach an, sieh nicht auf den Fluss«, sagte er.

Langsam öffnete Olga ihre Augen und nickte zustimmend. Sie hielt ihren Blick auf ihn gerichtet. Die Sonnenstrahlen, die zwischen den Bäumen hervorstachen, tauchten sie in goldenes Licht; sie sah engelhaft aus. Sten konnte nicht anders; er streichelte ihre Wange und bot ein tröstendes Lächeln.

»Ich muss gestehen, ich habe Angst, ich... ich... kann nicht schwimmen«, gab Olga zu.

Als sie das andere Flussufer sicher erreicht hatten, starrte Sten sie verwirrt an. Sie war eine Wikingerin. Wikinger leben und atmen das Meer; sie werden mit Seebeinen geboren, um sie auf Reisen über viel wütendere Gewässer vorzubereiten als diesen kleinen Fluss.

»Eine Wikingerin, die nicht schwimmen kann?«, flüsterte Sten.

Olga war immer noch in Stens Umarmung gefangen. Seit sie das Ufer erreicht hatten, hatte sie ihn auch nicht losgelassen. Sie vermutete, dass er nicht beabsichtigt hatte, seine Gedanken über seine Lippen schlüpfen zu lassen, aber sie hörte sie trotzdem. Sie hatte sich verletzlich gezeigt, sich einer ihrer größten Schanden geöffnet, und er machte sich über sie lustig. Dann stieß sie ihn errötend weg.

»Was geht es dich an, ob ich schwimmen kann oder nicht? Der Ozean ist ganz anders als ein reißender Fluss wie dieser«, schnappte Olga und deutete mit einem wütenden Finger auf das fließende Wasser.

»Da stimme ich zu; der Ozean ist völlig anders. Ich dachte nur, wenn jemand Angst vor Wasser hätte, wäre der Ozean viel besorgnis-erregender«, zuckte Sten mit den Schultern.

Olga schnaubte, verdrehte die Augen und stürmte von ihm weg. Sten blickte zurück zu den Pferden, die auf der anderen Seite des Flusses warteten, drehte sich dann aber um und rannte Olga nach.

»Ich wollte dich nicht beleidigen, Olga. Auch ich habe Ängste. Das ist normal«, rief Sten.

»Lass mich in Ruhe«, schnappte Olga.

»Es ist wahr. Ich hasse Schlangen leidenschaftlich; sie sind fiese Biester. Ich habe Höhenangst und ich fürchte, dass alle mich für immer als Monster wie Ulster sehen werden. Ich bin nicht wie er; ich wünschte, andere würden das auch sehen«, gestand Sten.

Olga blieb stehen und dachte über seine Worte nach. Dann drehte sie sich um, schritt direkt auf ihn zu und starrte ihm in die Augen, suchte in seiner Seele nach der Wahrheit.

»Du sprichst die Wahrheit. Du würdest mir das anvertrauen?«, fragte sie.

»Du hast mir deine Angst anvertraut; es ist nur fair, dass ich dir meine anvertraue«, antwortete Sten.

Er war ehrlich. Es fühlte sich so gut an, endlich seine Bedenken einem anderen Menschen mitzuteilen, anstatt den kleinen Wänden seiner Hütte oder Schiffskabine.

Olga schaute ihn an. Sten konnte den Ausdruck auf ihrem Gesicht nicht einordnen. Sie sah weder ängstlich noch wütend aus. Stattdessen schien sie ihn zu hinterfragen.

»Warte hier. Ich hole die Pferde.«

KAPITEL 6

SIE RITTEN eine Weile schweigend weiter. Die Sonne stand hoch am Himmel und durchnässte sie mit einer Hitze, die ihre Wollkleidung unangenehm machte. Olga rutschte in ihrem Sattel hin und her und bemerkte, wie Sten versuchte, sein Lächeln zu verbergen. Normalerweise würde sie ihn anfahren und ihm zeigen, was es bedeutet, über sie zu lachen, aber innerlich lächelte sie; sie konnte sich vorstellen, wie seltsam sie aussehen musste. Ihr Magen knurrte. Sie hatte seit dem frühen Morgen nichts gegessen.

»Vielleicht sollten wir kurz im Schatten anhalten. Mein Magen schmerzt. Ich muss etwas essen. Du musst selbst auch Hunger haben«, schlug Olga vor.

»Dem kann ich nur zustimmen«, antwortete Sten.

Olga überließ es Sten, das Feuer zu entfachen, während sie mit gezogenem Dolch in den Wald schlich. Die Waldtiere versteckten sich gut. Sie konnte das Rascheln im Unterholz und in den Ästen der Bäume über ihr hören. Sie folgte Spuren am Boden zu einem kleinen Busch am Fuße einer mächtigen Eiche. Darunter befand sich ein Kaninchenbau. Sie zog sich zurück, versteckte sich zwischen den Bäumen, warf einen Stein auf den Busch und machte sich bereit für die Flucht der Kaninchen.

Drei kleine Kaninchen, zwei braune und ein weißes, rannten um ihre Freiheit, aber sie waren Olgas Klingen nicht gewachsen. Olga beobachtete ihren Weg, wie sie hierhin und dorthin zackten, und schleuderte schließlich ihre Messer durch die Luft, wodurch sie ihre Beute sofort tötete.

»Euer Verlust wird nicht vergebens sein, meine Freunde«, flüsterte sie den Kaninchen zu, während sie sie zurück ins Lager trug.

Gemeinsam saßen sie da und häuteten ihr Mittagessen. Sten war darin viel geschickter, als Olga erwartet hatte; mit zwei großen Schnitten und einem scharfen Zug riss er das Fell in einem Stück ab. Olga war beeindruckt. Jede Bewegung, die Sten machte, wirkte zögerlich, als würde er still um ihre Erlaubnis bitten, zu helfen. Das gab ihr viel zu denken.

Sein Geständnis über seinen Bruder beantwortete ihre früheren Fragen. Er gab sich alle Mühe, hilfsbereit und freundlich zu sein, um den Menschen zu zeigen, dass er nicht derselbe Mann war, selbst wenn er seine Schritte unbemerkt von anderen machte. Ihr wurde dann klar, warum er sich freiwillig gemeldet hatte. Er musste sich beweisen. Lange in Gedanken versunken, beschloss Olga schließlich zu sprechen.

»Du hast recht. Ich habe Angst. Nicht nur vor reißenden Gewässern, gegen die ich nicht ankämpfen kann, sondern vor... vielen Dingen«, sagte Olga leise.

»Zum Beispiel?«, fragte Sten und drehte die Kaninchen, die über dem Feuer brieten.

»Meine Mutter zu enttäuschen. Sie ist auf mich angewiesen... allein zu sein, keine eigene Familie zu finden. Im Dienst des Königs zu stehen, kann dich von solchen Dingen fernhalten«, Olga nestelte an einem losen Faden am Saum ihres Rockes.

»Familie ist dir wichtig, nicht wahr? Ich konnte nicht umhin zu bemerken, dass du wütender darüber zu sein scheinst, dass ich meinen Bruder allein gelassen habe, als darüber, dass ich ähnlicher Verbrechen schuldig bin«, sagte Sten und stocherte in den Flammen.

»Familie ist mir wichtig. Lars und die anderen wissen nicht einmal warum«, sie starrte ins Feuer.

»Magst du es mir erzählen?«, fragte Sten und blickte endlich auf, um ihren Blick zu treffen.

Olga zögerte, aber sie spürte eine Anziehung zu Sten. Sie konnte es nicht erklären. Sie hatte seine ungeteilte Aufmerksamkeit. Sie wusste nicht warum, aber sie wusste, dass sie ihm ihr Geheimnis anvertrauen konnte.

»Vor Jahren kam meine Mutter an diese Küsten. Ein Engländer verging sich an ihr. Sie schloss sich ein, hatte Angst vor ihrem eigenen Schatten. Ich übernahm es, für sie zu sorgen. Monate später stellte sie fest, dass sie schwanger war. Ich verstand das damals nicht; ich war so jung. Als das Kind geboren wurde, warf meine Mutter einen Blick darauf und wusste, dass ihre Zeit an diesen Küsten zu Ende war.«

Olga fühlte sich befreit, endlich über ihre Vergangenheit zu sprechen. Die Tragödie mochte die ihrer Mutter gewesen sein, aber Olga empfand sie auch als ihre eigene Last, da sie ihre Mutter leiden sah. Alles, was sie hatten, war einander.

»Ich weiß nicht, wo sie meinen Bruder zurückgelassen hat. Ich weiß nur, dass sie mich im Morgengrauen weckte, und wir segelten zurück nach Dänemark.«

Sten fehlten die Worte. Stattdessen bot er eine mitfühlende Hand an. Er legte seine Hand auf ihre und schenkte ihr ein mitfühlendes Lächeln. Olga erwiderte das Lächeln, ihre Hand auf seiner ruhend. Sie hatte noch ein weiteres Geständnis zu machen. Und jetzt hatte sie das Gefühl, sie waren so tief in diesem Gespräch, dass Sten es hören musste.

»Ich habe Gerüchte gehört. Über einen Riesen, mehr Wikinger als Engländer«, begann Olga.

»Ich habe solche Gerüchte gehört. Ulster murmelte wirr über seine Zeit bei den Briten, bevor er ging. Er wollte nicht sagen, was mit ihm geschehen war, murmelte nur wie verrückt. Ich hörte ein solches Gemurmel. Ein Mann, der wie ein Wikinger aussah, arbeitete mit den britischen Befehlshabern zusammen, selbst in einer hohen Befehlsposition«, erinnerte sich Sten.

»Ich glaube, er ist mein Halbbruder. Ich wusste nie, was mit ihm geschehen ist, Mutter weigert sich noch immer, über ihn zu sprechen. Er mag nicht in einem Akt der Liebe gezeugt worden sein, aber er hat nicht die Verbrechen seines Vaters begangen... Genau wie du nicht die deines Bruders begangen hast«, fügte sie hinzu.

Sten setzte sich ein wenig gerader hin und nickte zustimmend.

Olga war sich sicher, dass sie Tränen in seinen Augen glitzern sah. Jemand sah ihn endlich als den, der er war, selbst ein Opfer der Missetaten seines Bruders.

»Danke, Olga«, flüsterte Sten und drückte ihre Hand sanft.

»Selbst als wir nach Dänemark zurückkehrten, war Mutter nie mehr dieselbe. Sie hat sich nie wieder mit einem Mann eingelassen. Ich war ein Einzelkind mit einer Mutter im Schatten. Es war...«, Olga konnte nicht weitersprechen, also beendete Sten den Satz für sie.

»Einsam?«

Olga nickte.

»Ich muss wissen, ob er mein Bruder ist. Ich weiß nicht einmal seinen Namen. Aber wenn ich sein Gesicht sehe, weiß ich in meiner Seele, dass ich es wissen werde. Ich würde mit dem djǫfull selbst reiten, um es herauszufinden«, gab Olga zu.

Ihre letzten Worte sollten eigentlich nicht ihren Gedanken entschlüpfen, aber sie brachten Sten zum Lachen. Natürlich musste auch Olga mitlachen, als sie ihn so sah.

»Das wäre mein Bruder. Aber, tut mir leid, Olga, er ist nicht hier. Also bist du stattdessen mit mir festgesteckt«, lachte Sten und wandte seine Aufmerksamkeit wieder den Kaninchen zu, die über dem Feuer brieten.

»Eine Sache, für die ich sehr dankbar bin«, sagte Olga.

Sie wusste nicht, warum sie diese Worte ausgesprochen hatte, aber sie wusste, dass sie wahr waren. Sten war ganz anders als Ulster, und Olga hatte es bereut, so gemein zu ihm am Anfang ihrer Reise gewesen zu sein. Ihr Herz raste; sie hielt den Atem an und wartete darauf, ob Sten ihr Geständnis gehört hatte.

Langsam drehte er sich zu ihr um und warf ihr denselben fragenden Blick zu, den sie ihm an der Brücke gegeben hatte. Sten rückte näher, um zu sehen, ob sie von ihm abgestoßen war. Aber sie saß still da, ihren Mund ein wenig geöffnet, während ihr Herz drohte, aus ihrer Kehle zu springen.

Er lehnte sich näher. Nah genug, dass sich ihre Lippen nicht berührten, aber sein Atem auf ihren zu spüren war. Stens Augen wanderten von ihren Lippen zu ihren Augen und wieder zurück. Olga wollte nicht warten; sie lehnte sich vor und schloss die Lücke zwischen ihnen, ließ ihre Zunge an seinen Lippen vorbeigleiten.

Sten zog Olga auf seinen Schoß und fuhr mit seinen Fingern durch ihr Haar. Er spürte, wie er wuchs, während sie auf ihm saß, so nah und doch so fern.

KAPITEL 7

OLGA SPÜRTE, wie ihre blasse Haut sich rosa färbte. Sie hatte nicht erwartet, dass ihr sein Kuss gefallen würde, und sie hatte ihn sehr genossen. Doch in ihrer Panik schlug sie vor, dass sie ihr Essen beenden und weiterziehen sollten. Das Kaninchen war eine willkommene Ablenkung von ihren eigensinnigen Gedanken. Olga beobachtete aus dem Augenwinkel, wie Sten sein Essen verschlang, die verkohlten Reste von seinen Fingern leckte und dann ein Stück Brot aus seiner Tasche in den kleinen Eintopf tunkte, den sie zubereitet hatten.

Sten grinste, als er Olga beim Beobachten erwischte. Mehrere Blicke wurden ausgetauscht, und Olga fühlte sich lebendig. Aber sie hatten einen Auftrag, und sie hatte nur wenig Zeit, um ihren eigenen zu erfüllen. Sie konnte es sich nicht leisten, auch nur eine Sekunde zu verschwenden, selbst wenn es für einen gottgleichen Normannen wäre.

»Ich denke, wir sollten unsere Reise fortsetzen, sobald wir gegessen haben. Wir können es uns nicht leisten, noch mehr Zeit zu verlieren«, sagte Olga und nahm noch einen Bissen des zähen, trockenen Fleisches.

»Es wird bald dunkel; wir können morgen früh weitermachen«, sagte Sten mit vollem Mund.

»Wir müssen herausfinden, was die Briten mit meinem Bruder

vorhaben. Du sagtest, Ulster glaubte, er sei in einer Machtposition? Arbeitet er mit ihnen zusammen? Ist er ein Gefangener, der aus Angst gezwungen wird, gegen sein eigenes Volk zu arbeiten? Oder etwas Schlimmeres?«, fragte Olga hektisch, verärgert darüber, dass Sten für die Nacht anhalten wollte.

»Bei allem Respekt, Olga, bis du ihn mit eigenen Augen siehst, wirst du nicht wissen, ob er dein Bruder ist«, sagte Sten vorsichtig.

»Ich weiß, dass er es ist. Welche andere Erklärung gibt es für einen Mann, der wie ein Wikinger aussieht und für unseren Feind arbeitet?«, schnappte Olga und warf den Rest ihres Eintopfs ins Gebüsch.

Sten aß schnell sein Essen auf, während Olga die Überreste des Feuers austrat und begann, die Pferde zu satteln.

»Olga, ich weiß, wie sehr du willst, dass das wahr ist. Aber ich habe auch einen Auftrag. Ich muss mich vor unserem Volk beweisen, bevor ich zum Ausgestoßenen werde. Wir müssen an die Gemeinschaft denken und nicht an uns selbst. Obwohl ich unsere Verstrickung sehr genossen habe, lasse ich mich auch nicht ablenken. Vielleicht hast du Recht; wir sollten weiterziehen. Wir haben bisher keine Spur von den Briten gesehen. Wir müssen Strecke machen, bevor es dunkel wird«, seufzte Sten, leerte den Topf mit Eintopf und schob ihn in seine Satteltasche.

Olga starrte geistesabwesend auf Sten. Sie beobachtete, wie er sein Pferd bestieg und vorwärtsdrängte. Seine Worte hallten noch in ihren Ohren nach. Er hatte ihre Verstrickung genossen. Aber hatte er sie genauso genossen wie sie? Das Gefühl ihrer Lippen? Sie schüttelte den Gedanken ab, sprang auf ihr Pferd und folgte ihm.

»Sten, warte«, rief Olga.

Sten brachte sein Pferd zum Stehen. Er wartete darauf zu hören, was sie zu sagen hatte.

»Ich habe eine Idee. Einen Weg, wie wir beide bekommen können, was wir wollen, und unsere Mission erfüllen können.«

»Nenn ihn«, nickte Sten.

»Wir schließen einen Pakt. Fünf Tage. Wir finden die Wahrheit oder sterben bei dem Versuch«, schlug Olga vor.

Sten zögerte und starrte sie von der Seite an. Was sagte sie da?

»Du hast den Verstand verloren, Olga«, lachte Sten.

»Mein Verstand war nie klarer. Ich werde dich die Briten ausspionieren lassen; du kannst allen Ruhm für die Entdeckung ernten. Ich werde dir sogar helfen, indem ich dir alles erzähle, was ich finde. Ich brauche nur fünf Tage, um meinen Bruder zu finden. Bitte, Sten. Er ist alles, was mir noch geblieben ist«, flehte Olga.

Sten starrte sie noch eine Sekunde länger an. Wozu stimmte er da zu? Dann schüttelte er den Kopf, rollte mit den Augen und nickte.

»In Ordnung. Fünf Tage, wenn du bis dahin nichts gefunden hast, gehen wir zusammen zurück.«

KAPITEL 8

AM ENDE des vierten Tages waren Olga und Sten weiter nach Süden gereist, als sie ursprünglich vorhatten. Sie hatten sich eine Geschichte ausgedacht, dass sie reisende Händler seien, die nach einem neuen Ort für ihr Geschäft suchen. Aber leider war jede Stadt und jedes Dorf, in dem sie ankamen, eine Sackgasse. Sie hatten mit Dorfbeamten, Huren, Bauern und sogar mit ein paar Kindern gesprochen. Doch bisher hatten sie nur das entdeckt, was sie bereits wussten. Die Briten sammelten ihre Streitkräfte, weil sie die Eindringlinge von ihrem Land vertreiben wollten.

Niemand wusste, wo das britische Lager war oder irgendetwas über einen Wikinger, der mit ihnen zusammenarbeitete. Sten und Olga begannen die Hoffnung zu verlieren. Als die Nacht hereinbrach, brachte sie starken Wind und Regen mit sich, was das Paar zwang, in einem Gasthaus Schutz zu suchen.

Das Gasthaus war ruhig. Der Wind und Regen zwangen alle, zu Hause zu bleiben. Nur einige durchreisende Wanderer und Einheimische tranken an der Bar. Zusammengekauert in der Ecke am Kamin, wo sie die Kälte aus ihren Knochen wärmten, setzten sich Olga und Sten endlich hin, um ihre Sorgen auszusprechen.

»Vier Tage. Vier Tage sind wir jetzt unterwegs und bisher nichts. Irgendjemand muss doch etwas wissen. Was machen wir falsch?« flüsterte Olga, darauf bedacht, nicht belauscht zu werden.

»Vielleicht haben alle Angst, dass die Briten herausfinden könnten, dass sie geredet haben«, überlegte Sten.

»Hast du in irgendeinem Gesicht Angst oder Besorgnis gesehen? Wir waren vorsichtig mit unseren Fragen. Wie viel weiter sollen wir gehen?« fragte Olga.

Sten dachte eine Weile darüber nach. Dann zog er eine Karte aus seiner Tasche und legte sie auf den Tisch. Sie zeigte die Strecke, die sie bisher zurückgelegt hatten. Im Westen lag die Küste, die zu den Inseln auf der anderen Seite der britischen Küste führte; im Osten mehr Felder, Dörfer und Bergland. Wenn sie weiter nach Süden zögen, liefen sie Gefahr, direkt auf die britischen Streitkräfte zu treffen. Dies sollte eine Mission der Diskretion sein; sie konnten nicht riskieren, entdeckt zu werden.

»Ich verstehe nicht, wie die Briten durch diese Gegend reisen könnten, ohne dass sie jemand sieht. Nicht eine Streitmacht wie die, die angegriffen hat«, sorgte sich Sten.

»Genau mein Punkt. Wir können nicht zu weit gehen und riskieren, abgelenkt zu werden und nicht rechtzeitig zurückzukehren, um die anderen zu warnen. Was schlägst du vor?« fragte Olga und nahm einen Schluck von ihrem Bier.

»Der einzige Ort, den die Briten noch nicht angegriffen haben, ist vom Meer aus, richtig? Was, wenn sie von der Hauptstadt nach Westen reisen und die Berge als Deckung nutzen? Durch die Hügel abseits der Dörfer? Es ist der perfekte Weg, um nicht von jemandem gesehen zu werden, der vielleicht mit deinem Feind Worte wechselt. Das ist es, was ich tun würde«, antwortete Sten.

»Sten, du bist brillant. Also reisen wir morgen nach Westen Richtung Meer. Das könnte uns weitere drei Tage kosten, um dorthin zu gelangen. Ist es das Risiko wert?«

»Es ist unsere letzte Chance. Wir können nicht mit leeren Händen zurückkehren«, schloss er.

Sie unterhielten sich weiter im Flüsterton und entwickelten ihren Plan weiter. Der fünfte Tag würde damit verbracht werden, gemeinsam zu reisen. Wenn nichts entdeckt würde, würde Sten weiter nach Westen reisen, und Olga würde nach Hause zurückkehren und versuchen, die Briten auf ihrem Rückweg vor einem weiteren Angriff abzufangen. Es war bei weitem kein perfekter Plan. Es war gefährlich, sich zu trennen, aber sie sahen keinen anderen Weg.

»Ihr zwei braucht ein Bett für die Nacht? Wir schließen bald, also trinkt aus und entscheidet euch«, krächzte die alte, grauhaarige Bardame, die herübergewandert war.

»Ein Zimmer wäre wunderbar, danke. Wir sind schon so weit gereist, und ich werde zu müde, um am Abend weiterzuziehen. Plus mit dem Wind...«, begann Olga und versuchte ihr Bestes, die Rolle einer müden schottischen Reisenden zu spielen.

»Ja, ja, halt die Klappe. Ich hol euch einen Schlüssel«, meckerte die Bardame.

»Du spielst das Fräulein in Not ziemlich gut«, neckte Sten.

»Gewöhn dich nicht daran. Ich kann es kaum erwarten, diese Lumpen loszuwerden und meine Rüstung anzuziehen«, grinste Olga.

Die Bardame kehrte mit einem einzigen Schlüssel zurück. Sie warf ihn auf den Tisch zwischen ihnen und stand mit den Händen in den Hüften da. Ihr Gesicht war eine Weile streng, bevor es in ein fröhliches, heiteres Lächeln überging. Die plötzliche Veränderung war für Sten und Olga beide beunruhigend.

»Ah! Die Blüte der jungen Liebe. Wie ich sie vermisse. So war es bei Colin und mir. Er war ein prächtiges Exemplar, aber er kam vor etwa drei Jahren auf einer Winterreise ums Leben. Jedenfalls ist euer Zimmer oben an der Treppe, die zweite Tür rechts. Genießt euren Aufenthalt«, lächelte sie, bevor sie davonwanderte, um sich mit den anderen Gästen zu unterhalten.

»Junge Liebe?« fragte Olga und errötete dabei.

»Sie denkt, wir sind Mann und Frau, vielleicht auf Reisen nach unserer Hochzeit«, sagte Sten und versuchte sein Bestes, nicht zu lachen.

»Wäre es so schrecklich, mit mir verheiratet zu sein? Wie du mich verletzt, mein lieber Sten«, spottete Olga und tat so, als würde sie weinen, während sie sich mit der Hand Luft zufächelte.

Sten brach in Gelächter aus, und kurz darauf stimmte Olga mit ein. Es war das Einzige, was sie tun konnten, um die wachsende, unbehagliche Spannung zwischen ihnen zu ignorieren. Zwei Menschen, keine Liebenden, die sich ein Bett teilen?

»Ich werde auf dem Boden schlafen. Komm, wir sollten uns ausruhen. Wir brechen bei Morgengrauen auf«, stand Sten auf und bot Olga seine Hand an. Dann warf er ein paar Silbermünzen auf den Tisch, winkte der Bardame zu, und sie begaben sich nach oben.

Das Zimmer war winzig, kaum groß genug, um das kleine Bett in der Mitte zu beherbergen. Es gab keinen Platz für einen Mann, selbst für einen etwas kleineren Nordmann wie Sten, um auf dem Boden zu schlafen.

»Nun... das ist... intim«, kicherte Olga.

Sie tauschten einen Blick, als Sten seinen Umhang ablegte. Sie waren seit jenem Nachmittag im Wald nicht mehr so nahe beieinander gewesen. Olga spürte, wie ihr Gesicht rosa wurde, als sie sich an ihren Kuss erinnerte. Aus der Spannung in Stens Kiefer schloss sie, dass auch er sich erinnerte. Es war ein wunderbarer Kuss gewesen. Wie könnte einer von beiden ihn vergessen?

Sten ging durch den Raum und setzte sich auf den kleinen, unbequemen Holzstuhl in der Ecke. Er knarrte und beschwerte sich unter seinem Gewicht. Er passte kaum darauf; es sah aus, als wäre er für ein Kind gemacht.

»Jetzt komm schon, Sten. Sei nicht so schüchtern. Wir sind erwachsen; wir sind Krieger. Sicherlich können wir für eine Nacht ein Bett teilen«, sagte Olga, während sie ihre schweren Röcke abstreifte und unter die juckende Wolldecke schlüpfte, nur mit ihrem kleinen Baumwollunterkleid bekleidet.

»Ich,...ähm....« stotterte Sten, sein Mund plötzlich trocken.

»Dieses Bett ist groß genug für uns beide. Ich weiß nicht, wie es bei dir ist, aber ich reise besser nach einer guten Nachtruhe«, sagte Olga und drehte sich zum Fenster um.

Schließlich hörte Olga das Aufschlagen von Stens Stiefeln, seinen Gürtel, der zu Boden fiel, und spürte, wie das Bett nachgab, als er auf der anderen Seite hineinkroch. Das Bett mochte groß genug für sie beide gewesen sein, aber die Decke reichte kaum für einen. Die hölzernen Fensterläden, die die Fenster bedeckten, waren durch das ständige Einwirken der Elemente zerbrochen. Der Regen peitschte draußen, und der Wind trieb eine Kälte durch den Raum.

Olga versuchte, ihr Zittern zu verbergen, aber so nah beieinander hätte Sten ein Trottel sein müssen, um es nicht zu bemerken.

»Komm näher; wir können Körperwärme teilen, um warm zu bleiben«, bot Sten an.

»Ähm....« Jetzt war es Olgas Reihe, sprachlos zu sein.

»Die Decke wird uns beide nicht bedecken, und du hast es selbst gesagt. Es ist nur eine Nacht.«

Langsam rückte Olga näher und drückte ihren Rücken gegen Stens Brust. Dann wickelte Sten mit seinen dicken, breiten Armen die Decke über sie beide, zog Olga näher und streichelte ihre nackten Schultern in dem Versuch, ihre Kälte zu vertreiben.

»Du bist eiskalt«, flüsterte Sten.

Sein Atem an ihrem Nacken jagte ihr einen neuen Schauer über den Rücken, die Haare in ihrem Nacken stellten sich auf, und sie entließ ein unwillkürliches Keuchen. Ihr Körper reagierte, als sich ihr Rücken wölbte und ihre Hüften sich bewegten. Sten erstarrte. Seine Hände hielten inne, aber Olga konnte sein Herz gegen seine Brust hämmern spüren.

Olga lehnte ihren Kopf gegen sein Schlüsselbein; sie griff um ihn herum und streichelte seine Schenkel.

»Du bist auch kalt. Vielleicht sollte ich den Gefallen erwidern, um dich warm zu halten«, sagte Olga, ihre Worte atemlos.

Sie drehte sich zu ihm um und ließ ihre Hände über die kalte Haut seiner Brust wandern. Sanftes Flackern des Kerzenlichts beleuchtete ihn im Schatten. Sie war froh über das schwache Licht, denn er hätte sehen können, wie sie seine Männlichkeit begutachtete. Zu Olgas Überraschung hatte er seine Hose anbehalten, wahrscheinlich aus Respekt vor ihr, aber in diesem Moment war es eher zu ihrem Ärgernis.

Olga konnte spüren, wie Sten unter ihrer Berührung zitterte. Er kämpfte gegen sich selbst, sehnte sich aber nach ihrer Berührung. Olga nahm seine Hand und legte sie auf ihren Schenkel. Langsam begannen ihre Hände, einander zu erkunden. Als Versuch getarnt, sich gegenseitig warm zu halten, belogen sie nur sich selbst. Stens Hände wanderten über Olgas Brust und tasteten nach der Baumwollbarriere zwischen ihrer Haut. Olga fuhr mit ihren Fingern durch das kleine

Dickicht von Haaren auf seiner Brust. Es zog sich seinen Oberkörper hinunter bis zu dem verborgenen Teil unter seiner Taille.

Olga mochte Angst vor Wasser gehabt haben, aber sie hatte nie Angst davor, nach dem zu streben, was sie wollte. Und in diesem Raum wollte sie Sten. Mit ihren Augen auf seinen fixiert, lehnte sie sich näher, ließ ihre Lippen einen Hauch entfernt verweilen, während ihre Hand unter seine Hose glitt. Sie machte ihren Abstieg quälend langsam, während sie Stens Keuchen genoss, als sie ihre Finger um den harten Umfang seines Schwanzes legte.

Langsam streichelte sie seine Länge und achtete darauf, mit ihrem Daumen über die Spitze zu gleiten. Sten schloss die Augen, und sein Atem wurde intensiver. Neckend streckte Olga ihre Zunge heraus, leckte seine Lippen, während sie härter, schneller streichelte, bis Sten tief in seiner Kehle stöhnte. Als Stens Vergnügen wuchs, weiteten sich seine Augen. Seine Lippen trafen auf Olgas. Seine Zunge tanzte mit ihrer, während seine Hand ihr Unterkleid anhob und seine Finger ihren Schenkel hinaufwanderten.

Während Olga ihn weiter streichelte, schob Sten seine Finger in Olgas enge, feuchte Öffnung. Ihrer Führung folgend, streichelte Sten die schmerzende Knospe zwischen ihren Beinen mit seinem Daumen, bis sie sich auf die Lippe biss, um nicht seinen Namen auszurufen.

Olga bewegte ihre Hüften gegen Stens Hand, ihre Hand wirkte Wunder an seinem Schwanz. Ihre Lippen trafen sich erneut. Es war wunderbar - eine Ablenkung von ihren Kriegssorgen, Ängsten und Misserfolgen. Es war zu ablenkend.

Plötzlich wurde die Tür zu ihrem Zimmer aufgestoßen, und vier britische Soldaten standen am Eingang. Olga und Sten waren von genau dem gefunden worden, was sie gesucht hatten. Unglücklicherweise waren sie bei ihren Nachforschungen nicht so diskret gewesen, wie sie geglaubt hatten.

»Schnappt sie!« befahl der größte Mann, während die anderen drei in den Raum stürmten.

KAPITEL 9

UNBEWAFFNET gegen vier schwer bewaffnete Soldaten hatten Sten und Olga keine Chance. Vor dem Gasthaus stand ein großer hölzerner, von Pferden gezogener Käfig aus massiven Eisenstäben. Vier Pferde standen bereit, um Olga und Sten ihrem Schicksal entgegenzuführen. Hineingestoßen, wurden ihre Kleider zu ihnen hineingeworfen. Die Soldaten lachten darüber, dass sie die beiden auf frischer Tat ertappt hatten – im wahrsten Sinne des Wortes.

Einige Dorfbewohner hatten den Aufruhr gehört und standen vor ihren Häusern, während sie zusahen, wie der Käfig davonrollte, südlich aus dem Dorf hinaus. Von den Briten gefangen, hatten Olga und Sten nur noch einander. Die wenigen Waffen, die sie besaßen, waren in ihren Satteltaschen verstaut und beschlagnahmt worden. Olga hatte noch einen Dolch, der an ihrem Oberschenkel befestigt war. Aber ein Dolch gegen vier Männer? Diese Chancen gefielen ihr nicht.

»Wie kommen wir hier raus?«, fragte Sten, während der Käfig auf der schlammigen, zackigen Straße hin und her schaukelte.

»Rauskommen? Siehst du denn nicht, dass wir hier eine Gelegenheit haben?«, jubelte Olga praktisch.

»Gelegenheit? Hast du den Verstand verloren?«, stritt Sten.

»Ruhe da hinten!«, schrie einer der Soldaten, der den Wagen lenkte, und stieß einen Stock durch die Gitterstäbe, der Sten scharf in die Seite traf.

»Olga, wir sind unbewaffnet und in der Unterzahl. Wir haben keine Chance, wenn sie uns in ihr Lager bringen. Unsere beste Überlebenschance ist die Flucht. Wenn wir sie dazu bringen könnten, die Kutsche anzuhalten.....«, aber Olga wollte nichts davon hören.

»Sten, ich gehe nicht nach Hause. Wir hatten einen Pakt. Fünf Tage. Ich muss immer noch meinen Bruder finden. Ich bin so nah dran, ich bekomme vielleicht nie wieder eine Chance«, flüsterte Olga.

Sten war hin- und hergerissen. Er wusste, wie viel es ihr bedeutete, ihren Bruder zu finden. Er hatte es nicht beabsichtigt, aber er hatte sich tief in sie verliebt. Seit dem Moment, als sie sich auf der Brücke an ihn geklammert hatte, konnte er immer noch die Beeren in ihrem Haar riechen. Sie hatte sich ihm geöffnet, und er hatte seine Ängste mit ihr geteilt. Er hatte sich noch nie wohl dabei gefühlt, das mit jemandem zu tun, aber sie machte es ihm leicht. Olga war eine stolze, entschlossene und starke Frau, Eigenschaften, die er, wie er feststellte, sehr bewunderte. Wenn er ehrlich zu sich selbst wäre, würde er ihr überallhin folgen. Aber Sten war kein Narr; er sah keinen Sinn darin, unbewaffnet freiwillig in Feindesgebiet zu gehen.

»Olga, ich möchte dir helfen, deinen Bruder zu finden, aber...«

»Aber nichts, Sten. Du sagst, du willst mir helfen, dann hilf mir«, bestand Olga.

»Olga, sei vernünftig. Wie kannst du deinen Bruder finden, wenn du tot bist? Glaubst du, diese Männer werden uns zuhören? Ulster ist durch pures Glück und seine hinterhältigen, grausamen Methoden entkommen. Wir haben vielleicht nicht so viel Glück. Unsere beste Chance ist anzugreifen, wenn sie den Käfig öffnen, zu fliehen und mit größerer Anzahl zurückzukommen.«

»Sten, es hat uns fast fünf Tage gedauert, so weit zu kommen. Ich kann jetzt nicht zurück«, rief Olga.

Ihre Kleider ergreifend, die nun vom Regen durchnässt waren, stritten Olga und Sten weiter. Sten musste sie zur Vernunft bringen, aber die Zeit war bereits abgelaufen. Das britische Lager lag gleich hinter dem Wald am Hang auf der anderen Seite des Dorfes. Sie waren unwissentlich direkt ins feindliche Lager geritten.

Die Kutsche hielt plötzlich an. Die Pferde wieherten protestierend beim Zug an den Zügeln. Schwerter wurden gezogen, bereit für einen

Angriff, und die Käfigtür wurde aufgezogen. Sten wurde zuerst gepackt, und eine Klinge an seine Kehle gehalten. Zwei weitere Soldaten rannten hinein, packten Olga an den Haaren und versuchten, sie zu kontrollieren, als sie um sich schlug. Sie mochte zwar da sein, wo sie sein wollte, aber sie würde es nicht dulden, so behandelt zu werden.

»Bringt sie zum Kommandeur!«, befahl einer der Wachen.

Die Briten hatten ein weiteres kleines Dorf übernommen und es zu ihrem Lager erklärt. Es war der perfekte Standort. Sie waren am Hang versteckt, verborgen durch den Wald und eine fünftägige Reise von der nordischen Siedlung entfernt. Das Geräusch des Meeres entging Olgas Ohren nicht; das Meer lag auf der anderen Seite der Bäume. Schnell errechnete sie, dass das Dorf weit genug entfernt war, um nicht entdeckt zu werden, aber nah genug, um sowohl den Point als auch die nordische Siedlung zu erreichen.

Das Paar wurde durch das Dorf gestoßen und geschoben, während Soldaten spuckten, jubelten und Dinge in ihre Richtung warfen, weil sie gefangen worden waren. Schließlich wurde die Tür zum Gasthaus aufgetreten, und Olga und Sten wurden gewaltsam hineingestoßen.

Auf ihre Ankunft wartend stand der Kommandeur – ein großer, schlanker Mann mit einem kurzen dunklen Bart und einem wütenden Gesicht. Er trug eine einfache weiße Tunika mit einem großen roten Löwen darauf. Große braune Lederhandschuhe reichten bis zu seinen Armen hinauf. Sein Kettenhemd unter seiner Kleidung klirrte, als er ging. Aber selbst drinnen trug er stolz seinen einfachen Metallhelm auf dem Kopf.

»Na, na, na. Was haben wir denn hier? Spionierendes Ungeziefer? Dachtet ihr, wir wären dumm genug, auf eure alberne Verkleidung hereinzufallen? Wir verfolgen euch schon seit Tagen«, verhöhnte der Kommandeur sie, trat näher und musterte sie von Kopf bis Fuß.

»Ich höre, ihr habt Fragen gestellt. Nun, ich habe auch ein paar«, grinste der Kommandeur, während er Olgas Wange streichelte.

Wut durchzuckte sie; sie knurrte in ihrer Kehle, bevor sie ihm direkt ins Gesicht spuckte. Sofort schlug der Kommandeur Olga mit dem Handrücken ins Gesicht. Er schlug sie mit solcher Kraft, dass sie zu Boden fiel. Sten versuchte, sich zu befreien, aber der Kommandeur war zu schnell. Er zog eine Klinge von seinem Gürtel und hielt sie an Stens Kehle.

»Das würde ich nicht tun, wenn ich du wäre«, knurrte er. »Hebt sie auf!«, befahl er, während er sein Gesicht abwischte.

Olga brüllte, als ein Soldat sie an den Haaren packte und auf die Füße zog. Dann drehte sie sich schnell, brachte ihr Knie in seinen Schritt, zog ihren Dolch und bereitete sich auf den Kampf vor. Dann sah sie den Kommandeur mit einer Klinge an Stens Kehle, ein winziger Blutstropfen war bereits zu sehen.

»Noch eine Bewegung und ich töte ihn! Verstanden?«, brüllte der Kommandeur.

Olga ließ ihren Dolch fallen und trat ihn weg. Dann starrte sie den Kommandeur wütend an und presste ihren Kiefer fest zusammen. Von ihr würden sie keine Antworten bekommen.

»Aus welcher Siedlung stammt ihr? Dänisch? Norwegisch?«, fragte der Kommandant, setzte sich und überließ Olga und Sten der Gnade seiner Männer.

Keiner von beiden antwortete. Sie hielten ihre Gesichter ausdruckslos und ihre Lippen fest verschlossen.

»Spielt nicht die Dummen; ich weiß, dass ihr meine Sprache sprecht«, spottete der Kommandant.

Immer noch sagten die beiden nichts.

Der Kommandant fand ihren Trotz amüsant. Er fuhr mit seinen Fragen fort. Woher kommen sie? Nach wem suchten sie? Wie viele Streitkräfte hatten sie? Kannten sie den Standort der Briten? Jede seiner Fragen wurde mit eisigem Schweigen beantwortet. Schließlich verfinsterte sich das Gesicht des Kommandanten, seine Stirn runzelte sich, und er schlug mit der Faust auf den Tisch.

»Meine Geduld wird dünn!«, donnerte seine Stimme.

Mit einer Handbewegung gab er einen Befehl. Sten erhielt einen Schlag auf den Kiefer, während Olga eine Ohrfeige bekam. Instinktiv reagierten beide darauf, dass der andere angegriffen wurde, aber sie wurden gefangen, bevor sie zurückschlagen konnten.

»Interessant. Meine Herren, es scheint, wir haben zwei Liebende in unserer Mitte. Seht, wie sie wütend wird, wenn wir ihn schlagen.

Schaut in seine hasserfüllten Augen, wenn eure Hände sie berühren«, spottete der Kommandant, und seine Männer lachten mit ihm.

»Nehmt sie! Wir werden die Antworten aus ihren Lippen zwingen, wenn es sein muss. Oder würdest du lieber zusehen?«, kicherte der Kommandant.

Das Böse triefte aus jedem seiner Worte. Dieser Mann war genau wie Ulster. Ein Monster. Olga schrie auf, als zwei Männer sie packten und wegzerrten. Es war zu viel für Sten. Mit einem Kampfschrei befreite er sich von seinen Fängern, brach einen Kiefer, ein Bein und ein paar Rippen der Soldaten, die versuchten, ihn aufzuhalten. Als er sich auf Olga stürzte, wurde er sofort gestoppt.

Ein bulliger Mann füllte die Türöffnung hinter ihm. Trotz seiner Größe hatte er sich so leise bewegt, dass weder Olga noch Sten seine Ankunft bemerkt hatten. Er hatte Haare, golden wie die Sonne, Augen, blau wie der Himmel eines neuen Tages, und kantige Gesichtszüge. Alles, was Olga tun konnte, war nach Luft zu schnappen und zu starren, als der Mann Sten zu Boden schlug.

Olga konnte ihren Augen nicht trauen. Es war, als würde sie in den Spiegel schauen. Dieser Mann teilte alle ihre Gesichtszüge und die Augen und Haare ihrer Mutter. Der Wikinger-Bestie, von der die Gerüchte sprachen, hatte sie gefunden. Sie zog ihren Ellbogen hoch und brach einem der Soldaten, die sie festhielten, die Nase. Mit einer Drehung schnappte sie sich ein Messer von seinem Gürtel und stieß es ihrem anderen Fänger in die Rippen.

Sie hatte so lange davon geträumt, ihren Bruder zu finden. Schließlich hatte sie die Hoffnung fast aufgegeben. Sie hatte so viele Fragen, so viel, was sie sagen wollte. Sie rannte zu ihm, aber bevor sie ein Wort herausbringen konnte, packte er ihre Schultern und schleuderte sie gegen die Wand.

Olga krachte hart gegen die Wand. Kleinigkeiten von einem Regal fielen mit ihr zu Boden. Die Luft wurde aus ihren Lungen gepresst, und Lichter blitzten vor ihren Augen. Ihr Ohr klingelte, und sie verlor jedes Gefühl für die Welt um sie herum, als ihr Rücken von Schmerzen überwältigt wurde, die durch jeden Zentimeter ihres Körpers flossen.

KAPITEL 10

OLGA STÖHNTE AUF DEM BODEN, kämpfte darum, aufzustehen, während Schmerz ihren Körper durchfuhr. Es war zu viel für Sten; er konnte es nicht ertragen, eine Frau verletzt zu sehen, besonders nicht die Frau, die er, wie er erkannte, liebte. Soldaten stürzten sich auf ihn und versuchten, ihn davon abzuhalten, zurückzuschlagen. Sie waren nicht stark genug, um Sten zu halten, besonders jetzt, da seine Wut in ihm ausgebrochen war. Sten rammte seinen Kopf in die Nase des nächsten Soldaten. Er boxte und trat sich frei und warf dabei Männer über seine Schulter wie Mehlsäcke. Dann griff er nach einem heruntergefallenen Schwert und griff an; er wollte Blut sehen. Olgas angeblicher Bruder oder nicht, diese Bestie von einem Mann würde dafür bluten, dass er ihr wehgetan hatte.

»Haltet ihn auf!«, schrie der Kommandant.

Sten bahnte sich seinen Weg durch die Flutwelle an Kräften, die versuchten, ihn aufzuhalten, und kam dem Mann, den er verletzen wollte, immer näher. Sten hatte nicht bemerkt, dass Olga aufgestanden war, bis sie ein Schwert abwehrte, das seinen Kopf abspalten wollte.

»Ich kümmere mich um den Kommandanten«, rief Olga über den Lärm hinweg und stieß einen Tisch um, um die Soldaten am Vorrücken zu hindern.

Es war ein Kampf jeder gegen jeden. Und bald wurde klar, dass

Olga und Sten, egal wie talentiert sie als Kämpfer waren, diesen Kampf und möglicherweise ihr Leben verlieren würden.

»Olga, wir müssen weg!«, rief Sten.

Olga spürte einen blendenden Schmerz durch ihren Schädel jagen, als ein Soldat ihr einen Stuhl über den Kopf schlug. Sie fiel zu Boden und sah mit Entsetzen, wie der Mann, den sie für ihren Bruder hielt, Sten entwaffnete. Die Zeit schien stillzustehen, als sie sah, wie Sten fiel, während Blut aus einer hässlichen Wunde an seiner Stirn strömte.

Der Mann hielt ein Schwert und hob es hoch, entschlossen, Sten zu töten. Olga fühlte, wie ihr Herz stehenblieb; sie war zu weit weg, um zu springen und zu helfen. Sie tat das Einzige, was sie tun konnte, und betete zu den Göttern, dass ihr Plan funktionieren würde.

»Bruder! Halt!«, schrie sie.

Er drehte sich zu ihr um, und sein Gesicht wurde ausdruckslos. Seine Augen weiteten sich, als er genau das sah, was sie auch sah: ein Spiegelbild seiner selbst in ihr. Er hielt sein Schwert gefährlich nahe an Sten, konnte aber seinen Blick nicht von Olga abwenden. Unsicherheit lag dicht in der Luft.

»Angriff! Wir werden angegriffen!«, schrie eine Stimme von draußen.

Der Schrei hätte zu keinem besseren Zeitpunkt kommen können und gab ihnen eine kurze Kampfpause. Sten trat dem Fremden das Schwert aus der Hand und fegte ihm die Füße unter dem Körper weg.

»Wikinger! Nordmänner! Sie sind überall. Zu den Waffen!«, riefen die Stimmen von draußen.

Olga rannte durch den Raum und erreichte den Mann, nach dem sie ihr ganzes Leben lang gesucht hatte – einen Mann, der sie von ihrer Einsamkeitsangst befreien und ihr die Familie geben konnte, nach der sie sich immer gesehnt hatte. Sten. Es war immer Sten gewesen. Sie half ihm auf die Füße und machte sich auf den Weg zur Tür.

Die Schreie waren wahr; die Kavallerie war eingetroffen. Wikinger von der Landzunge stürmten vom Ufer hinter den Bäumen heran, und vereinte Kräfte aus der nordischen Siedlung kamen aus dem nahen Dorf. Als Olga und Sten nicht mit Neuigkeiten zurückgekehrt waren, wurden ihre Leute besorgt. Es dauerte nicht lange, bis die Nachricht die Runde machte, dass eine Wikingerstreitmacht durch die Landschaft zog. Von dort aus spürten sie den Aufruhr im britischen Lager auf, in der Gewissheit, dass Olga und Sten mitten drinnen stecken mussten.

Der Fremde starrte und beobachtete, wie Olga ging. Schließlich trafen sich ihre Blicke. Und die Erkenntnis traf Olga wie ein Schlag ins Gesicht. Sie hatte ihr ganzes Leben lang nach ihrem verschollenen Bruder gesucht und sich in Gedanken ein Bild von ihrem Wiedersehen ausgemalt. Aber dieser Mann war nicht der Bruder, um den sie gebetet hatte. Er würde nie einer ihres Volkes sein; er war ein Brite. Der Feind.

Draußen erhellten Brandpfeile den Nachthimmel, und die Todesschreie hallten durch das Lager, während die Wikinger die ganze Macht Odins herabriefen, um die Ihren zu schützen. Olga legte Stens Arm um ihre Schultern und nutzte ihr Körpergewicht, um sie beide zu tragen. Er war verletzt, und sie musste ihn wegbringen, bevor sie angegriffen würden.

»Warte!«, rief eine tiefe britische Stimme voller Neugier.

Olga hielt nicht an. Sie musste Sten beschützen, so wie er versucht hatte, sie zu beschützen. Eine große Hand packte ihre Schulter und zwang sie zum Anhalten.

»Du hast mich Bruder genannt«, sagte der Mann.

»Das habe ich«, antwortete Olga.

»Bist du meine Schwester?«, fragte er verwirrt.

»Ich glaube, das bin ich«, nickte Olga.

Olga starrte ihren Bruder an und wartete auf seine Reaktion. Doch er stand nur da und musterte sie; Schmerz erfüllte seine Augen, alles, was er je gekannt hatte, war durch ein einziges Wort zerschmettert worden.

»Wir können nicht hier stehenbleiben. Wir werden getötet werden. Komm mit mir«, flehte Olga und hoffte inständig, dass er einwilligen würde.

Das Gesicht des Fremden verhärtete sich, und der Moment der Unsicherheit war für immer verloren. Er sah Olga nicht mehr mit Neugier an. Er sah sie nicht mehr als Spiegelbild seiner selbst. Alles, was er sah, war der Feind.

»Wir teilen ein Gesicht, du und ich, aber deine Mutter hat dich nicht zurückgelassen, um zu sterben. Ich gewähre dir diese eine

Gnade. Lauf. Wenn wir uns das nächste Mal treffen, werde ich nicht so gnädig sein«, sagte er, drehte sich um und verließ sie, während ihre Welt um sie herum zerschmetterte.

Olga stand da und sah ihm nach. Die Welt um sie herum wurde still. Sie hatte ihre Mission erfüllt. Sie hatte den Mann gefunden, von dem sie glaubte, dass er ihr Bruder war, und er hatte sie abgelehnt.

»Olga, wir müssen gehen«, drängte Sten sanft.

»Ich hätte fast... du hast recht, komm«, sagte Olga, ihr Verstand nun auf ihre neue Mission konzentriert – mit Sten lebend aus dem Lager zu entkommen.

EPILOG

DIE VEREINTE STREITMACHT aus dem Point und den Nordmännern hatte die Briten zur Flucht aus ihrem eigenen Lager gezwungen. Der Kommandant war entkommen, aber das spielte keine Rolle. Die Briten hatten die Botschaft laut und deutlich erhalten. Mit den Wikingern war nicht zu spaßen.

Zurück im Point hatten Olga und Sten ihre Erkenntnisse berichtet. Und Olga hatte sich kurz darauf von der Gruppe zurückgezogen. Sie war nicht mehr dieselbe seit jener Nacht. Sie fühlte sich wie eine Versagerin. Sie hatte ihren Bruder gefunden und in derselben Nacht wieder verloren. Ihr ganzes Leben hatte sie davon geträumt, diese verlorene Verbindung zu finden, Blutsverwandte in ihrer Nähe zu haben. Stattdessen hatte er in ihr nur seinen Feind gesehen; er kannte ihr Herz nicht. Er hatte ihr einen Gefallen erwiesen, indem er sie und Sten entkommen ließ, aber die Drohung war eindeutig. Er würde nicht zögern, sie zu töten, wenn sie sich auf dem Schlachtfeld begegnen würden.

Sten fand Olga am Ufer stehend, den Blick in Richtung Heimat gerichtet. Das hatte sie jeden Tag seit ihrer Rückkehr getan, in der Hoffnung, die Wellen würden ihr Antworten geben, aber egal wie lange sie wartete, die Antworten kamen nicht.

Sten saß in Olgas Hütte und wartete auf ihre Rückkehr. Er hielt es für das Beste, ihr die Zeit zu geben, die sie zum Trauern brauchte. Sten hatte das Gefühl, den ganzen Tag gewartet zu haben, bevor Olga endlich zurückkehrte, die untergehende Sonne tauchte sie in goldenes Licht, als sie die Tür öffnete.

»Sten«, sagte Olga, überrascht ihn zu sehen.

»Du warst in letzter Zeit oft abwesend. Ich bin gekommen, um zu sehen, ob es dir gut geht.«

»Mir geht's gut«, log Olga.

Sten ging zu ihr und nahm ihr Gesicht in seine Hände.

»Dein Mund mag die Worte sagen, aber deine Augen verraten mir, dass du lügst«, sprach Sten sanft.

»Was willst du, dass ich sage, Sten? Wir haben versagt. Ich habe versagt.«

»Wie?«, fragte Sten.

»Ich habe meinen Bruder gefunden und im selben Atemzug verloren. Wir haben bei unserem Auftrag nicht einmal viel erreicht.«

»Wir haben den Kommandanten und mehrere Offiziere gesehen. Ich würde sagen, das war ein guter Fund.«

»Wir mussten gerettet werden, Sten. Wie soll uns jemand wieder vertrauen, wenn wir bei einer so einfachen Mission versagen? Sogar Ulster ist ihnen entkommen«, beklagte sich Olga. »Aber unsere Leute kamen, um uns zu retten, weil sie sich um uns beide sorgten.«

Sten sah sie an, ohne ihren Worten zu glauben.

»Sie waren vielleicht zunächst harsch, aber unsere Leute kümmern sich auch um dich«, lächelte Olga.

Sten zog sie an sich, umarmte sie und wollte sie nie wieder loslassen. Sie hatte ihm alles gegeben, was er je wollte; Akzeptanz für das, wer er war, eine andere Seele, die sein Herz erkannte.

»Es tut mir leid wegen deines Bruders«, küsste Sten ihren Kopf.

Olga blieb still und grübelte über ihre Gedanken nach. Sie war zu sehr damit beschäftigt gewesen, sich an seine Ablehnung zu erinnern, um die Situation als Ganzes zu betrachten.

»Er hat gezögert. Er hätte uns beide töten können, aber er ließ uns gehen. Also besteht vielleicht immer noch die Chance, seine Meinung zu ändern«, grinste Olga.

»Das ist die richtige Einstellung«, meinte Sten.

»Vorerst sollte ich mich auf wichtigere Dinge konzentrieren«, fuhr sie fort.

»Zum Beispiel?«, fragte Sten.

»Wir sind zusammen, in Sicherheit. Ich muss zugeben, dass mir unsere Partnerschaft sehr gefallen hat. Wir sind ein gutes Team«, errötete Olga.

»Das beste«, grinste Sten zurück.

Olga zog ihn zu sich, legte für einen Moment ihre Lippen auf seine, bevor sie ihn sanft tiefer in ihr Heim führte.

»Ich kann mir noch eine andere Partnerschaft vorstellen, die wir beginnen könnten«, zwinkerte Olga.

Sten lachte, aber hielt sie nicht davon ab, den Weg zu weisen.

»Deswegen sind wir letztes Mal in Schwierigkeiten geraten, erinnerst du dich?«

Olgas Gesicht wurde ernst, ihre Augen verschleiert vor Lust. »Ich lebe für Schwierigkeiten«, knurrte sie und drückte ihn gegen die Wand.

Olga riss Stens Tunika herunter und entblößte seine Brust; sie knabberte an seiner Brust und sank langsam auf die Knie. Ihre Augen verließen seine nicht, als sie ihn neckisch aus seiner Hose befreite und mit ihren Nägeln über seine Oberschenkel fuhr. Seine Oberschenkel waren ihr besonderes Vergnügen. Sie waren stark, definiert. Und sie erinnerte sich an die Nacht im Gasthaus, wo sie sie mit einer einfachen Berührung zum Zittern gebracht hatte.

Sten beobachtete, wie sie ihn in die Hand nahm, neckte, streichelte, ihren Mund öffnete und ihn langsam aufnahm. Sten sog scharf die Luft ein und griff in ihr Haar, während sie ihre Zunge an seinem Schwanz auf und ab rollte. Sten sah zu, wie sie ihre Arbeit verrichtete; langsam nahm sie ihn tiefer. Er konnte sich in ihrem Rachen spüren, als sie ihn tiefer saugte. Er liebte es, ihr zuzusehen, wie sie ihm Freude bereitete, die Freude in ihren Augen, als sie ihn schwächer machte. Geschickt massierte Olga ihn mit ihrer Zunge. Olga streichelte ihn, während sie weiterging, und sorgte dafür, dass jeder Teil von ihm ein Stück von ihr bekam; seine Knie begannen zu zittern, als sich sein Vergnügen tief in ihm aufbaute.

Sten stöhnte, ächzte ihren Namen, als sie ihn hart bearbeitete.

Schließlich konnte er es nicht länger zurückhalten. Sie fühlte sich so gut an, und dass sie den Akt ebenso genoss wie er, machte es umso angenehmer. Als er die in ihm brauende Kraft nicht mehr kontrollieren konnte, vergoss Sten seinen Samen und hatte das Gefühl, seine Beine könnten unter ihm nachgeben. Olga stand auf, hielt den Blick auf ihn gerichtet, während sie sich die Lippen leckte und die Reste seiner Ekstase abwischte.

»Bei den Göttern, Frau....«, keuchte Sten.

Ohne ein weiteres Wort nahm Sten Olga in seine Arme und eilte mit ihr zum Bett. Er riss an ihren Kleidern und legte sie nieder. Er zog sie an den Rand der Pritsche, spreizte ihre Beine weit und legte sie auf seine Schultern. Er wollte, dass sie das wahnsinnige Vergnügen spürte, das sie ihm Momente zuvor gegeben hatte.

Sten knabberte an Olgas Innenschenkel, bevor seine Zunge langsam über ihre Öffnung strich und den Geschmack ihrer Freude daran, ihm zu gefallen, kostete. Sie schmeckte süß wie Honig und Wein; Sten brauchte mehr. Er spreizte sie weiter, reizte sie, stieß mit der Zunge vor, saugte und leckte, bis Olgas Knie zitterten. Olga griff nach ihm, hielt seinen Kopf fest, wollte nicht, dass sein Necken endete.

Gleichzeitig glitt Sten mit seinen Fingern in sie hinein. Olga zuckte gegen seinen Mund, als neue Empfindungen von ihr Besitz ergriffen. Olga stieß ihre Hüften nach vorne, wollte mehr, brauchte mehr. Olga stöhnte; ihr Körper fühlte sich an, als stünde er in Flammen, während sich Wärme von zwischen ihren Beinen bis zu ihrem Bauch ausbreitete. Sten ließ seine freie Hand über ihre Brust gleiten und umfasste ihre Brust. Er kniff in ihre Brustwarzen und reizte sie. Olga stöhnte lauter, ihre Brustwarzen hatten sich nach seiner Berührung gesehnt. Er jagte ihr Schauer über den Rücken. Jeder Nerv in ihrem Körper sang, als er Mund und Finger schneller bewegte. Olga krampfte sich gegen ihn. Welle um Welle der Ekstase erschütterte sie bis ins Mark.

»Ich brauche mehr, Sten«, keuchte Olga, eine neue Gier in ihr, die sie noch nie gefühlt hatte.

»Dann nimm es dir«, knurrte Sten.

Olga sank mit ihm zu Boden; sie setzte sich rittlings auf seine Hüften, kletterte auf ihn und glitt langsam seinen dicken Schwanz hinab, begierig, ihn aufzunehmen. Olga begann, ihre Hüften zu bewegen, sich zu erheben und seine ganze Länge hinabzugleiten, jeden Zentimeter zu spüren. Sten massierte ihre Brüste und ließ seine Zungenspitze über ihre schmerzenden Brustwarzen gleiten. Die Empfindung trieb Olga in den Wahnsinn; sie hüpfte auf ihm, spürte, wie ihre Lust wuchs, während sie sich um ihn herum zusammenzog. Schließlich schrie Olga auf, ihre Lust erreichte eine neue Intensität, als sie härter ritt und jeden Teil von ihm spürte.

Sten knurrte seine Lust in Olgas Ohr. Ein urtümliches Knurren, das auf eine Weise zu ihr sprach, die ihre Erlösung befahl. Er nahm ihr Haar in seine Hände, bog ihren Rücken durch und saugte an ihrem Hals. Das reichte, damit Olga seinen Namen schrie. Olga verkrampfte sich um ihn herum, während ihre Säfte sie beide durchnässten, bevor sie keuchend nach Luft ringend in Stens wartende Arme sank. Als sie atemlos dalagen, dachte Sten, dass dies der Beginn von etwas Besonderem sein könnte.

ENDE

PIER: VERBÜNDET MIT DER NORNE

HEISSER HISTORISCHER WIKINGERROMAN

PIER

VERBÜNDET MIT DEN NORDMÄNNERN

PROLOG

PIER WURDE ES LEID, dass sein Anführer Lars so viel Zeit in der nordischen Siedlung verbrachte. Bündnis hin oder her, der Außenposten brauchte ihn. Als niemand sonst Piers Bedenken zu teilen schien, reiste er allein zur nordischen Siedlung, um Lars nach Hause zu bringen. Nach fast zweitägigem Ritt kam Pier genau in dem Moment an, als der Rest der Truppen von etwas zurückkehrte, das wie eine schwere Schlacht aussah.

Die Verwundeten kamen auf Tragen an, die von Pferden gezogen wurden. Die Menge strahlte zwar Siegesstimmung aus, doch die Atmosphäre war bedrückt. Es gab viele Verwundete. An der Spitze der Gruppe ritten Lars, Triska und die beiden Spione, zu deren Rettung alle aufgebrochen waren.

Was ist passiert? dachte Pier, während er vom Rand des Tores aus zusah.

Alle, die nicht ausgezogen waren, standen jubelnd bei ihrer Ankunft. Schwer verwundete Krieger klammerten sich ans Leben. Wütende Kämpfer mit oberflächlichen Wunden wurden durch die Unterstützung ihrer Brüder aufgemuntert. Sie sahen aus, als hätten sie viel durchgemacht, und dennoch feierten sie einander, Seite an Seite zurückkehrend. Nordmänner und Dänen gleichermaßen, die sich wie alte Freunde verhielten.

Pier beobachtete, wie Lars einritt, lächelnd wie ein verliebter Welpe neben der nordischen Frau namens Triska. Sie war eine Ablenkung; eine Ablenkung, die Pier nicht schätzte. Pier ließ seinen Blick über die Menge schweifen. Menschen umarmten sich; Nordmänner und Dänen tauschten zärtliche Küsse aus und halfen einander. Bündnis hin oder her, Pier konnte diesen Anblick nicht begreifen. Wie konnten sie alle so leicht das Blutvergießen zwischen ihren Völkern vergessen? Wie konnten Generationen von Geschichte in einem Augenblick ausgelöscht werden?

Pier verschränkte die Arme fest vor der Brust und schüttelte ungläubig und missbilligend den Kopf. Er hatte bereits eine Liste von Dingen, die er mit Lars besprechen wollte. Je länger er die Interaktion beobachtete, desto mehr Probleme sah er. Während er die Szene, die ihm den Magen umdrehte und sein Blut zum Kochen brachte, scannend und finster anstarrte, bemerkte er, dass er nicht der Einzige war, der zusah.

Plötzlich fand sich Pier abgelenkt wieder und ignorierte die Krieger, die sich mühsam fortbewegten und um Hilfe baten. Stattdessen bahnte er sich seinen Weg durch die Menge, um einen besseren Blick zu erhaschen. Seine Augen ruhten auf einer wunderschönen Frau, die er seit seiner Ankunft vor einigen Tagen nicht gesehen hatte.

Sie stand aufrecht und trug ein einfaches Kleid mit Schürze. Ein Umhang lag über ihren Schultern, die Kapuze über weiches braunes Haar drapiert. Ihr Haar strich in Wellen über ihr Gesicht, bevor es auf ihren Schultern zur Ruhe kam. Sie war nicht mit den Kriegern angekommen. War sie vielleicht eine Bäuerin? Oder eine Heilerin? Pier wusste es nicht, wollte es aber herausfinden. Je näher er kam, desto gebannter wurde er. Sie hatte eine Haut so blass wie der Schnee in seiner Heimat Dänemark, aber Lippen so rot wie das Blut, das durch seine Adern raste. Ihre Augen waren klein, kantig und mandelförmig mit einem Hauch von Grün wie gefallene Herbstblätter. Sie war wie nichts, was Pier je gesehen hatte, und er sehnte sich danach, ihren Namen zu hören.

Als Pier näher trat, fand er sich gefangen, als ein Wagen mit schreienden, verwundeten Soldaten seinen Weg kreuzte. Pier bewegte sich nach links und rechts und versuchte, zu ihr zu gelangen, doch das

Schicksal griff immer wieder ein. Die schöne Frau wandte sich einer Freundin an ihrer Seite zu.

»Wie viele Verwundete gibt es?« fragte sie.

In diesem Moment spürte Pier, wie Galle in seiner Kehle aufstieg und brannte. Ihr Akzent verriet ihm alles, was er über sie wissen musste. Sie war eine Nordin. Pier spuckte angewidert auf den Boden und stieß Luft durch seine Nase. Wie konnte er sich zu einer nordischen Frau hingezogen fühlen? Lars mochte ihrem Zauber verfallen sein, aber Pier schwor sich, dass er es niemals tun würde. Enttäuschung über sich selbst erfüllte die Luft um ihn herum, als er sich abwandte. Vielleicht hatten viele seiner dänischen Brüder vergessen, was für verräterische, verabscheuungswürdige Menschen die Nordmänner waren, aber Pier würde es nicht vergessen.

KAPITEL 1

»MEIN WORT IST ENDGÜLTIG, Kindra. Ich dulde nicht, dass meine Entscheidung noch einmal infrage gestellt wird«, sagte Triska und entließ Kindra mit einer Handbewegung.

»Ja, Triska«, verbeugte sich Kindra, froh, gehen zu dürfen.

Das Gespräch mit Triska war nicht gut verlaufen und hinterließ Kindra verstimmt, frustriert und voller Zorn. Kindra war die nordische Heilerin, schon bevor sie die Reise aus Norwegen angetreten hatte. Ihr Wort wurde stets geschätzt, und Triska hatte sie nie zuvor so in Frage gestellt oder wie jemanden behandelt, der unter ihr stand.

Kindra zog ihre Kapuze hoch und stürmte durch die Siedlung in Richtung der Heilerhütte. Sie ignorierte die protestierenden Ausrufe der Leute, da sie nicht darauf achtete, wohin sie ging. Triska hatte sich mehr um die Dänen gesorgt als um ihr eigenes Volk. Kindra spielte das Gespräch mit ihrer Anführerin in Gedanken noch einmal durch.

»Triska, unsere Kräuter und Tränke gehen zur Neige. Bei all den Verwundeten kann ich keine Helfer entbehren, um mehr zu sammeln. Ich sollte mich darauf konzentrieren, unserem eigenen Volk zu helfen«, begann Kindra.

»Auch wenn ich Ihre Gedanken respektiere, Kindra, es gibt mehr verletzte Dänen als Norsemen nach dieser letzten Schlacht. Einige schwerer als andere. Wir ehren unser Bündnis in jeder Hinsicht. Sie haben geholfen, unser Zuhause zu verteidigen und wiederaufzubauen. Das Mindeste, was wir tun können, ist, ihre Verwundeten zu heilen.«

»Bei allem Respekt, Triska, warum können die Dänen sich nicht selbst versorgen?«, fauchte Kindra und erntete einen scharfen Blick von den dänischen Schildmaiden, die den Kriegsrat bildeten.

»Genug, Kindra! Mein Wort ist endgültig. Ich habe Ihnen einen Befehl erteilt!«

Kindra murmelte vor sich hin, als sie sich durch eine kleine Ansammlung dänischer Truppen drängte und die wütenden Worte ignorierte, die sie ihr wegen des Eindringens in ihr Gespräch entgegenwarfen. Wenn die Nordmänner sich um sich selbst kümmern könnten, hatte Kindra keinen Zweifel, dass alles gut wäre. Allerdings konnte Kindra nicht begreifen, warum Triska darauf bestand, alle gleich zu behandeln. Ja, die Dänen hatten geholfen, aber die Norsemen hatten auch Hilfe angeboten, als die Dänen sie brauchten. Und Kindra hatte nicht gesehen oder gehört, dass die Dänen dieselben Anstrengungen unternommen hätten. Hatten die Dänen keine eigenen Heiler?

Vor Frust murrend, wäre Kindra fast in eine Herde Ziegen gelaufen, die durch die Siedlung streifte. Dann, nachdem sie sich schnell gedreht und den Tieren ausgewichen war, bog sie um eine Ecke und prallte mit dem Gesicht gegen etwas Hartes.

Als sie sich schüttelte und aufblickte, sah sie einen Krieger, der über ihr aufragte. Sie war größer als die meisten Frauen in der Siedlung, daher war sie erstaunt, einen Mann zu sehen, der größer war als sie. Bei genauerem Hinsehen erkannte sie ihn wieder. Er war derjenige, der sie während der Willkommensparade angestarrt hatte. Sie hatte nicht bemerkt, wohin er gegangen war, aber beobachtet, wie er sich durch die Verwundeten kämpfte, um zu ihr zu gelangen.

Er hatte dichtes schwarzes Haar, das zurückgebunden war, wobei einige Strähnen in seine Augen fielen, und die tiefsten Augen in einem fast weißen Blauton. Eine Narbe zog sich diagonal über sein Gesicht und erzählte von alten Schlachten und Ehre. Eine dicke, markante Nase und ein kurzer schwarzer Bart umrahmten seinen Kiefer und seine Lippen – die Lippen, zu denen Kindras Augen hingezogen wurden. Ihr Magen verknotete sich wie auf See, mit Aufregung und Angst. Ihr Herz schlug ein wenig schneller. Er war das schönste

Geschöpf, das sie je erblickt hatte. Sie lächelte ihn an und errötete, als sein Blick den ihren traf.

Ihre Anziehung verblasste, als sein einst sanftes, von Staunen erfülltes Gesicht einen Ausdruck völliger Abscheu und Verachtung annahm. Dann knurrte er sie an und drängte sich an ihr vorbei, wobei er hart gegen ihre Schulter stieß. Kindra fehlten die Worte, als sie sich umdrehte und zusah, wie er davonstürmte. Noch nie hatte ein Mann sie so angesehen. Was hatte sie getan, um ihn zu beleidigen? Plötzlich umarmte der Mann einen Waffenbruder – einen aus der Gruppe, die vom Point gereist war. Ein Wikinger. Ein Däne.

Kindra brummte vor sich hin; schnell machte sie sich auf den Weg zum Heilerlager. Wie konnte sie einen Dänen angelächelt haben? Sie schalt sich selbst dafür, ihm mehr als einen Moment Beachtung geschenkt zu haben, und tadelte sich noch mehr, je länger sie über ihn nachdachte.

»Dumme Dänen. Dieser Krieg muss enden, damit sie verschwinden können. Lieber früher als später!«, sagte Kindra laut und ignorierte die besorgten Blicke, die ihr folgten, während sie weiterging.

KAPITEL 2

SIE WAR gegen seine Brust gerannt. Bevor sie ihren Kopf hob, hatten sich ihre Hände für einen Augenblick berührt. Es war nur für einen Moment, eine sanfte Berührung, Haut auf Haut. Warum also brannte seine Hand vor Verlangen? Warum schien seine Hand nach ihrer Berührung zu lechzen? Als er davonstürmte, konnte Pier spüren, wie ihre katzenartigen Augen sich in ihn bohrten. Er konnte fühlen, wie sie ihm nachsah, zwang sich aber, nicht umzudrehen und zurückzublicken, und erinnerte sich selbst daran, dass sie eine Nordin war. Warum war er sich plötzlich so bewusst, dass sie seinen Raum teilte? Die gleiche Luft atmete? Das gleiche Wasser trank? Pier schüttelte den Gedanken ab und lenkte seine Aufmerksamkeit auf andere Dinge.

Lars hatte sich geweigert, mit ihm zu gehen und zur Siedlung zurückzukehren. Ihre hitzige Diskussion wäre fast in eine Schlägerei ausgeartet. Die Gedanken daran abzuspielen war eine willkommene Ablenkung von der Schönheit, deren süßer Duft nach Blumen und Kräutern noch immer in Piers Nase hing.

»Lars, Sie sind unser Anführer. Wir brauchen Sie am Point. Wie können Sie Ihre Position vernachlässigen? Und ausgerechnet für eine Nordin«, knurrte Pier.

»Sprich noch einmal in diesem Ton über sie, und ich reiße dir die Kehle heraus!«, fauchte Lars zurück.

»Lars, seien Sie vernünftig...«

»Willst du mich etwa herausfordern, um die Führung unseres Volkes zu übernehmen, Pier?«, bellte Lars und brachte Pier damit zum Schweigen.

»Was?... nein...«

»Dann kenne deinen Platz. Ich habe den Point in fähigen Händen zurückgelassen.«

»Lars! Wir befinden uns im Krieg!«, beharrte Pier.

»Glaubst du, ich sei blind, Pier? Woher, denkst du, bin ich gerade zurückgekehrt? Die Briten sind jetzt unsere Feinde, nicht die Nordmänner. Wir haben ein Bündnis geschlossen. Wenn du damit nicht klarkommst, hast du eine Wahl. Fordere mich um die Führung heraus oder segle zurück nach Dänemark. Was wird es sein?«, verlangte Lars und stellte sich Nase an Nase mit Pier.

»Verzeihen Sie mir, Lars«, verbeugte sich Pier, bevor er ging.

Pier hatte sich nie berufen gefühlt zu führen. Er hatte nie das Kommando über Männer gewollt, die an seinen Lippen hingen. Und die Wahrheit war, er wusste, wenn er Lars herausfordern würde, würde er kämpfend für eine Position sterben, die er nicht wollte. Dennoch stellte Pier Lars' Führungsfähigkeit in Frage. Wen kümmerte es, ob die nordische Siedlung zerstört wurde? Sie sollten die Nordmänner und die Briten vernichten, zwei Feinde auf einen Streich, und der Welt zeigen, wer die wahren Krieger waren.

Pier war abgelenkt von seinen widersprüchlichen Gefühlen für Lars und wie seine Haut kribbelte, weil er der nordischen Frau so nahe gewesen war, deren Bild noch immer in seinen Augen brannte. Pier musste zurück zum Point. Die frische Luft der Siedlung reichte nicht aus; je länger er blieb, desto mehr hatte er das Gefühl, nicht atmen zu können und den ganzen Ort niederzubrennen, während alle schliefen.

Auf dem Weg zu den Toren der Siedlung sah Pier ein einzelnes Pferd, das frei umherstreifte. Es war bereits gesattelt, was er als Zeichen der Götter deutete. Als er auf das Pferd sprang, wusste Pier, dass er einen Fehler gemacht hatte. Sein erster Fehler bestand darin, auf ein Pferd zu springen, das ihn nicht kannte. Eine Sache, die Pier an Pferden mochte, war, dass sie treue Geschöpfe waren. Dieses Pferd kannte ihn nicht, und er kannte es nicht. Aber sein größter Fehler war, nicht zu prüfen, ob der Sattel befestigt war, bevor er aufstieg.

Erschrocken durch einen Fremden auf seinem Rücken, bäumte sich das Pferd auf. Sein Sattel rutschte ab und nahm Pier mit sich. Pier versuchte, sich an den Zügeln festzuhalten, tat alles, um auf dem Pferd zu bleiben, aber es half nichts. Er stürzte mit einem Krachen zu Boden und landete ungeschickt auf seinem Arm. Schmerz durchfuhr ihn, ließ sein Blickfeld weiß werden, und ein lautes Knacken machte ihn auf die Schwere seiner Verletzung aufmerksam.

Nicht nur hatte er sich den Arm gebrochen, sondern eine verirrte Pfeilspitze, die bei der Säuberung nach dem letzten Angriff übersehen worden war und im Schmutz vergraben lag, schnitt durch seine Hand. Der Schnitt war lang und tief, durchschnitt Muskeln und legte den Knochen frei. Pier fluchte laut über sich selbst für einen solch kindischen Fehler.

»Geht es Ihnen gut?«, fragte ein Passant, der zu seiner Hilfe eilte.

»Er blutet«, sorgte sich ein anderer.

»Ich habe Schlimmeres durchgemacht als das«, sagte Pier und tat seine Wunden als nicht mehr als einen Kratzer ab.

Der Schmerz schoss in Wellen durch ihn und machte ihn übel. Es war die gleiche Übelkeit, die er bei seiner ersten Schiffsfahrt als kleiner Junge gefühlt hatte, bevor er seefest wurde. Er blinzelte hektisch und zwang seinen Geist, konzentriert zu bleiben, um nicht in Ohnmacht zu fallen.

»Sie können kaum stehen. Kommen Sie, wir bringen Sie zur Heilerin«, beharrte sein Retter.

Das Paar versuchte, nach ihm zu greifen, aber Pier wich zurück. Er war ein stolzer Mann, der nie Hilfe von seinen eigenen Leuten annahm, daher war er noch weniger geneigt, Hilfe von den Nordmännern anzunehmen.

»Fassen Sie mich nicht an, oder ich reiße Ihnen den Arm ab«, knurrte Pier, was die jüngere Frau zurückweichen ließ.

»Das würde ich gerne sehen, mit einem zertrümmerten Arm wie dem«, schnappte die ältere Frau, die Pier für ihre Mutter hielt. »Hören Sie auf, so stolz zu sein, und kommen Sie mit uns, oder ich werde Sie zu Boden schlagen und selbst dorthin schleifen.«

Als der Schmerz stärker wurde und die ältere Frau nicht nachgab, knurrte Pier und verdrehte die Augen. Dann gab er seine Niederlage zu und stimmte zu.

Das Lager der Heiler war ein kleiner Abschnitt nahe der Tore, bestehend aus mehreren mittelgroßen Hütten, die alle durch einen Tunnel aus Zelten verbunden waren. Mehrere kleinere Zelte waren um die Hütten herum aufgestellt worden, und Heiler eilten mit blutigen Lappen und Kräutersammlungen umher. Schmerzensschreie und Stöhnen der Sterbenden hallten überall wider. Wie der erste Vogelgesang am Morgen war es der wahre Klang der Schlacht.

»Kindra, wir haben noch einen für Sie. Ein Narr versuchte, auf das Pferd eines Fremden zu steigen, ohne den Sattel zu überprüfen«, kicherte die ältere Frau.

Als Pier das größere Zelt betrat, sah er sich um. Es war voll mit Betten. Krieger von beiden Seiten lagen Seite an Seite. Gebrochene Beine, Stiche in den Bauch, gesprungene Köpfe und sogar ein Mann, dem ein Auge fehlte. Piers Augen huschten umher; er wusste nicht, wohin er schauen sollte.

»Setzt ihn auf ein leeres Bett«, kam die Antwort.

Die nordische Heilerin drehte sich um, Blut tropfte von ihrer Schürze und bedeckte ihre Hände. Pier sog scharf die Luft ein, von Angesicht zu Angesicht mit der Frau, an die er ununterbrochen gedacht hatte. Und jetzt kannte er ihren Namen.

KAPITEL 3

»SETZ DICH DA DRÜBEN HIN«, fauchte Kindra und zeigte auf ein freies Bett am hinteren Ende des Zeltes.

»Mir geht's gut. Ich brauche deine Hilfe nicht«, antwortete der Däne.

Seine Stimme war wie Kies und jagte Kindra einen Schauer über den Rücken. Aber sie erinnerte sie auch daran, dass er nicht zu den Ihren gehörte. Nicht gerade erfreut, noch einen Dänen behandeln zu müssen, drehte sie sich um, ignorierte ihn und ging zu dem Tisch auf der anderen Seite des Zeltes, um nach Kräutern zu suchen.

»Gut. Ich sehe dich wieder, wenn sich die Wunde entzündet hat, und dann nehme ich dir die Hand ab«, lächelte sie innerlich.

Kindra hörte ihn stöhnen, seine Frustration passte zu ihrer, bevor sie das Knarren des Bettes unter seinem Gewicht vernahm. Langsam zerrieb sie die Samen, Öle und Kräuter miteinander. Was normalerweise schnell gemischt war, entschied sie sich, sich Zeit zu lassen und ihn warten zu lassen. Die Art, wie er sie früher am Tag angesehen hatte, kombiniert mit seinem finsteren Blick bei seiner Ankunft, ließ Kindra denken, dass er noch ein paar Minuten allein mit seinen Schmerzen klarkommen könnte.

Kindra holte Wasser, Faden, eine Nadel und einige Lappen, bevor sie sich endlich dazu durchrang, sich neben ihn zu setzen. Der Wikinger schirmte sich ab, als sie sich näherte, als könnte ihre Berührung allein ihn bei lebendigem Leib verbrennen. Dann verdrehte sie die Augen, schnappte sich seinen Arm und verschaffte sich einen weiteren Moment der Genugtuung, als ihm ein Schmerzensseufzer über die Lippen kam. Der Arm war tatsächlich gebrochen, aber einfach genug zu richten. Die Wunde an seiner Hand war ein ganz anderes Problem.

»Du hast gut daran getan, dich herbringen zu lassen. Wenn dieser Arm nicht jetzt gerichtet wird, heilt er falsch, und du wirst nie wieder ein Schwert schwingen können«, erklärte Kindra und ließ ihn für einen Moment allein, um zwei Stöcke und etwas Seil zu holen.

»Ich kann mit beiden Händen kämpfen«, erwiderte er stolz.

»Die meisten in diesem Lager können das, aber du brauchst beide Arme, um es zu tun«, entgegnete sie.

»Ich werde mich erst um diese Wunde kümmern, bevor ich den Arm richte«, fuhr Kindra fort, während sie einen Lappen in Wasser tauchte.

»Ich habe schon schlimmere Wunden überstanden.«

»Ich bezweifle das nicht. Wenn ich mich nicht irre, sieht es so aus, als würdest du versuchen, deine Sammlung zu vervollständigen.«

Der Mann sah sie verwirrt an.

»Eine Sammlung von Narben? Wie die über deinem Gesicht? Das ist eine ziemlich ausgefranste Wunde; sie sollte gut dazu passen«, scherzte Kindra, aber der Mann fand ihren Kommentar nicht amüsant.

Er verzog angewidert das Gesicht, bevor er seinen Blick abwandte.

»Näh mich einfach zusammen, damit ich gehen kann. Ich muss zur Spitze zurückkehren.«

»Pier! Jemand anderes kann gehen und meinen Bericht überbringen. Mit einem Arm wie diesem kannst du nicht reiten«, dröhnte Lars, als er das Zelt betrat.

Die Nachricht von Piers Unfall hatte irgendwie seine Ohren erreicht. Lars stand da und betrachtete Pier kopfschüttelnd.

»Vielleicht sollten Sie Ihre Pflicht erfüllen und selbst gehen, anstatt andere Ihre Drecksarbeit erledigen zu lassen«, knurrte Pier.

Kindra war von seinem Kommentar an seinen Befehlshaber erschüttert und stach härter als beabsichtigt zu, als sie seine Hand nähte, was ihn zusammenzucken und sie erneut anknurren ließ. Sie fragte sich, ob das die einzige Art war, wie er sie jemals ansehen würde, und wenn dem so war, kam ihr der Gedanke, dass sie ihn noch einmal stechen sollte.

Während sie leise weiternähte, konnte Kindra nicht anders, als den Austausch zwischen Pier und seinem Kommandanten zu beobachten. Lars war steif geworden, und sein Gesicht war hart wie Stein. Es war klar, dass er versuchte, sein Temperament zu zügeln, aber seine Augen tobten vor Wut über seinen Untergebenen, der in einer solchen Weise mit ihm sprach, besonders in Gegenwart anderer.

»Ich werde diese Bemerkung darauf zurückführen, dass du dir den Kopf gestoßen hast durch einen Anfängerfehler, nämlich einen Sattel nicht zu überprüfen. Ich hätte mehr von dir erwartet«, höhnte Lars, bevor er ging, seine Wut noch immer spürbar in dem Raum, den er erst Momente zuvor eingenommen hatte.

»Machst du es dir zur Gewohnheit, so mit deinem Kommandanten zu sprechen? Was hat dich so wütend gemacht?«, fragte Kindra, während sie seine Wunde fertig nähte und seinen Arm vorbereitete, um ihn zu richten.

»Das spielt keine Rolle«, stöhnte Pier.

Ohne Vorwarnung drehte Kindra seinen Arm und zog ihn gerade. Der Arm gab ein hörbares Klicken von sich, und damit entfuhr Pier ein lautes Stöhnen durch zusammengebissene Zähne. Schnell befestigte Kindra die Stöcke an beiden Seiten und wickelte sie fest in Seil, um seinen Arm gerade zu halten.

»Tut mir leid, ich hätte dir das zum Draufbeißen geben sollen«, sagte Kindra und hielt einen kurzen Beißstock hoch.

Ohne ein Wort versuchte Pier aufzustehen und sich zum Gehen zu bereiten, da er keinen Moment länger bleiben wollte. Der Schock und der Schmerz, in so kurzer Zeit Knochen gebrochen und wieder gerichtet zu bekommen, ließen Piers Kopf sich drehen. Er machte einen Schritt und hielt inne, blinzelte schnell und atmete schwer. Er streckte die Hand aus, um sich an etwas festzuhalten, bevor seine Knie unter ihm nachzugeben begannen.

Kindra sprang sofort in Aktion, packte ihn, bevor er auf den Boden krachen und sich den Arm erneut brechen konnte. Sie war stärker als sie aussah und hielt ihn mit Leichtigkeit aufrecht. Instinktiv schlang

Pier seinen Arm um sie, um sich zu stabilisieren, und zog sie nahe an sich. Sie verharrten einen Moment, während Pier sein Gleichgewicht wiederfand.

»Du musst dich setzen«, atmete Kindra und schaute zu ihm auf, verlor sich in seinen hellblauen Augen.

»Mir geht's gut«, antwortete er, aber seine Stimme zitterte.

»Das sagst du immer wieder.«

Kindra schauderte; sie war ihm nicht mehr so nahe gewesen, seit sie früher gegen seine Brust geprallt war. Aber selbst da hatten sie sich kaum berührt. Jetzt befand sie sich in seinen Armen, und zu ihrer Überraschung mochte sie dieses Gefühl. Keiner von beiden machte eine Bewegung zum Bett hin. Ihre Augen waren fest aufeinander gerichtet. Er hatte nicht mehr das angewiderte Knurren oder die Schutzwand um sich. Seine Maske war gefallen, und sein Gesicht zeigte einen sanfteren Blick – den Blick eines Mannes, der von dem Gesicht, das ihn anstarrte, fasziniert war. Da war keine Bosheit oder Hass, nur einfache Untertöne von etwas, das Kindra in sich selbst aufkeimen spürte. War es Neugier oder Lust?

KAPITEL 4

»Komm«, flüsterte Kindra und führte ihn langsam zurück zum Bett, »Sie brauchen Ruhe.«

»Ich werde...«

»In Ordnung sein? Ich werde es langsam müde, das zu hören. Sie mögen es nicht glauben, aber Sie haben eine beträchtliche Menge Blut aus dieser Hand verloren, was Sie schwächt«, sagte Kindra leise.

Pier nahm es übel, als schwach bezeichnet zu werden. Er war alles andere als schwach und würde sich von einem gebrochenen Arm und einem Schnitt in der Hand nicht von seiner Mission abhalten lassen. Er würde gewiss nicht zulassen, dass ein Nordmann, besonders eine Frau, solche Dinge annahm.

»Sie haben meinen Arm wieder eingerichtet. Sie haben meine Hand verschlossen. Ein Becher Met und etwas Eintopf werden mich wieder auf die Beine bringen«, protestierte Pier und versuchte erneut zu gehen, aber zu seiner Überraschung war die Heilerin stärker als sie aussah.

Sie rang ihn praktisch zurück ins Bett und wandte ihren Kopf zu den beiden Wikingerheilerinnen, die mit ihr zusammenarbeiteten, um Hilfe zu bekommen – etwas, was Kindra nicht besonders gefiel. Sie verachtete die Dänen; sie um Hilfe zu bitten, war nichts, woran sie gewöhnt war.

Pier erntete einen wütenden Blick von seinen eigenen Leuten, ein Blick, der ihn erschreckte. Wie konnten sie sich auf ihre Seite stellen?

»Ich schlage vor, Sie hören auf Kindra. Sie ist eine wunderbare Heilerin, und wenn sie meint, dass Sie Ruhe brauchen, dann stimmt das«, sprach eine der Frauen.

Im Rückblick versuchte Kindra, Pier wissen zu lassen, wie selbstgefällig sie sich fühlte. Er mochte nicht auf sie hören wollen, aber er würde auf seine eigenen Leute hören. Langsam ließ sich Pier zurücksinken, legte sich auf das Bett und erlaubte Kindra, eine Decke über ihn zu ziehen, um ihn zu wärmen.

»Ich werde Sie ausruhen lassen. Wenn Sie etwas brauchen, lassen Sie es mich wissen«, sagte Kindra, drehte sich um und fuhr fort, den anderen zu helfen.

Pier beobachtete, wie sie wegging, und erst da sah er das wahre Ausmaß der Verwundeten. Als er das Zelt betreten hatte, hatte er nur einen flüchtigen Blick auf diejenigen erhascht, die sich darin befanden. Jede Ecke war voll mit Verwundeten. Ein Vorhang in der Mitte des Zeltes, den Pier für eine Wand gehalten hatte, bewegte sich in der Brise und offenbarte einen weiteren Raum voller Nordmänner und Dänen. Als Pier sich umsah, sah er nur Kindra und drei weitere Heilerinnen, eine Nordfrau und die beiden Däninnen, die ihn finster angestarrt hatten.

Die Schwere der Situation, in der sie sich befanden, überkam Pier wie eine Welle. Vier Heilerinnen kümmerten sich um mindestens fünfzig Verwundete, und das nur in diesem Zelt. Pier fragte sich, wie viele noch in den Hütten und kleineren Zelten im Heilerlager untergebracht waren.

Diese Verwundeten stammten aus der letzten Schlacht, ein beträchtlicher Teil ihrer Streitkräfte war außer Gefecht gesetzt. Pier befürchtete, dass, wenn die Briten erneut angreifen würden, nicht genug Kräfte übrig wären, um zurückzuschlagen. Kindra und die anderen eilten von Bett zu Bett. Wie schafften sie es, die Kranken zu heilen? Wie viele würden sterben, weil nicht genug Hände da waren, um ihre Leiden zu lindern?

Während Fragen und Szenarien in seinem Kopf abliefen, driftete Pier langsam ab. Seine Augen wurden schwer, sein Körper leicht, bis die Stunde spät wurde und der Schlaf ihn ergriff. Aber die Ruhe kam nicht leicht. Seine Hand brannte, die Haut fühlte sich an, als würde sie jedes Mal wieder reißen, wenn er seine Finger bewegte. Er warf sich hin und her und versuchte, eine Position zu finden, in der sein Arm nicht pochte und schmerzte. Nichts, was er versuchte, half. Der Schmerz ließ ihn nicht schlafen.

»Der Schlaf will nicht kommen?«, fragte Kindra leise und achtete darauf, die anderen Patienten nicht zu wecken.

Pier blickte auf, als sie näher kam, eine Kerze in der einen Hand, die ihr den Weg erleuchtete, und eine seltsam riechende Mixtur in der anderen. Pier hielt seine Lippen fest geschlossen, schüttelte den Kopf und verzog das Gesicht bei dem Schmerz, der durch sein Schlüsselbein schoss.

»Hier, trinken Sie das. Es wird Ihnen beim Schlafen helfen und Ihre Schmerzen lindern«, Kindra hob seinen Kopf und drückte die kleine Schale an seine Lippen.

Die Flüssigkeit schmeckte ranzig und roch noch schlimmer. Wenn Pier noch bei klarem Verstand gewesen wäre, hätte er sie ausgespuckt, aber er hatte Schmerzen noch nie gut ertragen und war bereit, alles zu akzeptieren, um sein Leiden zu lindern.

»Was ist passiert? Ich habe nicht so viele Verwundete durch die Tore zurückkehren sehen«, fragte Pier.

Kindra zog einen Hocker heran; es gab viel zu erzählen. Ihr Gesicht wurde ernst, und ihre Augen wurden feucht, als sie die Menschen in den umliegenden Betten betrachtete. Sie sorgte sich offensichtlich sehr um die Menschen in ihrer Obhut.

»Dieses Zelt ist von der letzten Schlacht im britischen Lager. Die anderen sind von den vorherigen Angriffen. Selbst als wir Kundschafter aussandten, entgingen uns die Briten und griffen uns mehrmals an. Sie haben diesen Ort einmal fast bis auf den Grund niedergebrannt. Lars und die anderen kamen und halfen beim Wiederaufbau«, antwortete Kindra.

Pier runzelte die Stirn, drehte sich weg und rollte sich zur Seite. Sein Gesicht wurde zornig bei ihren Worten, als hätten ihre Worte ihn persönlich beleidigt. Die Dänen und die Nordmänner waren im Heilerlager nicht getrennt. Sie lagen Seite an Seite, so wie sie gekämpft hatten. Pier hatte einen flüchtigen Blick auf einige der Wunden seiner Brüder geworfen. Einer würde nie wieder in die Schlacht reiten, nachdem er sein Bein vom Knie ab verloren hatte. Einer hatte ein Auge verloren. Ein anderer kämpfte um sein Leben, während Fieber ihn erfasste; das waren nur einige, die er sehen konnte.

»Warum mussten die Dänen beteiligt sein?«, brummte Pier.

Die Heilerin antwortete nicht; ihr Gesicht blieb regungslos. Entweder hatte sie ihn nicht gehört oder sie hatte beschlossen, seine Rede nicht zur Kenntnis zu nehmen.

»Das ist nicht unser Kampf. Wir verschwenden Zeit und Ressourcen, um *Ihrem* Volk zu helfen, anstatt unsere Heimat zu stärken. Der Stützpunkt bleibt schutzlos, während Lars darauf besteht, Zeit mit dieser Nordfrau zu verschwenden«, grummelte Pier, diesmal hörte Kindra es.

»Ich hege keine Liebe für Ihre Art, auch nicht für dieses Bündnis, aber die Not erfordert es. Wir haben einen gemeinsamen Feind. Die Briten kümmern sich nicht um unsere Geschichte oder ob nordisches oder dänisches Blut in unseren Adern fließt. Sie wollen uns alle tot sehen«, entgegnete Kindra.

»Ha, Sie hegen keine Liebe für meine Art? Und doch ist es meine Art, die euch zu Hilfe kommt, wenn euer Volk die Monster sind«, murrte Pier.

»Sie sind ein mutiger, Däne. Sich beeilen, die Leute zu beleidigen, die Sie genauso leicht vergiften könnten, wie Ihnen zu helfen«, sagte Kindra mit einem sanften Grinsen.

»Sie beweisen meinen Punkt«, erwiderte Pier.

»Schauen Sie mich noch einmal so an, und ich werde dafür sorgen, dass es dauerhaft bleibt. Was haben Sie gegen die Nordmänner?«, fragte Kendra.

Pier rutschte unruhig in seinem Bett hin und her, sein Gesicht vor Unbehagen verzogen. War es der Schmerz in seinem Arm oder die schmerzlichen Erinnerungen, die ihm so zusetzten? Kindra saß schweigend da und wartete. Pier warf ihr einen kurzen Blick zu und erkannte, dass sie nicht die Absicht hatte zu gehen, bis er ihre Fragen beantwortet hatte. Pier seufzte tief und hielt seinen Blick auf die Decke des Zeltes gerichtet.

»Ich war ein Kind. Nicht mehr als ein Junge, der gerade alleine laufen konnte. Meine früheste Erinnerung ist eine, die ich niemals vergessen werde – eingebrannt in meinen Kopf, sie verfolgt mich für immer in meinen Träumen. Ich wagte mich hinaus auf das Feld meiner Familie. Meine ältere Schwester kümmerte sich um die Ziegen. Meine Mutter half ihr, mein Bruder hackte Holz, und mein Vater erholte sich von einer Schlacht. Eine Gruppe nordischer Plünderer stürmte in unser Dorf. Unsere Krieger waren weg, segelten zu neuen Ländern; wir waren wehrlos. Frauen, Kinder und Verwundete. Es war ihnen egal. Sie hatten Freude daran, jeden abzuschlachten. Sie zwangen meinen Vater zuzusehen, wie sie meine Mutter und Schwester töteten. Er starb, als er mich beschützte; diese Narbe, die Sie so schnell verspottet haben, ist eine ständige Erinnerung an diesen Tag.«

KAPITEL 5

PIERS GESCHICHTE WAR TRAGISCH. Kindra spürte seinen Schmerz, denn er ähnelte ihrem eigenen. Unsicher, was sie sagen sollte, beschäftigte sie sich damit, Tränke zu mischen und Kräuter zu verarbeiten. Kindra behielt Pier genau im Auge; er hatte sich nicht bewegt, seit er seine Geschichte offenbart hatte. Kindra fragte sich, warum er plötzlich das Bedürfnis verspürt hatte, ihr seine Vergangenheit anzuvertrauen. Sie hatte die Dänen nie gemocht, aber nachdem sie von den Schrecken seiner Vergangenheit gehört hatte, fühlte sie mit ihm mit. Für einen Moment sah sie keinen Dänen. Sie sah nur einen Mann, der noch immer mit den Dämonen seiner Vergangenheit kämpfte.

Sein Gesicht war wie aus Stein, aber seine Augen wurden feucht. Kindra konnte sich nicht länger zurückhalten. Ein Drang, ihre eigenen Verfehlungen zu teilen, erfüllte sie. Er mochte zu dem Volk gehören, das sie hasste, aber nachdem er sich ihr geöffnet hatte, fühlte sie, dass sie ihm dieselbe Höflichkeit schuldete. Mit Schale und Mörser in der Hand setzte sie sich neben Pier und bemerkte, wie er diesmal nicht vor ihrer Ankunft zurückschreckte. Sie zerrieb die Kräuter, nutzte sie als Fokuspunkt und atmete tief ein. Sie hatte so lange nicht über ihren Schmerz gesprochen.

»Ich spüre deinen Schmerz und deinen Hass, als wären sie meine eigenen... weil sie es in Wahrheit sind. Ich habe mehr als die meisten mit diesem Bündnis gekämpft. Ich empfinde weder Liebe noch

Bewunderung für die Dänen. Nach allem, was ich gesehen habe, seid ihr genauso grausam und böse, wie ihr denkt, dass ich und die Meinen es sind«, begann Kindra.

Pier drehte seinen Kopf, um sie anzusehen; Neugier und Verwirrung zeichneten sein Gesicht.

»Mein Vater starb im Kampf, bevor ich geboren wurde. Meine Mutter folgte ihm schnell, als sie mich zur Welt brachte. Die Eltern meiner Mutter zogen mich auf. Sie waren die einzige Familie, die ich kannte; sie waren meine Welt. Ich erinnere mich noch so klar daran wie an die Sonne am Himmel. Zuerst brannten die Felder, dann unsere Häuser. Dänen plünderten unser Dorf. Mein Großvater stand mit seiner Axt in der Hand an der Tür. Er sagte meiner Großmutter und mir, wir sollten laufen. Wir mussten fliehen, um zu überleben. Das war das letzte Mal, dass ich ihn sah«, sagte Kindra, während eine verirrte Träne fiel und ihre Hand traf.

»Wir fanden ein neues Zuhause weiter oben in den Bergen, aber es war kalt, und Nahrung war schwer zu finden. Meine Großmutter war alt und schwach, und ich musste schnell erwachsen werden, um uns beim Überleben zu helfen. Jahrelang hörte ich ihr zu. Ihr Hass auf die Dänen sickerte in meine Adern. Sie nahmen ihr alles. Ihr Zuhause, ihre Liebe und all die Erinnerungen und Kleinigkeiten, die sie hatte, um sich an meine Mutter und meinen Vater zu erinnern. Die Berge waren zu viel für sie; sie starb in diesem Winter. Die Dänen nahmen mir alles«, krächzte Kindra.

Sie versuchte, nicht zu weinen, versuchte, ihre Emotionen zu unterdrücken. Aber es war das erste Mal, dass sie mit jemandem darüber sprach. Sie hatte ihren Schmerz so lange festgehalten, konnte nicht trauern. Das Wiedererleben der Erinnerungen, die ihre Träume heimsuchten, brachte Angst in ihrem Magen hervor. Würden die Briten dasselbe tun?

Plötzlich spürte sie Piers Hand auf ihrer. Erschrocken hob sie den Kopf, um ihm ins Gesicht zu sehen. Pier blickte zurück, und sie wusste es. Er verstand ihren Schmerz. Er gab ihr nicht mehr die Schuld für die Missetaten der Vergangenheit. Als sie das Verständnis und, wagte sie zu sagen, Mitgefühl in seinen Augen sah, hielt auch sie ihn nicht mehr für die Fehler seines Volkes verantwortlich. Er war... anders? Sie würde sich diesen Gedanken nicht erlauben. Einmal Däne, immer Däne. Bündnis hin oder her, sie konnte ihre Geschichte nicht überwinden. Laut auszusprechen bestätigte es. Den Dänen konnte man nicht trauen.

»Ich sollte gehen. Es gibt Arbeiten zu erledigen«, flüsterte Kindra und brach damit ihren Bann.

Pier sagte nichts. Er fühlte sich geehrt, dass sie ihm ihre Seele offenbart hatte, auch wenn er nicht verstehen konnte, warum. Ihre Geschichte war seiner eigenen so ähnlich, dass er ihren Hass verstand. Doch irgendetwas an ihr zog ihn an. Etwas sagte ihm, dass sie nicht wie die anderen war. Trotz ihres Hasses auf die Dänen kümmerte sie sich mit Sorgfalt und Respekt um sie. Sie war nichts wie die Monster seiner Träume. Stattdessen war sie freundlich, sanft, willensstark und eine geschickte Heilerin.

Wie kann ich eine Norsefrau bewundern? Hat sie mir etwas untergemischt? dachte Pier.

Pier konnte seine Augen nicht von ihr abwenden. Er betrachtete sie mit Argwohn, Verständnis und Bewunderung. So widersprüchlich, hätte er sich zurückziehen sollen, aber er stellte fest, dass seine zwiespältigen Gefühle ihn nur noch mehr nach ihr sehnen ließen. Ihr zuzusehen war friedlich – so friedlich und beruhigend, dass er schließlich in den Schlaf glitt.

KAPITEL 6

AUSGERUHT WACHTE PIER AUF. Bei näherer Betrachtung stellte er fest, dass Kindra seine Wunde versorgt hatte, während er schlief. Sie hatte eine Salbe auf seinen schmerzenden Arm aufgetragen und ihn fest verbunden. Pier wusste nicht viel über Kräuter oder deren Mischungen. Er hatte keine Ahnung, was Kindra verwendet hatte. Aber was auch immer es war, es hatte geholfen. Er wachte nur mit einem dumpfen Schmerz auf, mit dem er, wie er wusste, umgehen konnte.

Er erinnerte sich an ihre Geschichte, als er seine Hand näher untersuchte. Ihre Geschichte war genauso tragisch wie seine eigene. Sie war in so jungen Jahren auf sich allein gestellt, allein auf der Welt durch die Taten anderer. Er konnte ihre Frustration mit den Dänen verstehen; sie spiegelte seine eigene mit ihrem Volk wider. Er kannte Einsamkeit, Angst und Hunger, und das bei einem anderen zu finden, war selten. Sie war eine Seelenverwandte, die Schmerzen teilte, die sonst niemand kannte. Er hatte seinen Schmerz in den Kampf gelenkt. Er trainierte, um der beste Krieger zu sein, der er sein konnte, und war stolz darauf, den Feind zu Fall zu bringen, koste es, was es wolle. Er trug seinen Zorn jeden Tag mit sich. Kindra war das Gegenteil. Sie hätte sich der Wut hingeben können. Stattdessen nutzte sie ihre Wut, um anderen zu helfen. Sie kümmerte sich um die Nachkommen derer, die ihr Leid zugefügt hatten. Sie tröstete und schenkte den Sterbenden Respekt. Sie war bemerkenswert. Pier konnte sich nicht vorstellen, solche Dinge zu tun.

Kindra wusch und verband gerade eine große Wunde an der Seite einer Schildmaid. Pier lag still und beobachtete sie bei der Arbeit. Sie bot beruhigende, besänftigende Worte an. Sie tröstete die Trauernden, während sie an der Seite der Sterbenden beteten. Sie eilte von Patient zu Patient. Es war ein warmer Tag, und das Zelt machte die Hitze nur noch schlimmer. Schweiß sammelte sich auf ihrer Stirn, Haarsträhnen klebten an ihrem Gesicht, und sie war mit dem Blut anderer bedeckt.

Die anderen Heilerinnen waren in den anderen Zelten und Hütten beschäftigt und ließen Kindra allein. Sie hielt hin und wieder für einen winzigen Schluck Wasser an. Sie sah erschöpft aus, als ob sie die ganze Nacht wach gewesen wäre. Pier konnte sie nicht allein diesem Kampf überlassen. Er war abweisend zu ihr gewesen, sogar bissig. Dennoch hatte sie darüber hinweggesehen und sich trotzdem um ihn gekümmert. Sie war ein besserer Mensch als er. Sie hatte ein Herz aus purem Gold.

»Was machst du da?«, fragte Kindra, als er sich zu ihr gesellte und Kräuter sammelte.

»Du brauchst Hilfe«, war seine einzige Antwort.

»Ich brauche nichts«, antwortete sie, nahm ihm die Kräuter aus den Händen, legte sie zurück auf den Tisch und huschte in den nächsten Raum.

Pier folgte ihr und beobachtete sie genau. Er wollte helfen, wusste aber ehrlich gesagt nicht, wo er anfangen sollte. Eine Hand griff von einer Pritsche aus nach seinem Bein. Ein verkohltes und verbranntes Gesicht blickte zu ihm auf, ein Körper so schwach, dass er sich kaum bewegen konnte. Eine Stimme, kaum mehr als ein Flüstern, bat um Wasser. Da wusste Pier, was er tun musste. Er nahm Wasser und löschte den Durst. Von Bett zu Bett gehend, half Pier, indem er die Verwundeten bequem bettete. Er sprach so gut er konnte tröstende Worte und beruhigte ein weinendes Kind am Bett seiner Mutter.

Kindra erschien und zog ihn zur Seite.

»Was machst du da? Geh zurück ins Bett«, bestand Kindra.

»Ich kann mit einem gebrochenen Arm weder kämpfen noch reiten. Also lass mich hier von Nutzen sein«, sagte Pier.

»Du weißt nichts von Kräutern oder Tränken«, nahm sie an, und sie hatte Recht.

»Ich werde nichts mischen oder ausgeben, was du nicht genehmigst. Das Mindeste, was ich tun kann, ist, die Verstörten zu trösten, Wunden zu waschen und alles andere, was ich kann. Du bist überfordert. Du kannst das nicht alles allein schaffen«, bot Pier an und stellte fest, dass er seine Worte mit viel mehr Sorgfalt als üblich wählte.

»Wer sagt, dass ich das nicht kann?«, fragte Kindra, verschränkte die Arme und hob eine Augenbraue.

»Bitte, ich werde verrückt, wenn ich den ganzen Tag nichts tue«, flehte Pier.

Kindra verdrehte die Augen und schüttelte ungläubig den Kopf, wobei sich ein ganz leichtes Grinsen auf ihre Lippen stahl. Widerwillig nahm sie an. Sie gab ihm Lappen, Wasser und einen kleinen Topf der übelriechenden Mischung, die sie ihm am Vorabend angeboten hatte. Dann erklärte sie kurz, wie man sie benutzt und was zu tun ist, und schickte ihn auf den Weg. Sie drehte sich nie um, um nach ihm zu sehen, sondern konzentrierte sich ausschließlich auf diejenigen, die in ihrer Obhut waren. Doch Pier stellte fest, dass er bei jeder freien Minute, die er hatte, nach ihr in der Menge suchte.

Je länger Pier im Heilerzelt verbrachte, desto mehr erkannte er, dass, wenn es darauf ankam, nicht jeder so grausam war wie die Menschen der Vergangenheit. Er konnte seinen Hass immer noch nicht loslassen, aber er stellte fest, dass dieser langsam nachließ. Ein älterer Norse-Soldat, der das Alter, in dem er für den Kampf geeignet war, längst überschritten hatte, erzählte Pier von seiner Familie. Er erzählte die Geschichte, wie er seine Frau kennengelernt hatte, lustigerweise eine Dänin, und wie sie es jahrelang geheim gehalten hatten, indem sie sie als Norse-Frau ausgaben. Alles, was er tat, tat er für sie und seine Kinder. Seine Wunden gehörten zu den schlimmsten, die Pier je gesehen hatte. Der Mann kämpfte mit Schmerzen und brauchte Ruhe. Pier versuchte, hoffnungsvoll zu bleiben, aber der Mann wusste, dass sein Ende nahte. Pier erkannte einen Mitkämpfer und wollte sein Ableben so schmerzlos wie möglich gestalten.

»Ich komme gleich mit etwas zurück, das dir beim Schlafen hilft«, bot Pier sanft an.

Der Mann streckte sich, die Zähne vor Schmerz zusammengebissen. Dann ergriff er sanft Piers Hand und lächelte.

»Danke, mein Freund. Wenn ich es nicht schaffe, finde meine Tochter, Estrid, und sage ihr, dass ich endlich bei ihrer Mutter bin«, sagte der Mann, eine Träne, die aus seinem Auge floss.

Pier fehlten die Worte. Er drückte die Hand des Mannes sanft und nickte zustimmend, bevor er sich aufmachte, um Kindra zu finden.

Kindra war nicht im Zelt, er suchte in einigen der kleineren Zelte, aber sie war auch dort nicht. Schließlich schaute er in den Hütten nach und traf auf mehrere andere Heiler, die ihn zum Trocknungsschuppen schickten.

Der Trocknungsschuppen war ein winziges Holzgebäude beim Haupttor. Drinnen hingen Kräuter, Regale waren mit Gläsern voller Mixturen gestapelt, die bereit waren, verwendet zu werden, und hinten, über einen kleinen Tisch gebeugt, mahlend mit einem steinernen Rad, war Kindra. Als er sich umschaute, war Pier alarmiert. Der Schuppen war fast leer. Wie würden sie die Kranken versorgen?

»Welche Kräuter brauchen wir? Wo kann ich sie finden?«, fragte Pier.

Kindra schrie erschrocken auf und sprang hoch, da sie nicht bemerkt hatte, dass Pier eingetreten war.

»Bei den Göttern, machst du es dir zur Gewohnheit, Leute zu erschrecken?« keuchte Kindra mit einer Hand auf ihrer Brust.

»Nur meine Feinde,« begann Pier, bevor er seinen ungeschickten Wortwahl bemerkte. »Ich wollte dich nicht erschrecken. Ich brauche etwas gegen Schmerzen und zum Schlafen. Die anderen Heiler meinten, du könntest hier sein.«

Kindra wühlte durch die Regale, nur um frustriert aufzustöhnen. Sie hatte nichts mehr von dem, was er brauchte. Sie griff nach Kräutern, Flüssigkeiten in Gläsern, Blättern, Samen und Beeren und braute schnell eine kleine Mischung.

»Ich wusste nicht, dass die Vorräte so knapp sind,« sagte Pier und überbrückte den kleinen Abstand zwischen ihnen.

Eine Mischung aus seltsamen Gerüchen erfüllte seine Nase und machte ihn schwindelig. Die Gerüche widersprachen einander. Der eine machte ihn schläfrig, der nächste weckte seine Sinne. Er wollte nicht mehr lange im Schuppen bleiben, da er sich überwältigt fühlte.

»Mit den zusätzlichen Streitkräften und all den Verwundeten waren wir schnell am Ende. Ich hatte noch keine Zeit, mehr zu holen,« sagte Kindra, während sie ihre Mischung schnell umrührte.

»Dann lass mich helfen. Wo kann ich finden, was wir brauchen?« fragte Pier, überrascht darüber, wie oft er in letzter Zeit das Wort ›wir‹ benutzte.

»Wir brauchen so viele, und ich habe nicht die Zeit, dich über alle aufzuklären,« seufzte Kindra.

Der Druck ihrer Arbeit wuchs Tag für Tag. Pier wollte ihre Last erleichtern. Als er jedoch die Hand ausstreckte, begann der Raum vor seinen Augen zu schwanken. Ein hoher Summton klingelte in seinen Ohren, und sein Körper wurde schwer.

»Pier?« fragte Kindra, sprang über den Raum und fing ihn auf, bevor er zum zweiten Mal fiel.

Wieder einmal landete Kindra in Piers Armen. Er verließ sich auf sie, um ihn zu stützen. Sein Körper zitterte, seine Sicht wurde verschwommen, und eine Hitze, die er noch nie zuvor gespürt hatte, breitete sich in ihm aus. Schweiß sammelte sich auf seiner Stirn und lief seinen Nacken hinunter. Das Einzige, was ihn erdete, war Kindra, ihr Gefühl in seiner Umarmung und ihr vertrauter Duft, der sich von allem anderen im Schuppen unterschied.

»Pier?« fragte Kindra.

Er konnte sie nicht klar sehen, nur die Umrisse ihrer Gestalt, die in weißes Licht getaucht waren, während er wie wild blinzelte.

»Du hast Fieber. Lass mich deine Hand ansehen,« führte Kindra Pier zurück, setzte ihn auf einen Stuhl und zog an seinem Arm.

»Es wird infiziert. Komm, lass uns dich zurück ins Bett bringen. Ich habe etwas, um dich zu heilen, bevor die Infektion dich zu deinen Ahnen schickt.«

KAPITEL 7

PIER KONNTE NICHT LÜGEN; Kindra hatte recht. Er konnte spüren, wie sich die Krankheit einschlich. Sein Magen drehte sich, sein Körper zitterte, und er brauchte Hilfe, um überhaupt gehen zu können. Dennoch war er nicht so krank, dass er eine attraktive Frau nicht bemerken konnte, wenn er eine sah. Als er Kindra so nahe war, während sie ihn durch das Lager zurück ins Bett trug, bemerkte er Dinge, die ihm vorher nicht aufgefallen waren. Sie hatte dunkle Ringe um ihre Iris, die die Schönheit in ihren Augen umrahmten, und ein kleines Schönheitsmal unter ihrem rechten Auge. Mit seinem Arm um sie herum, als er sich an ihr festhielt, konnte er die Konturen ihres Körpers spüren. Er versuchte, seinen Blick abzuwenden, aber es war unmöglich. Selbst mit seinem Doppelbild konnte er die Schönheit ihrer Brüste unter ihrer Schürze erkennen. Nicht zu groß, sondern genau eine Handvoll, genau wie er es mochte.

Als sie ihn auf das Bett gesetzt hatte, ging sie los, um ihren Trank zu holen. Pier rümpfte die Nase bei dem Geruch, er musste sich übergeben, aber Kindra bestand darauf, dass er ihn trank. Sie legte ihn hin, tränkte einen Lappen in kaltem Wasser und legte ihn auf seine Stirn. Dann setzte sie sich neben ihn und nahm sich Zeit, um sicherzustellen, dass es ihm gut ging.

Die Wirkung der Mixtur setzte schnell ein. Wärme breitete sich in ihm aus, und sein Kopf drehte sich auf neue Weise. Sein Kopf fühlte sich leicht an, was ihn das Gefühl gab, sein Gewicht in Met getrunken zu haben – ein Nebeneffekt, der seine Zunge lockerte.

»Du bist eine gute Frau, Kindra«, grinste Pier und streckte träge die Hand aus, um ihr Gesicht zu streicheln.

Kindra grinste. Amüsiert und im Bewusstsein dessen, was geschah, schlug sie seine Hand sanft weg.

»Du hast ein gutes Herz. Ich sehe das jetzt. Ich war zuerst von deiner Schönheit geblendet, dann von meinem sturen Hass. Aber jetzt sehe ich klar«, lallte Pier.

»Schhh«, lachte Kindra leise, ihre Wangen wurden rosa.

»Ich will es von den Dächern schreien. Ein Mann, einst vom Hass geblendet, Pier hat durch die magischen heilenden Hände von Kindra, der nordischen Heilerin, die Augen geöffnet bekommen«, sang Pier ein wenig zu laut.

Die anderen Heiler zischten und warfen Kindra genervte Blicke zu.

»Sei leise, Pier, du wirst die anderen wecken«, lächelte Kindra und versuchte, nicht zu lachen.

»Du hast mich geheilt, Kindra. Nicht nur meine Wunden, sondern auch meinen Geist. Du bist wirklich großartig«, rief Pier.

»Du bist betrunken von meinem Trank. Du weißt nicht, wovon du sprichst«, beharrte Kindra und errötete noch mehr.

»Der Trank mag meine Zunge gelockert haben, aber meine Worte haben Bedeutung. Du bist wunderschön, und dich lächeln zu sehen, nun, es ist ein Lächeln, das die Götter beneiden sollten«, grinste Pier.

Kindra versuchte weiterhin, Pier ruhig zu halten, und errötete, als seine Komplimente Schlag auf Schlag kamen. Sie wehrte seine Hände ab, als sie auf eigene Faust wanderten.

»Da du ihn auf wundersame Weise geheilt hast, könntest du vielleicht dasselbe für uns tun«, stichelte eine der Schwertjungfrauen, die in der Nähe ruhten.

»Oder ihm wenigstens etwas geben, um seine Zunge zu halten, bevor ich sie ihm dauerhaft aus dem Mund reiße. Ich versuche zu schlafen«, stöhnte eine andere.

»Sie soll heilen, nicht die Kranken umgarnen«, bemerkte eine weitere.

Kindra versuchte, ihre Worte zu ignorieren, aber sie trafen sie tief.

Vernachlässigte sie ihren Posten? Hatte sie zugelassen, dass ein Däne sie so mühelos umgarnte? Wie konnte sie alles aus ihrer Vergangenheit vergessen, nur wegen ein paar süßer Worte, die über Lippen kamen?

»Ach, sei still. Ich bin ein Mann frei von Schmerz und freien Geistes. Ich will feiern«, jubelte Pier.

»Die Jungfrauen haben recht. Du solltest ruhen. Der Trank wirkt schneller, während du schläfst«, sagte Kindra schnell und flüchtete aus dem Zelt.

KAPITEL 8

PIER WUSSTE NICHT, wann er eingeschlafen oder aufgewacht war; er konnte sich kaum an etwas erinnern, nachdem er Kindra im Trockenhaus getroffen hatte. Eines war sicher, er fühlte sich viel besser, sogar sauber. Sein Fieber war gesunken, und er fühlte sich wieder stark. Er führte es auf eine Kombination aus Kindras Kräutern und viel Ruhe zurück, seit er an der Schlacht teilnehmen konnte.

Als er sich umsah, bemerkte er, dass alle anderen schliefen. Einige Kerzen brannten noch und spendeten dem Zelt ein wenig Licht. Es dauerte nicht lange, bis er erkannte, dass es mitten in der Nacht war. Als er sich auf die Seite drehte, sah er Kindra, die in einem Stuhl neben seinem Bett schlief. Sie sah friedlich aus, aber er konnte sich nicht vorstellen, dass sie sich sehr bequem fühlte.

Ihr Haar fiel ihr über das Gesicht. Sie wirkte zum ersten Mal seit Tagen friedlich. Pier sah sie zärtlich an. Langsam kehrte seine Erinnerung zurück. Er hatte sie mit Komplimenten überschüttet, von Dingen gesprochen, die er selbst noch nicht einmal verarbeitet hatte. Doch auch als die Unterhaltung zurückkehrte, bereute er es nicht; er meinte jedes Wort ernst.

Er hatte ihr gesagt, wie schön er sie fand, wie ihre Kurven ihn reizten. Das war das Letzte, was er sagte, bevor sie floh. Er fragte sich, ob die zornigen Worte der nahen Schwertjungfern sie beeinflusst hatten oder ob sie vorsichtig mit ihm war. Pier streckte die Hand aus und strich ihr sanft das Haar aus dem Gesicht, um es hinter ihr Ohr zu stecken. Seine Finger streiften ihre Wange, und Feuer durchströmte ihn. Wie hatte sie seine Abwehr so leicht durchbrechen können?

Plötzlich kam ihm ein Gedanke. Wenn sie seinen Körper durch eine einfache Berührung seiner Fingerspitzen so reagieren ließ, wie würde es sich anfühlen, wenn sie ihn berühren würde – nicht als Heilerin, sondern als Frau, die einen Mann begehrt? Er erinnerte sich, wie sie errötete und seine Worte akzeptierte, ohne sie ein einziges Mal abzuweisen. Sie war die ganze Nacht bei ihm geblieben. Hatte sie ähnliche Gefühle?

Sein Schwanz war mit ihm erwacht, hart und pochend, während sein Verstand Bildern ihres Körpers unter ihrem Kleid nachgab. Wie würde es sich anfühlen, ihre Haut mit seinen Lippen zu streicheln? Sein Schwanz bettelte darum, berührt zu werden, bettelte um Erlösung. Pier war nur zu gerne bereit, nachzugeben. Mit ihrer Schönheit in Reichweite ließ er seinen Blick über ihren Körper wandern und fixierte ihre Brust, die sich hob und senkte. Seine Hand griff zwischen seine Beine; als er sich selbst umfasste, sog er scharf die Luft ein. Er versuchte sein Bestes, niemanden, der schlief, auf sein Tun aufmerksam zu machen.

Kindra summte leise, das Geräusch vibrierte in ihrem Hals. Es ließ Pier größer werden, während er sich vorstellte, wie sie stöhnte, während er mit ihr schlief. Sanft schnarchte Kindra, bevor sie langsam blinzelnd erwachte. Sie streckte sich und rieb den Knick in ihrem Nacken, bevor ihre Augen zu Pier wanderten, der in seinem Moment der Selbstbefriedigung verweilte. Ein verschmitztes Grinsen huschte über ihre Lippen, und ihre Augen funkelten. Sie lehnte sich nah genug heran, dass nur seine Ohren es hören konnten.

»Hör auf, bevor du in Schwierigkeiten gerätst«, hauchte sie, ihr Atem streichelte seinen Nacken und sandte einen Schauer über seinen Rücken.

»Was soll ein Mann sonst tun, wenn eine Schönheit wie deine so verlockend in Reichweite ist?«, fragte Pier und ließ seine Hand langsam unter ihren Rock gleiten.

Seine Finger streichelten ihre Wade und arbeiteten sich langsam ihren Oberschenkel hinauf. Kindra machte keine Anstalten, ihn aufzuhalten, öffnete sanft ihre Beine weiter und gewährte ihm Zugang zu ihr. Pier streichelte sich weiter, während er mit dem Haar zwischen ihren Beinen spielte. Sanft neckte er den Teil von ihr, der am meisten schmerzte. Pier beugte sich näher und drückte seine Lippen auf ihre Brüste, die drohten, aus ihrem Kleid zu quellen. Kindra führte seine Hand weiter, keuchte, als Hitze zwischen ihren Schenkeln aufstieg.

Erst da erinnerte sich Pier daran, was ihn geweckt hatte. Es war keine Nacht der Ruhe oder Kindras Körper neben seinem. Ein entferntes Geräusch von Metall, Pferden, stampfenden Füßen... Schlacht. Seine Augen weiteten sich, und er zog sich zurück.

»Was ist los?«, fragte Kindra, erschrocken über seinen plötzlichen Rückzug.

»Hörst du das?«, fragte Pier und griff nach seiner Tunika und seiner Rüstung, die auf dem Boden neben seinem Bett lagen.

Kindra lauschte angestrengt, ihre Augen weiteten sich auf einmal: »Ein Angriff?«, befürchtete sie.

»Hilf mir beim Ankleiden. Ich muss los und kämpfen.«

»Hast du den Verstand verloren? Du bist in keinem Zustand zu kämpfen. Ich brauche dich hier, um mir zu helfen, die Verwundeten zu schützen und uns auf weitere vorzubereiten, die kommen könnten«, fauchte Kindra.

»Wenn ich nicht gehe, wird es viel mehr Verwundete geben«, bestand Pier.

»Und wenn du gehst, wirst du wahrscheinlich der Erste sein, der fällt. Bitte, Pier, ich brauche dich«, flehte Kindra und warf einen Blick auf die Körper, die alle langsam erwachten.

Sie brauchte ihn. Das war alles, was er hören musste. Ohne einen zweiten Gedanken nickte er, und Kindra half ihm schnell beim Ankleiden.

KAPITEL 9

Es DAUERTE NICHT LANGE, bis die gesamte Siedlung vom Kampflärm geweckt wurde. Die Kriegstrommeln dröhnten in der Luft, Bogenschützen besetzten die Mauer, und eine kleine Gruppe von Kriegern wurde abgestellt, um das Lager der Heiler zu bewachen. Die Briten waren wütend nach ihrer Niederlage. Sie waren mit dreimal so vielen Truppen zurückgekehrt wie zuvor. Die Verwundeten kamen in dichter Folge, wodurch die bereits überforderten Kindra und Pier kaum Platz fanden, sie unterzubringen.

»Wir müssen diese Leute in Sicherheit bringen. Die Briten vernichten unsere Truppen. Es wird nicht lange dauern, bis sie uns erreichen«, sagte Pier.

Lars und Triska hatten eine kleine Einheit abgestellt, um das Lager der Heiler zu bewachen, aber bei der Art und Weise, wie die Briten durch ihre Truppen schnitten, würde es nicht lange dauern, bis sie auf dem Schlachtfeld gebraucht würden. Pier wurde zunehmend frustriert, dass er nicht helfen konnte, und machte sich Vorwürfe, den verdammten Sattelgurt nicht überprüft zu haben.

»Wie denn? Wenn wir sie bewegen, werden einige nicht überleben. Ich habe noch nicht einmal die neuesten Patienten behandelt«, geriet Kindra in Panik und eilte zu einer gefallenen Bogenschützin.

Die Frau schrie, als Kindra mehrere Pfeile aus ihrem Rücken

entfernte. Sie verlor schnell Blut; Kindra fürchtete, dass sie es nicht schaffen würde. Dieser Krieg brachte Erinnerungen zurück, die sie zu unterdrücken versuchte. Sie drängte ihre Tränen zurück und richtete ihren Zorn auf bessere Dinge.

Die Briten waren gekommen, um die Siedlung zu zerstören und jeden Mann, jede Frau und jedes Kind auf ihrem Weg zu töten. Reiter ritten ins Lager und erschlugen jeden in ihrer Nähe. Bogenschützen ließen Pfeile mit solcher Wucht niederregnen, dass sie das Licht des Mondes verdunkelten. Pfeile durchschnitten die Zelte, verwundeten die Kranken und töteten die Heilenden. Der Krieg war im Lager der Heiler angekommen.

»Wir müssen sie aufhalten, bevor sie hierher gelangen«, rief eine Schwertjungfer, die das Zelt betrat.

»Tun Sie, was Sie können; wir haben es hier im Griff«, versicherte Pier ihr.

Doch die Jungfer bekam keine Chance, in die Schlacht zu reiten. Stattdessen sank ihr Gesicht ein, und Blut tropfte von ihren Lippen. Das Leben wich aus ihren Augen, als sie in die Hallen von Walhall geschickt wurde. Die Truppen hatten die Verteidigungslinie durchbrochen, stachen ihr in den Rücken und ließen ihren Körper wie einen Mehlsack zu Boden fallen. Der Krieg war im Lager der Heiler angekommen.

»Ich brauche ein Schwert«, rief Pier und warf einen Stuhl nach dem Soldaten, der versuchte, das Zelt aufzuschlitzen.

»Hier!« rief Kindra und warf ihm ein Schwert zu.

Zu seiner Überraschung hatte auch Kindra sich bewaffnet und stürmte auf die Briten zu, verteidigte ihre Patienten mit allem, was sie hatte. Endlich hatte sie die Chance, die Dämonen der Vergangenheit zu erschlagen und ihre ganze Wut an den Menschen auszulassen, die drohten, die Geschichte zu wiederholen.

Kindra und Pier kämpften, beschützten die Patienten und drängten die Briten aus dem Zelt. Als sie schließlich nach draußen sahen, wurde das wahre Ausmaß der Schlacht deutlich. Die Tore der Siedlung waren niedergerissen, das Trockenhaus stand in Flammen, sein Dach voller brennender Pfeile. Eine Reihe britischer Kavallerie stürmte den Hügel hinunter. Frauen und Kinder schrien und weinten, versuchten zu fliehen. Die Toten schmückten die Siedlung. Die Wikinger fielen schnell und zahlreich.

Die Krieger, die von Lars und Triska abgestellt worden waren, lagen verstreut um das Zelt herum. Es war niemand da, um ihnen zu helfen. Abgeschnitten von den Streitkräften kämpften Pier und Kindra allein, mit allem, was sie hatten, um Nordmänner und Dänen gleichermaßen zu retten. Pier riss eine Axt aus dem Schädel eines seiner Waffenbrüder und schleuderte sie über das Feld, wo sie ein neues Zuhause im Gesicht eines Bogenschützen fand, der drohte, Kindra niederzustrecken.

Kindra überraschte Pier am meisten. Sie war eine Heilerin, keine erfahrene Kriegerin, aber sie kämpfte wie eine Walküre. Die Schwertjungfern wären stolz, wenn sie sie sehen könnten. Ein kleiner Beutel mit Kräutern hüpfte an ihrer Hüfte. An einem Punkt schien sie fast am Ende. Ihr Schwert hoch erhoben, blockte sie einen Angriff ab, aber der Brite drückte härter und zwang sie in die Knie, wobei die Klinge ihrem Gesicht immer näher kam. Sie griff in den Beutel, nahm eine Handvoll Kräuter und blies sie ihm ins Gesicht.

Erschrocken sprang der Mann zurück, hustete und konnte nicht atmen. Kindra sprang auf die Füße und schwang ihr Schwert. Sie durchschnitt seine Kehle, trat ihm in die Brust und streckte ihn zu Boden. Damit blieb nur noch ein Brite übrig, der das Lager der Heiler angriff. Kindra und Pier stellten sich ihm mit all der Wut entgegen, die ihre Vergangenheit entfacht hatte. Als er erkannte, dass er in der Unterzahl war, lächelte der Soldat boshaft.

»Ihr mögt mich töten, aber ich werde euch zuerst umbringen«, knurrte er.

Der Brite griff eine Fackel und entzündete den Stoff des Zeltes, während eine weitere Decke flammender Pfeile den Himmel füllte. Das Lager der Heiler begann zu brennen. Kindra stürzte sich auf den Soldaten und führte ihr Schwert akribisch. Sie hätte ihn schnell töten können, aber stattdessen wollte sie, dass er litt. Ihre Schnitte reichten aus, um ihn zu Fall zu bringen und zu schwächen, aber nicht, um ihn zu töten.

»Du wirst langsam verbluten. Es ist ein schmerzhafter Tod, und ich hoffe, du leidest«, knurrte Kindra, drehte sich um und zerschnitt die Fersen des Soldaten, sodass er unmöglich fliehen konnte.

Die Flammen breiteten sich rasend schnell im Zelt aus. Schreie der Angst und des Schmerzes ertönten um sie herum. Sie mussten schnell handeln, wenn sie jemanden retten wollten. Ein Horn erklang dreimal. Das Wikingersignal zum Rückzug. Als die Truppen begannen, zurückzustürmen, packte Pier mehrere Wikinger und forderte ihre Hilfe an. Kindra und andere kämpften gegen die Flammen, und Pier rannte hinein. Das Feuer wütete und breitete sich mit solcher Wut aus, dass die einzige Möglichkeit darin bestand, in die Flammen zu laufen und zu retten, wen sie konnten. Die Zeit lief ihnen davon, und die Flammen wurden zu groß, um sie mit ein paar Eimern Wasser zu kontrollieren. Er kehrte mit Patienten über seiner gesunden Schulter zurück, während andere neben ihm hinauseilten.

»Holt einen Wagen! Diejenigen, die nicht laufen können, ladet sie auf und bringt sie zu den Schiffen. Sammelt so viele Pferde wie möglich für die anderen«, bellte Pier Befehle, und zu seiner Überraschung gefiel ihm nicht nur sein Moment als Anführer, sondern die Leute befolgten auch seine Anweisungen.

Kindra und Pier halfen Patienten auf die Pferderücken, warfen andere auf den Wagen, packten sie so eng wie möglich zusammen, schickten die Schwerkranken zu den Schiffen und sahen zu, wie diese in See stachen. Die Siedlung stand in Flammen; es gab keine Rettung mehr.

»Rückzug!« hallte über das Schlachtfeld.

»Durch den Wald. Zum Point«, befahl Pier.

Pier führte den Weg an, während Kindra diejenigen ermutigte, die aufgeben wollten. Bewaffnet mit einem Bogen spähte sie durch den Wald nach drohenden Angriffen und ließ ihre Pfeile mit tödlicher Präzision fliegen. Pier wusste, es war ein offener Lauf zum Point, solange sie es zu den Hügeln schafften, durch die Bäume und hinunter zur Küste. Dort wären sie in Sicherheit. Aber ihre Reise durch den Wald war albtraumhaft. Die Flammen schienen sie zu verfolgen. Angst und Schrecken zeichneten die Gesichter aller Flüchtenden.

Alles, was die Nordmänner gekannt hatten, war verschwunden. Pier behielt Kindra genau im Auge; Schmerz erfüllte ihre Augen, als ihre Erinnerung zu dem letzten Mal zurückblitzte, als sie gezwungen war, aus ihrer Heimat zu fliehen. Pier schwor, dass die Briten dafür leiden würden, dass sie Tränen in ihren Augen verursacht hatten.

KAPITEL 10

WAS ÜBRIG WAR von den vereinten Streitkräften der nordischen Siedlung kam an einer bereits überfüllten Siedlung am Point an. Die Nachricht verbreitete sich schnell. Die nordische Siedlung war nicht die einzige, die angegriffen wurde. Auch die Siedlung weiter an der Küste war gefallen. Nun waren drei Gemeinschaften gezwungen, sich am Point zusammenzuschließen. Glücklicherweise befand sich am Point eine alte verlassene Burg, die die Dänen wieder aufgebaut hatten. Es würde ein enges Zusammenrücken zwischen Burg, Schiffen, Hütten und Zelten werden.

Pier und Kindra sammelten mit Hilfe der anderen Heiler die Patienten in der großen Halle und in mehreren der umliegenden Räume. Kindra beobachtete mit Staunen, wie gut Pier mit allen zurechtkam. Trotz des Albtraums, den alle durchgemacht hatten, schaffte es Pier, die Menschen zum Lächeln zu bringen. Kindra wusste, dass er immer noch Schmerzen haben musste, aber wenn dem so war, ließ er es sich nicht anmerken.

Gestaffelter Respekt hatte sich in etwas mehr verwandelt. Sie beobachtete, wie Schwertmädchen mit ihm flirteten, ihre Worte verhallten ungehört. Sie erinnerte sich daran, wie es sich angefühlt hatte, seine Hände auf sich zu spüren, in den Momenten vor der Schlacht. Sie erinnerte sich, wie er mitfühlte, als sie ihm ihre Vergangenheit offenbarte. Er war anders als die Männer, die zu hassen sie aufgewachsen war. Er gab anderen offen, und sie hörte ihn sogar ihr Volk *Bruder* nennen. Endlich konnte sie es nicht länger leugnen; sie war verliebt.

So schnell wie der Gedanke ihr Herz wärmte, ließ er sie erkalten. Kindra war sich bewusst, dass sie unmöglich zusammen sein konnten. Ihre Völker arbeiteten zusammen, um einen Krieg zu verhindern. Was würde das danach für sie bedeuten? Sie waren aus zwei verschiedenen Welten. Pier grinste, als er seinen Weg durch die große Halle machte, aber Kindra spürte, wie ihr Herz bei jedem Schritt, den er tat, ein wenig mehr brach. Sie versuchte zu fliehen, aber Pier streckte die Hand aus und ergriff ihren Arm.

»Kindra? Was ist los?« fragte Pier.

»Ich... mein...«, stotterte Kindra.

Pier wartete geduldig und strich mit dem Daumen über ihre Haut. Kindras Augen beobachteten, wie seine rauen Hände sie liebkosten und sie so weit beruhigten, dass sie die Worte aussprechen konnte.

»Du hast mich einmal mit Abscheu angesehen, weil ich Nordisch bin. Ich habe einmal dasselbe getan, weil du ein Däne bist. Jetzt ist alles anders. Du bist nicht wie die Dänen, die zu hassen meine Groß-mutter mich erzogen hat, und ich stelle fest, dass ich mich um dich sorge, trotz allem, was ich je gekannt habe. Aber es kann nicht sein.«

Pier trat näher, überbrückte die Lücke zwischen ihnen und drückte seinen Körper an ihren. Während er auf sie herabblickte, umfasste er sanft ihre Wange und lächelte, als sie sich an seine Berührung lehnte.

»Ich verstehe das, mehr als jeder andere hier in der gesamten Sied-lung. Ich habe dich zu schnell verurteilt. Ich bin froh, dass ein törichter Fehler mich in deine Arme geführt hat. Vielleicht waren wir dazu bestimmt, einander zu finden. Es gibt jetzt nur noch eine Siedlung an der Küste. Unsere Völker sind eins. Wir können zusammen sein und ein Beispiel für andere setzen, die einst unseren Hass teilten. Das Licht sein, das unsere Leute nach vorne führt«, sagte Pier und küsste sie sanft auf den Kopf.

»Aber was passiert, wenn das Bündnis vorbei ist?« sorgte sich Kindra.

»Kindra, liebst du mich?« fragte Pier.

Ohne zu zögern nickte Kindra.

»Und ich liebe dich. Also lass uns nicht über morgen hinausblicken.

Lass uns heute beginnen. Wenn das Bündnis endet, können wir neu anfangen, wo immer wir wollen. Ich werde dir durch Meer oder Flammen folgen. Du hast mich geheilt, Kindra. Lass unsere Liebe zueinander die Wunden der Vergangenheit heilen«, flüsterte Pier und führte schließlich seine Lippen zu ihren.

EPILOG

WÄHREND DIE GROßE Halle als neues Heilercamp diente, versammelten Lars und Triska einen Kriegsrat in der Speisehalle. Kundschafter hatten berichtet. Die nordische Siedlung war zerstört. Diesmal würde es keinen Wiederaufbau geben. Der Außenposten wuchs, um alle aufzunehmen, während mehr Schiffe aus der anderen dänischen Siedlung mit den Jürgensen-Brüdern und ihrer Sippe ankamen.

Pläne wurden in Gang gesetzt. Lars und Triska würden bei Tagesanbruch nach Dänemark segeln und dann nach Norwegen weiterreisen, um sich mit ihren Königen zu beraten und eine vereinte Front zu zeigen. Birgen und Velika wurden in ihrer Abwesenheit mit dem Kommando betraut, Lanna und Gunnar wurden entsandt, um mit dem örtlichen Dorf zu beraten, und Olga und Sten bereiteten sich darauf vor, weitere Unterkünfte zu bauen.

»Pier, Kindra, tretet vor«, befahl Lars.

Kniend vor ihren Befehlshabern warteten Kindra und Pier.

»Eure Tapferkeit ist nicht unbemerkt geblieben. Wenn ihr nicht gewesen wärt, hätten wir viel mehr verloren. Ich höre, ihr habt seit eurer Ankunft nicht aufgehört?«, fragte Triska.

»Das stimmt«, antwortete Kindra.

»Nun, verbringt die Nacht in Ruhe. Die Kranken werden auch morgen noch hier sein. Ich werde sicherstellen, dass sie alle gut versorgt werden«, lächelte Triska.

Nur zu gerne folgend, nahmen Kindra und Pier Abschied und begaben sich zu einem kleinen leeren Zimmer am anderen Ende der Burg mit Blick aufs Meer. Sie waren erschöpft, verzweifelt nach Schlaf. Als sie gemeinsam ins Feldbett kletterten, rutschte Kindra nahe heran, um sicherzustellen, dass die Decken sie beide bedecken konnten. Die Geräusche vom Meer wirkten wie ein beruhigendes Lied und brachten Frieden inmitten all des Chaos vor ihrer Tür. Kindra zitterte, und Pier legte seine Arme um sie, zog sie näher und küsste sanft ihren Kopf.

Kindras Augen wurden müde. Sie kuschelte sich neben Pier, ihren Kopf auf seiner Brust, und lauschte seinem langsamen, gleichmäßigen Herzschlag. Pier streichelte ihren Rücken, während die Geräusche der brechenden Wellen und das Zwitschern der Seevögel den Raum um sie herum erfüllten. Kindra streckte die Hand aus und legte ihren Arm über seine Brust, bereit, dass der Schlaf ihren schmerzenden Körper übermannte. Doch jetzt, da ihre Gefühle offengelegt waren, war Ruhe das Letzte, woran sie dachte.

Kindra grinste und ließ ihre Hand in Piers Hose gleiten, auf der Suche nach seinem Schwanz. Pier rollte sich auf seinen gesunden Ellbogen, während sein noch heilender Arm an seiner Brust ruhte. Kindra befreite ihn aus seiner Hose und entfernte vorsichtig seine Tunika, wobei sie entschuldigend lächelte, als er beim Bewegen seines Arms zusammenzuckte. Pier beobachtete, wie Kindra aufstand, aus ihrem Kleid schlüpfte und sich wieder zu ihm aufs Bett gesellte.

Pier rollte sich über sie, ein Berg aus Muskeln, der sich auf einem Arm abstützte. Pier hatte sich nach ihrer Berührung gesehnt, seit er erkannt hatte, dass er für sie empfand. Ein gebrochener Arm würde ihn nicht aufhalten. Sein Mund auf ihrem war zärtlich, weich und sanft – ein Kuss der Liebe, aber mit jeder Menge Leidenschaft wie die Flammen der Lust.

Kindra spreizte ihre Beine und ließ ihn zwischen sie, führte ihn durch ihren Eingang und keuchte, als sie spürte, wie er sie dehnte und ausfüllte. Pier war beträchtlich, aber er drang langsam in sie ein, bis er sie vollständig ausfüllte. Er genoss das Gefühl, wie Kindra seinen Umfang und seine Länge aufnahm. Dann begann er, sich in ihr zu bewegen. Er zog sich langsam zurück, wartete und stieß wieder hinein. Er verteilte Küsse an ihrem Hals hinunter und wieder hinauf zu ihren Lippen.

Das Tempo war qualvoll. Kindra hob ihre Hüften, um seinen Stößen zu begegnen; sie wollte mehr. Während Liebesspiele großartig waren, hatte sie seit ihrer Ankunft am Außenposten an nichts anderes als seine Berührung gedacht. Pier beschleunigte seine Stöße, bewegte sich schneller, härter. Er drang tiefer in sie ein, trieb Kindra in den Wahnsinn und hielt inne, wenn sie dem Höhepunkt zu nahe kam.

Er drückte härter, sein Atem wurde schneller und flacher; sie kratzte an seinen Hüften, zog ihn noch tiefer, während ihre Stöhnen den Raum zu füllen begannen. Kindra schlang ihre Beine um ihn, biss in seine Schulter und kratzte an seinem Rücken, während die Hitze in ihr anstieg. Schließlich hörte Kindra ihn nach Luft schnappen und spürte sein Zittern, als sein Höhepunkt einsetzte, was ihren eigenen auslöste. Zu spüren, wie er sich auflöste, in ihr pulsierte, ließ sie sich verkrampfen und ihn eng umschließen. Pier spürte ihre Reaktion und stöhnte über die Pracht, die Kindra war.

Kindra zuckte um ihn herum, ihr Rücken wölbte sich und zwang ihn tiefer, während Zittern durch ihren Körper schoss. Sie hatte noch nie solche Ekstase erlebt. Pier rollte sich auf den Rücken, streckte seine Schulter aus und wischte sich den Schweiß von der Stirn. Dann schob er seinen Arm unter ihren Rücken, zog sie zu sich und legte sie auf sich.

Kindra griff nach unten und lächelte, als sie feststellte, dass er immer noch hart war, immer noch bereit, sie zu empfangen. Sie hob sich an und glitt an ihm herab, keuchte, als er sie weit spreizte. Sie bewegte ihre Hüften, rollte mit dem Rücken, ihre Hände auf seiner Brust ruhend. Pier nahm ihre Brüste in die Hand, wahrlich eine Hand-voll, und zwirbelte ihre schmerzenden Brustwarzen, während sie auf ihm ritt. Noch im Nachbeben ihrer ersten Liebessession begriffen, dauerte es nicht lange, bis sie erneut auseinanderfielen.

Keuchend, mit schweißglänzender Haut, lag Kindra auf Piers Brust und schlief beim gleichmäßigen Heben und Senken seiner Brust, dem Schlagen seines Herzens und seinem sanften Kuss auf ihrer Stirn ein.

BEI TAGESANBRUCH, nach einer Nacht, in der sie halbwegs ausgeruht waren, standen Pier und Kindra am Dock, um Lars und Triska auf See zu verabschieden. Die Siedlung versammelte sich und wartete auf die Worte, die sie alle hören mussten, um ihre zitternden Herzen zu beruhigen. Lars und Triska enttäuschten nicht.

»Ein Bündnis wurde geschmiedet. Wir stehen nicht länger als Nordmänner und Dänen. Gemeinsam stehen wir als ein Volk. Mächtige Krieger mit einem gemeinsamen Feind. Wir segeln zu unseren Königen, um zu zeigen, dass unsere Völker ihre Unterschiede beiseite gelegt haben und zusammengekommen sind, um unseren gemeinsamen Feind zu besiegen«, dröhnte Triskas Stimme, damit alle es hören konnten.

Die Menge brach in Jubel, Kriegsschreie und Gesang aus.

»Unsere Könige werden sehen, welch mächtige Kraft unsere Völker sind. Schaut euch alle an. Eine Macht, mit der man rechnen muss. Dieses Land ist unsere Heimat. Die Briten werden uns nicht wieder etwas wegnehmen. Geteilt sind wir gefallen, aber vereint als eines werden wir ganz England herausfordern. Mit den vereinten Kräften unserer Nationen werden wir eine Armee bringen, die diese Insel beim Anblick der Wikinger erzittern lässt, und die Briten werden diejenigen sein, die fallen!«, brüllte Lars.

ENDE

Hat dir Die Wikinger-Siedler Geschichte gefallen?

Bitte erwäge eine Bewertung auf Goodreads.
Bewertungen helfen mir, neue Leser zu erreichen.

Das war der letzte Band der **Wilde Wikinger-Herzen.**

Wie wäre es jetzt mit einer heißen Romanze zwischen einer kurvigen Frau und einem wortkargen Bergmann?

Lade **Nash: Der Mann vom Berg** kostenlos herunter und entdecke die neue Serie **Oregon Trail Crew**!

ÜBER DEN AUTOR

Peyton Lawson schreibt heiße historische Wikingerromane. Wenn sie gerade keine actiongeladenen mittelalterlichen Abenteuer verfasst, liest sie gerne oder ist auf Reisen.

Für Updates zu Buchveröffentlichungen, Buchempfehlungen, Wikinger-Trivia, Angebote und GEWINNSPIELE abonnieren Sie ihren Newsletter!

www.peytonlawsonromance.com